ジーンの伝言

138億年のアルケーとテロス

鎌田 博

東京図書出版

ジーンの伝言◇目次

プロローグ

「宇宙の現象は創造主なしで説明可能です」

「宇宙誕生には神は不要です」

いきなり、衝撃的な言葉から始まりました。宗教界から大きな批判を浴びました。脳についても考えを述べています。

「人間の脳は、部品が壊れたコンピューターと同じです。壊れたコンピューターにとって、天国も死後の世界もありません。それらは闇を恐れる人々が創り上げた、架空のおとぎ話です」

再度宗教界から批判されたようです。宗教界とは、もちろん、西洋の一神教界のことです。言葉を発した人物は「車椅子の天才物理学者」として知られるスティーヴン・ホーキング博士です。ケンブリッジ大学で教鞭をとるイギリスの世界的な物理学者です。大学での講義の一コマです。質疑応答もありました。

「ホーキング博士、私は信頼する人から宇宙は創造主によって創られたと教えられました。それと博士は一九八八年『ホーキング、宇宙を語る』の中で『完全な理論を見出せば人間の理性の究極の勝利となるであろう。その時我々は神の心を知る』と述べられています。矛盾しませんか」

「矛盾していません。ただ、曖昧な表現であったと考えています。ビッグバンは物理学的法則の避けられない結果です。決して神の手によって創られたと説明できるものではありません。重力の法則があるため宇宙は無から自らを創造でき、今後も同じことが起こる可能性はあります。宇宙創造の理論において、もはや神の居場所はありません」

更にホーキング博士は次のように述べています。

「『宇宙は混沌からではなく、神によって創造されたに違いない。あるいは神の行いについて人間の理性では理解不能である』というニュートンの信念・思想は完全に修正されたとみるべきです。ニュートンは神の御業を証明したと考えたのでしょうが、逆に神を追い込みました。神を不要にしました」

冒頭から結論のようなものを述べました。宇宙の始まりは一三八億年前です。必然ではなく諸条件が合致したもとで動き出した偶然の賜物です。有神論者が述べるような意図的なものはありません。科学分野の最近の二十年は過去千年の進歩より大きな発展を遂げていると言われています。

科学の進歩で宇宙の成り立ちについては、信頼に足る説明を得られつつあります。今日的な研究は、「ビッグバンの前は？」「ブラックホールは？」「宇宙の将来は？」などに向けられています。人類は宇宙の誕生前と消滅後を残せば、『旧約聖書』の天地創造を始めとする荒唐無稽な教えを葬り去ることができます。

博士は一神教の宗教界と真っ向から対立する天才学者です。二十一歳の時、筋萎縮性側索硬化症（ALS）を発症します。今では発語や書字が出来ずコンピューターを利用して意思伝達しています。ある座談会での遣り取りです。

「博士はハンディキャップを持ちながらの数々の素晴らしい研究で有名です。何がそこまで博士を支えたのですか」

「人間の人生は決して公平ではありません。私は若い時にALSを発症しました。でも人生を置かれた状態で全力を尽くせ、持っている力を全部使えとの言葉に助けられました。幸運にも私には使えるものが一つ残されていました。脳が筋肉で出来ていないということです。それが私の希望でした」

「私達に対して何か助言や警告はありませんか」

「人間は多くの欠点を持ちます。特に正したい欠点は攻撃性です」

「攻撃性とはどのような行動を指すのですか」

「人間が洞窟で暮らす時代には、攻撃性が多くの食べ物、土地、生殖のパートナーを得るには好都合だったかもしれません。今では全てを破壊させる危険性があります」

「一度、核戦争が起これば文明が破壊され人間も生きていけません。現代社会が存続する上で一番のリスクは人間が自らの手で人類を消滅させることです。攻撃性を正しい方向に向ける必要があります」

「それでは、人間には何が大事ですか？」

「それはお互いの共感と寛容です。それがあれば人間に平和を愛し合う状態がもたらされると思います」

　宇宙科学者らしく博士は以下のことも語りました。

「人間の将来は宇宙空間にあります。重要な生命保険と考えます。地球以外の惑星に移住することで人間が消滅することを防ぐ可能性があります。宇宙の謎を解明しても人間の喫緊の課題が解決するわけではありません。しかし人間に新しい視点を与え外の世界と内の世界の両方を見せることで人間の未来を変える可能性が見えます」

　この論争は一三八億年の宇宙史で、ほんの数十年前に始まった議論です。決着がついていない宗教と科学の対立です。その議論を出来る限り公正、中立に纏めていきます。その判断は皆さんに委ねます。

「クォーク」と「ジーン」にその手助けをお願いします。

クォークとジーン

私はクォークと申します。皆さんの目には決して見えない小さな小さな物質です。しかし私がいないと全ての物体は存在しません。人間も存在しません。私は一三八億年前に宇宙が出現して以来存在しています。日本語名は「素粒子」です。物質を細分化し最後に辿り着く究極の粒子のことです。

宇宙で一番小さな物質です。以前は原子の「アトム」が最小の物質と考えられてきました。しかし原子は原子核と電子で作られ、原子核は陽子と中性子に分解できることが分かりました。クォークは全ての物質の元になります。宇宙の全ての素です。時には星の一部や山や川そして生物の一部となり生きています。

物質が無くなると次には違う物質の一部となり生きていきます。時には人間の一部にもなり生きていきます。その繰り返しでビッグバンに始まる一三八億年前から生きています。人間の寿命は八十年くらいです。人間が亡くなると肉体はバラバラになり小さな目に見えない粒子になります。

その粒子は空に浮かんだり土の中に入ったり、植物に吸収されたりして次の物質に移っていきます。人間の一部となり遺伝子になっている私の仲間もいます。人間は六十兆個の細胞からできています。一個の受精卵が四十六回細胞分裂をすると六十兆個の細胞になります。細胞は四カ月ごとに入れ替わります。

細胞は核膜で覆われた核を持っています。核は両親から受け取った染色体が二本一組で計二十三組四十六本の染色体から出来ています。染色体は二重のらせん構造のＤＮＡという物質とタンパク質からなります。DNAには遺伝情報が収められています。

それは、A（アデニン）、T（チミン）、C（シトシン）、G（グアニン）という四種類の化合物（塩基）に記録されています。人間が生きるために必要なタンパク質に指令を出す部分を遺伝子と呼びます。遺伝子はタンパク質を作る設計図です。染色体を全て解くとA・T・C・Gの遺伝情報は三十二億組になります。「ゲノム」と呼びます。

生物種により染色体の数は違います。例えば、猫は三十八本、チンパンジーは四十八本、金魚は一〇四本です。人間は常染色体二十二組四十四本とXXまたはXYという性染色体二本の計四十六本を持ちます。XYは男性になり、XXは女性になります。Y染色体は男性の性染色体です。その解析でルーツが判断できるようになりました。

Y染色体はAからTまで大まかに二十種類あります。ハプログループ（haplogroup＝単倍群）と呼びます。日本人にはY染色体のD系統とO系統が多く見られます。割合はD系統が約四十％、O系統が約五十％です。Y染色体D系統はYAP遺伝子とも呼ばれます。「Y-chromosome Alu Polymorphism」の略語で多型性Y染色体のことです。

YAP遺伝子を持つ民族は古代イスラエルと日本に多いと言われています。その他の地域ではチベット、ブータンとインド洋のアンダマン諸島に見られるだけです。O系統は、中国、韓国などに多く見られます。遺伝子研究の世界的権威で筑波大学の村上和雄名誉教授は「YAP遺伝子は自分を捨てて他人に尽くす遺伝子」と言っています。別名、親切遺伝子とも言われています。北海道、沖縄の割合が高く男性の約八十八％がYAP遺伝子を持っているそうです。体型的には骨太ガッシリ、毛深く、ほりが深く、二重瞼で耳垢が湿っており縄文人タイプの人になるそうです。日本人特有の親切さ、勤勉さは、親切遺伝子であるYAP遺伝子の影響が大きいと言われています。

今、私はある日本人男性のYAP遺伝子の一部として生きています。英語で遺伝子を「gene（ジーン）」と言います。遺伝子解析の進歩でその男性のルーツを知ることが出来るようになりました。人間の共通の祖先は今から二十万〜三十万年前に出現した現生人類（ホモ・サピエンス）と言われています。その男性の祖先は五万年前にアフリカを出発した人間です。その男性の一部であるジーンが一三八億年の歴史から信じることを皆さんに伝言します。祖先は東アフリカのトゥルカナ湖の東北付近に住んでいました。この湖は琵琶湖の約十倍あります。突然変異で生まれました。これからはジーンと呼んでください。

砂漠にあるアルカリ性の湖として世界最大です。そこは暑く乾燥した地域です。湖の中央には活火山があります。いつも強い風が吹いていました。食物は湖でとれる魚とラクダや羊の肉でした。湖はワニが住みとても危険な場所でした。ラクダからは血を抜き飲んでいました。

約五万年前に一五〇人程度の一員として新しい土地を求めアフリカを出発しました。その後各地を移動しながら中近東のイラン付近で南ルート、西ルートと北ルートの三つのグループに分かれました。北ルートに向かった仲間はイランからアルタイ山脈、チベット、モンゴル、中国、シベリアを経由して一部は日本列島に辿り着きました。

当時は氷河期で大陸と陸続きになっていました。歩いて日本に渡ることが出来ました。約三万年前のことです。多くはバイカル湖、樺太経由で日本に来ました。当時、大型哺乳動物（ヘラジカ、ヤギュウ、ナウマンゾウ）や中小哺乳動物（ニホンジカ、イノシシ、アナグマ）を狩猟対象としていました。

動物の移動に応じて頻繁に移動していました。北は宗谷岬、千島列島、南は沖縄まで移動したようです。日本の概念はありません。世界の概念もありません。西方から太陽が昇る東の方向に向かった結果日本へ到着しました。海岸線に出ると行き止まりになります。留まらない場合には海岸線に沿って歩くしかありません。

日のいづる国を目指した結果です。時には日の出の太陽を背に歩くこともありました。その先には太陽に向かう道があると考え歩き続けました。歩くしか手段がない時代でした。移動する距離も限られていましたが幅広く広がりました。子孫は日本の全国に移動しました。ひたすら歩き続けました。

沖縄の「湊川人」（二万年前頃）、静岡県浜松市の「浜北人」（一万四〇〇〇〜一万八〇〇〇年前）、群馬県の岩宿遺跡（二万年前頃）などが発見されています。日本は酸性土壌のため痕跡の大半は消失します。旧石器時代の人骨が見つかっている地域は、いずれも石灰岩に覆われたアルカリ性土壌です。

見つかった遺跡から日本全国、広範囲に移動していたことが分かります。当時の総人口の九十六％は東日本に住んでいたとも言われています。最終氷期の二万年前頃から地球規模で温暖化に向かいました。海水面が百メートル以上も上昇し大陸と切り離されました。

海水面の上昇で対馬、朝鮮半島の水路が広がります。

対馬暖流が流れ込み日本海が出現します。列島の日本海側に豪雪地帯が生まれます。ブナなどの森林が形成され豊かな森が出来ました。狩猟中心から植物採集、漁労も生まれました。人口の増加は鈍いものでした。縄文時代の人口は十万〜二十五万人程度で推移していました。大半は関東、北陸から東北に住んでいたようです。

人口増加は紀元前三世紀頃からです。弥生時代に入り一気に六十万人程度に膨れ上がります。ＹＡＰ遺伝子を持つ私の子孫たちが大挙して渡ってきました。大半は中国や朝鮮を経由してやってきました。外来の文明も同時に入り込んできました。縄文人には経験したことのない文明、宗教も含まれていました。

渡来人には長い旅の末、東の果ての日本に到着した民族も含まれていました。目の前に広がる大海原を前にして進路を閉ざされた人々でした。大陸で多くの困難を経験し苦難から逃れるために東の果ての日本に辿り着いたのです。彼らは土着民との争いを避けました。融和を重んじ溶け込む努力をしたようです。

しかし彼ら自身の思想・文化を捨てることはありませんでした。同時に稲作、養蚕、機織、土木技術等最新文明を日本にもたらしました。お互いに良き面は受け入れ譲り合い新たな日本文化を作り上げます。急激な人口増加は国内だけでは実現できません。弥生時代以降、渡来人の流入がなければ人口の増加も新しい技術の発展も説明できません。

現在では約四十%の日本人がＹＡＰ遺伝子という日本固有の遺伝子を持つことが分かっています。親切心と勤勉性に富む遺伝子と言われています。私の誇りです。ＹＡＰ遺伝子は中国人、韓国人にはほとんど見られません。中国あるいは朝鮮半島では混血が進まなかったと思われます。

また戦いを好まず闘争心がない遺伝子とも言われていますので、大陸では滅ぼされたのかもしれません。大陸コースは主にシルクロードを移動したと思われます。その途中で留まった人々もいました。東の果ての日本にもその一部が到着したと考えられています。遺伝子研究の発達で信頼に足る事実と確認されています。

ＹＡＰ遺伝子を単純に親切・勤勉遺伝子と呼ぶには疑問もあります。日本人に親切心と勤勉性があることには異論はありません。しかし遺伝子に由来するだけではありません。日本の厳しい自然の中で一万年以上にわたり、平和な国を築いた縄文人の努力の結晶が勤勉性や親切心を生み出したと考えられます。

人類の遺伝子の基層は全て同じです。生活環境、自然環境、そこから生み出される思想・文明が民族、国家の特徴を作ります。そして祖先の人々の情報伝達、つまり宗教、教育で固定されていきます。過去には、都市伝説の域を出ないような歴史の分析もありました。荒唐無稽であり得ないと言われた説もありました。

しかし遺伝子解析という新しい歴史を議論する方法が出来ました。そこで私ジーンが道しるべとなって世界の歴史を古代から訪ねていきます。私の主観で信じることをお伝えしたいと思います。私の独断ですので、読まれた方はご自身の判断で独自の歴史観を作られるべきであると考えます。

特に未来を託す若い人々に読んでもらいたいと思っています。高校までの知識で十分理解可能な内容にしました。日本には独自の思想、精神があります。根底にあるのは自然に対する畏怖の念、神秘の念からの自然信仰心です。縄文人が一万年以上にわたり作り上げてきた基層文化、精神です。まず、それを伝言します。

アルケーとテロス

現生人類（ホモ・サピエンス）は二十万年前頃に東アフリカに出現したとされています。その人類は現在、七十億人の人口規模まで拡大しました。人間はホモ・サピエンスの一種です。従って人間は全て親戚であり仲間です。唯一の種です。種とはお互いが愛せば子孫を残すことが出来るとの意味です。

全世界の人々は国籍、民族、肌の色が異なろうがお互いの子孫を残せるのです。人間はそれぞれの民族、国に違う先祖がいて異なる種と考えられた時代もありました。遺伝子解析で地球上の人間は同じ血、遺伝子を引き継ぐ唯一種であると科学的に証明される時代になりました。

女性の持つミトコンドリアや男性の持つY染色体を調べることによって現生人類の起源に辿り着くことも可能になってきました。しかし人間は仲間にもかかわらず敵と意識し戦いが収まらない状態が過去から続いています。以前であれば争いは局地戦で留まっていました。今では人類の絶滅も危惧される現実に直面しています。

美しい地球を失うかもしれません。自滅としか思えない人間の歩みに対し警鐘を鳴らさなければなりません。猶予のない喫緊の課題です。科学の解明で真実の見直しを余儀なくされています。宇宙、地球、生命、人間などの根本問題に対する認識に大きな変化が起こってきました。

一方人間の最大の謎である「人はどこから来て、どこに行くのか」は、人類の破滅に近づいていますが解答を得ていません。メゾン（中間）は解明されつつありますが、アルケー（最初）とテロス（最後）は科学では解明できていません。永遠の課題です。

今、人間は頂点にあると言っても過言ではありません。地球上で最強の生物になりました。その人間は有限の資源を利己的に消費し傲慢な行動をしています。資源は地球上の全ての生物の資産です。しかし人間は貴重な資源を欲に利用し目先の利益のみで生きています。悲しいことです。

科学では解決できない「ビックバンの前は？」「宇宙の果ては？」「人間は神に似せて作られた？」などの謎を宗教は解決したとの如く振る舞ってきました。宗教は神を用いて宇宙の始まりや人間の死後を説明してきました。無知の人間には解決したように感じます。では神を誰が作ったのか、それを解決する方法はありません。

神は全ての始まりであるから神を作る必要がないと宗教家は言います。都合の良い話です。宗教は科学が未発達な時代の人々の不安を解消する、あるいは集団を統率するには必要な時期もありました。しかし結果的には、メリットよりデメリットの方が多いと感じざるを得ません。特に西洋の一神教に問題が多いと思います。

巨大化した組織を守るための排他性・非寛容性が特に問題です。戦争の宗教と言われる所以です。人間以外の生き物は宗教を持ちません。人間は死を知ってしまいました。知ったが故に死後の世界に不安、恐怖を感じます。その不安や恐れを和らげるために人間が妄想の中に創り上げたものが宗教であり神です。

人間の死後を知ることは不可能です。「死後は無」だからです。クォークのレベルまで考えれば痕跡は残ります。死後が無いことで悩む必要はありません。生きることは楽ではありません。生きるだけで精一杯です。妄想で悩むのは無駄なのです。

文字、書物が生まれたのは、ほんの数千年前のことです。文字のない先史時代では考古学的遺跡がものを言わぬ時代の証人になります。更に遡ると人間は定住することなく移動の繰り返しです。そのため継続的な遺物は殆ど残っていません。

人間は生物の中で唯一「考える脳」を与えられました。考える脳が哲学、宗教、科学を作り出しました。宗教と科学の暴走を牽制する役割が哲学にあるような気がします。そして三分野を正しい方向に向かわせるのが教育であると断言します。

教育を正常に機能させるには正しい歴史認識が不可欠です。歴史とはビッグバンに始まる宇宙史、四六億年の地球史、七〇〇万年の人類史そして宗教史、哲学史、科学史のことです。その歴史を出来るだけ中立、公平にジーンが伝言することにします。不自然に感じたり共感できない部分も多々あると思います。それは当然のことです。

異なる考えや信じることがあって当たり前です。いかに自らの手で自分なりの結論を出すかが重要です。それが世に生を受けた証しではないかと思います。私の経験、努力を通じて納得できそうな事柄をまとめ、皆様方に伝えたいと思います。

一人では無理です。偉人の知識を引用します。釈迦、アインシュタイン、ドーキンス、ラッセル達です。特にラッセルの言う「理性的に生きるためには、事実から導き出される真実のみを考慮しなさい」を実践します。

思想の原点は二千五百年前頃の謎に対する本格的な挑戦から始まりました。挑戦は人間の五感で感じる世界でした。二十一世紀に入ってもさまざまな分野で大きな影響を及ぼし続けている人物が現れました。特に哲学界と宗教界です。宗教界では「釈迦」、哲学界では「ソクラテス」「プラトン」「アリストテレス」、広義の宗教界では「孔子」「老子」、科学界では「デモクリトス」らを輩出しました。

気候が安定した一万年前頃から人間は農耕、牧畜を始めます。狩猟採集の移動生活から定住生活を開始しました。生活の安定から貧富の拡大、階級制度、職業の分化などが進みます。生活に余裕を持ち直接労働に従事することから解放された人々が出てきました。時間的に余裕を持つ人々の中から「人間とは、この世とは」等の抽象的な思索にふける人が出てきます。その状況が二千五百年前の世界各地で整いつつありました。

当初、死の恐怖を和らげるために、「呪術」「アニミズム」などが生まれました。集団が大規模になると統率のために、より強い存在を求めるようになります。「神」が創り出されたのもその時期です。無知な時代の人々の不安や恐怖を緩和させる役割を十分果たすものでした。しかし二十一世紀に生きるジーンは神に疑問を感じるのも事実です。

神を信じないことを恥じることはありません。神を支持する人間が行ってきた悲劇の歴史を知れば神を否定することも当然です。ジーンは神に会ったことがありません。存在を確認できないので信じないことも間違いではありません。愛を唱える神に起因する悲劇は枚挙に暇がありません。

ところで学問の起源ですが哲学に収斂できるかもしれません。哲学は未知の事柄から真の知識の獲得を目標とするものです。知識と確定した段階で哲学から離れ独立した個別科学が生まれます。心理学、物理学、医学、数学などの分野です。当初、哲学は宗教あるいは神学と科学の混在した学問として出発しました。

科学は哲学、宗教の陰に隠れた位置付けでした。科学が進歩する前は盲目の世界でした。謎の解明の主役は哲学でした。そこから原始宗教が生まれ主役の場を奪いました。宗教の神が全てに優先されるようになります。人間が論理的な思考を開始して以来、二千年以上にわたり宗教＝神学が世界を動かしました。

絶対神を生んだ西洋では哲学も神に翻弄されました。西洋哲学の実在は自然を超越した場所に求められました。神は絶対的であるとの考えが定着し排他性が強いものとなりました。一方、東洋では実在は個人の内にあるものとされる一元論的かつ多神教の相対的な部分に求められました。

哲学も西洋は「学」、東洋は「教」という分類も可能です。西洋で発達した科学も自然中心の東洋では生まれにくい環境にありました。考えることを始めた二千五百年前の哲学、宗教、科学が何億年と続く生命の連鎖を滅ぼそうとしています。漠然とですが自然中心主義の東洋思想に活路を感じます。特に日本の古代国家にヒントがあると思います。

約一万年にわたる平和な時期を作り上げ自然と共生した縄文時代の日本です。他国には見られない特異な現象のような気がします。文化、文明、宗教に独自性と共に他をも受け入れる寛容性を持つのが日本人の特色です。日本の寛容性を世界に発信する。ジーンは若者にその役割を期待します。

ジーンは単なる遺伝子です。宇宙は一三八億年前のビッグバンで誕生しました。四六億年前に地球が出来ました。地球と同じ物質から何億年も経た時に偶然生まれたのが私です。人間には見えない小さな小さなクォークの塊です。一三八億年の歴史を持ったクォークの塊であるとも言えます。

何とも不思議な事ですが事実のようです。宇宙には一三八億年の壮大なドラマがあります。その歴史を伝言していきます。歴史には諸説あります。主要とされている説に基づき伝言します。今後新しい事実が証明されれば修正しなければなりません。

一三八億年前・ビッグバン

一三八億年前のことです。そこは漆黒で空っぽの状態でした。元は空間も時間もありません。宇宙は超高温かつ超高密度の一点の大爆発（ビッグバン）により誕生しました。宇宙とは、「宇」は無限に広がる空間で、「宙」は永遠に続く時間のことです。宇宙は生まれては消えています。消えずに成長したのが今の宇宙です。

当初は十一次元で、余分な次元が無くなり空間の三次元と時間の一次元が残り、現在の姿になったと言われています。謎だらけです。人間の感覚で物質の大小、時間の長短を判断すれば分からなくなります。そのようなものだと概念で理解するしかありません。

はじめは原子よりも小さくて超高温状態の一点に宇宙全体が詰まっていました。インフレーションと呼ばれる急激な膨張による爆発で宇宙が生まれました。空間と時間の区別がつかない一種の無の状態から忽然と誕生し爆発的に膨張して出来たとされています。

直ぐに様々なものが生まれ始めました。誕生直後の数分間で周りにある全ての物質の素が出来たと説明されています。数秒で電磁気力や重力などの力が発生、魔法のように素粒子も生成されました。最少物質のクォークやレプトンです。

初期の宇宙には、水素原子やヘリウム原子の巨大な「雲」があっただけで混沌としていました。混沌とは入り混じって区別のつかない状態を言います。グチャグチャのプラズマ状態でした。その後は不思議かつ不気味なほど規則正しく動き始めています。

視点を変えて見れば膨大な現象及び多くの法則から、偶然かつ極めて奇跡的に一致し動き出したものと考えるのが妥当です。必然ではなく諸条件が合致し動き出した偶然の賜物です。意図的なものはありません。それでも偉大なる神の意図のもとに宇宙は動いていると主張する者が後を絶ちません。

ビッグバンは地球から固有距離で約四二〇〇万光年離れた場所で起こったとされています。我々が観測可能な宇宙の果ては一三八億光年です。従って最も古い時代に放たれた光は一三八億年前に四二〇〇万光年離れた空間からの光なのです。

一三八億年の時間を費やしたのは宇宙の膨張が影響しています。今も光速の約三・四倍の速度で遠ざかっているそうです。今も速度は衰えるどころか加速している可能性があります。従って一三八億年の約三・四倍の約四六五億光年が宇宙の半径と言われています。その距離を共働距離と呼びます。

共働距離とは空間に固定された二点間の距離を、空間の伸縮と比例して伸縮する（共働する）物差しで測った距離のことを言います。物差し自体が空間と共に伸縮しますので両者の距離は常に一定です。宇宙サイズの距離を言う場合の「地球から見た距離」と「その場に実際存在する距離（共働距離）」は違ってきます。

宇宙サイズの場合は「実質的に詰まっている空間サイズ」の距離の概念を共働距離と言います。見た目では一三八億光年でも詰まっている実際の空間は半径四六五億光年になるのです。一三八億光年先の星も後退しており止まっていません。

誕生直後の宇宙はクォークとグルーオンの糊のようなスープ状態でした。直ぐに二～三個のクォークが結びつき陽子・中性子が出来ました。数分後には水素、ヘリウムなどの原子核が結合し物質の素が出来ました。全ての物質は原子の集まりです。陽子の数と電子の数によって原子の性質が決まります。

三八万年後に散乱していた光が直進し始めました。「宇宙の晴れあがり」と呼びます。長い時間をかけて宇宙は冷えていき銀河の素になるガスができます。宇宙に微妙な密度差「ゆらぎ」がありました。ゆらぎによって宇宙の複雑性が増します。密度の高い場所は引力が強くなり水素やヘリウムが集まり無数の雲になります。

圧力が増し中心部の温度が上昇します。約一千万度になると陽子が融合し膨大なエネルギーが放出されガスが固まり核融合で輝く星が誕生します。恒星です。ビッグバンから二億年後、宇宙の至る所に恒星が現れ始めます。恒星は水素からヘリウムに変換される核融合のエネルギーで自ら輝く星のことです。太陽もそうです。

若い恒星の周りで元素が掻き混ぜられ結合します。それらが粒子になり、塵になり、岩になり、小惑星になり惑星や衛星になります。地球は四六億年前に誕生します。地球は物質が豊富で複雑な惑星です。太陽の周りを回る惑星です。衛星は惑星などの周囲を公転する天体です。月は地球の衛星です。

宇宙の構成は、星のように見える物質はわずか四％程度に過ぎません。七十三％は「ダークエネルギー」（暗黒エネルギー）、二十三％は「ダークマター」（暗黒物質）と呼ばれる謎のエネルギーと物質で占められています。宇宙の将来は、膨張の持続、縮小し消滅、加速度的膨張など諸説があります。

その鍵を握るのはダークエネルギーの探求にあるとされています。実際のダークエネルギーは単なる真空の状態で見えません。しかし、それが無ければ宇宙の成り立ちを説明することが出来ないのも事実のようです。一方、有神論者は、それが「神」と主張していますが、全く根拠がなく到底支持できる主張ではありません。

四六億年前（地球の誕生）

宇宙に比べれば地球の年齢は、放射性元素の崩壊の原理で精度よく分かっています。地球は約四六億年前にガス状の固体粒子が無数の微惑星に成長し、十個程度の火星サイズの原始惑星の衝突合体で形成されたとされています。火の玉状態で約六億年の隕石重爆撃期と呼ばれる激しい微惑星の衝突の時期がありました。

その原始地球に火星ほどの天体が衝突し地球と月とが分離しました。衝突はジャイアント・インパクトと呼ばれます。その後冷える過程の中で様々な物質が生まれます。温度や圧力で状態を変え分化してきたのが地球の歴史です。四五億六六〇〇万年前の隕石が最古として見つかっています。地球の誕生が約四六億年前と言われる根拠です。

地球は「水惑星」といわれます。しかし地球の表面の水の量は質量の〇・〇二%にすぎず、マントルに含まれる水を考慮しても一%ぐらいです。太陽系では地球のみに見られる特徴です。木星の衛星エウロパにも海が存在すると言われていますが、数キロの厚さの氷の下に存在すると推測されています。

地球はプレートと呼ばれる厚さ約百キロメートルの十枚余りの岩盤で覆われています。マントル対流に乗って動きます。違った方向に動いているため境界は離合、衝突します。離れる部分は中央海嶺や大地溝帯、ぶつかり合う所は海溝や大山脈になります。プレート上は地震のない安定部分です。境界は地震が多発します。日本がそうです。

地球は太陽の周りを年一回公転し一日一回の自転を繰り返しています。地球に惑星が衝突した衝撃で回りだしました。摩擦が働く部分がないので勢いが弱まることなく回っていると言われています。太陽や月の力も回転を止めるほどではありません。自転は時速一七〇〇キロで、とんでもない速さです。

公転については、太陽系が形成される時にガスの塊が太陽を中心に回転しており、その力が地球に影響を及ぼし回転を始めたとされています。太陽の引力も関係します。神が関与するのではなく偶然の賜物として選択された自然現象とするのが妥当です。それらの条件が少しでも違えば人間は生まれることはありませんでした。

宇宙の中で生命の居住に適した領域をハビタブルゾーンと呼びます。地球がその位置に属します。地球が五％太陽に近づくと金星のように摂氏五百度の灼熱惑星になり、二十％太陽から遠ざかると火星のように冷たい氷に覆われた惑星になります。

月の引力が地球の二十三・五度の地軸の傾きを安定させています。傾きも地球から月が分離した時の惑星の衝突の衝撃と言われています。地球のような惑星が他に存在する可能性は限りなく低いと言われています。天の川銀河では発見されていません。

地球は唯一生物の確認されている天体です。二〇一〇年にカリフォルニア大学が地球から二十光年の距離にある「グリーゼ５８１」という地球に似た惑星を発見したと発表しました。気温は七十〜零下三十度で質量は地球の三倍で重力もあるとのことです。人間のように進化した生命体が存在するとは思えません。

地球の物質圏は当分は存在します。従って地球も当面は安泰です。しかし巨大隕石の衝突、火山活動、大地震、あるいは未知の伝染病、環境問題に代表される人間自身の自殺行為や核戦争等により消滅する可能性もあります。太陽の寿命もあります。太陽が光度を上昇させると地球は金星と同じ灼熱の惑星となり全ての生物は消滅します。

太陽の寿命は約一〇〇億年です。五〇億年後には超新星となります。太陽の消滅と共に地球の寿命も終えます。その日が来る前に、生き延びるために人間が移り住むことが出来る惑星を探し出さなくてはなりません。神は人間を救ってくれるのでしょうか。そんなことはあり得ないとジーンは考えています。

四〇億年前（生命の誕生）

生命はいつ、どこで、いかにして誕生したのか？　生命起源の仮説の多くはダーウィンの進化論を適用します。単純な生命が生まれ、複雑性が増す化学進化説が生命誕生の主要な説です。一方、地球外の生命が隕石や小惑星により地球に持ち込まれたとするパンスペルミア説もあります。

『旧約聖書』や各地の神話では、生命は神の御業で生まれたとする妄想物語もあります。化学進化説は「無機物から有機物が作られ、有機物の反応によって生命が誕生した」とする説です。ソ連の科学者オパーリンが唱えました。地球誕生後の六億年は小惑星、隕石の衝突などで火の玉状態で、生命が誕生出来る環境ではありませんでした。

一応の安定後、化学反応で生命の素材となるタンパク質や核酸が生まれました。約四〇億年前に海で生命が誕生しました。場所は海底火山の噴出孔付近が有力です。生命体は海の元素組成と似ています。高温、高圧の熱水噴出孔付近には、生命の材料物質のタンパク質と核酸の二つが存在します。

タンパク質は細胞などの生物組成や維持メカニズムに必要な物質です。核酸は材料物質や構造の情報を次世代に伝えていく物質です。細胞には遺伝子がむき出しの原核生物と、ＤＮＡなどの遺伝情報を貯蔵する核を持つ真核生物の二種類があります。

原核生物は三四億六五〇〇万年前のものが最古の細胞化石として見つかっています。真核細胞は二一億年くらい前になります。原核生物は単細胞で真核生物は多細胞です。動植物の祖先は真核生物です。最古の細胞化石は三四億六五〇〇万年前の岩石にストロマトライト構造をつくるシアノバクテリアです。

二七億年前頃、海面近くの危険性が低下しました。地球を磁気のバリアーが包み生物に有害な放射線から守ってくれるようになりました。深海生物が海面近くで増殖できるようになります。ラン藻類が急増し光合成によって酸素が増え始めました。

二〇億年前には酸素を取り込む細菌が現れ始めました。ミトコンドリアの出現です。真核生物が誕生しました。光合成をする真核細胞の中から植物に枝分かれするものが現れました。動物界と植物界の枝分かれです。約六億年前には大型多細胞生物のエディアカラ生物群が繁栄しました。

約五億五〇〇〇万年前になると数十種の生物が突如一万種まで爆発的に増加する「カンブリア紀の大爆発」が起きました。動物の門（生物の体制）が出そろいました。何故、カンブリア紀に多くの動植物が現れたかは諸説あり定まっていません。進化論では生物進化がゆっくり進んできたはずです。生物の化石が連続していなければなりません。

五億年前にコケ植物やシダ植物が地上に進出しました。四億年前には昆虫が地上に進出、三億六〇〇〇万年前に両生類が誕生し陸上に進出しました。両生類から爬虫類が分化し鳥類、哺乳類へと進化していきました。七〇〇〇万年前には最初の霊長類が現れました。霊長類とは霊長目の哺乳類の総称で広義のサル類のことです。

恐竜が繁栄していた中生代の六五〇〇万年前に直径十キロくらいの巨大隕石が、メキシコのユカタン半島付近に落下しました。数百メートルを超える大津波が発生し粉塵が太陽光を遮断しました。急激な温度低下で恐竜は絶滅しました。

四〇〇〇万年前になると類人亜目が出現します。この生物は立つことができ、顔も人間に近くなります。三〇〇〇万年前には尾のないサルが出現しました。テナガザルがその種に属します。一七〇〇万年前になるとヒト科に属する大型のサルが現れました。ゴリラ、チンパンジー、ボノボなどです。いよいよ人類の祖先である猿人の出現です。

最も古い猿人の化石は四四〇万年前の「ラミダス猿人」と見られていました。しかし二〇〇一年、七〇〇万年前頃のものと見られる猿人がアフリカのチャドで発見されました。「トゥーマイ猿人」と名付けられ、これが人類の祖先である猿人の出現であるという説が有力です。

歯が摩耗していることから二五〇万年前まで菜食主義者だったと考えられます。猿人は「アウストラロピテクス属」とも呼ばれます。南の（Australo）サル（pithecus）の意味になります。猿人は直立二足歩行が出来ました。簡単な道具や石器を使っていました。猿人の脳は四百～五百ccくらいで現代人の三分の一程度でした。

二四〇万～一八〇万年前には、ヒト属で猿人と原人の中間に位置する類人猿の「ホモ・ハビリス」が出現します。「能力あるヒト」の意味を持ちます。「ホモ」との名称で呼ばれますがヒトには程遠く猿人に似ていました。木を避難所にしていました。巨大な臼歯《きゅうし》（奥歯）を発達させ、肉食が始まったようです。

ヒトらしくなったのは一七〇万年前に「ホモ・エルガスター」が登場してからです。暑く乾燥した気候のために体毛を失い体と脳を冷やすために汗をかくようになります。一六〇万年前、「ホモ・エレクトス」が出現します。火を使う原人の出現です。脳は約九百～千百ccで猿人の二倍以上になります。脳が発達し言葉が使えるようになります。

アジアで繁栄したジャワ原人や北京原人です。六〇万年くらい前に地球は氷河期に入りました。原人は毛皮を身につけ、天幕を張ったシェルターに住み洞窟に暮らしていたようですが、一〇万年ほど前に絶滅しました。日本でも明石原人の骨が発見されたことがあります。どの進化段階にあるか定まっていませんので、明石人とする場合もあります。

北京では五〇万年くらい前の火の使用痕跡が見つかっています。夜には火がともり、猛獣を遠ざけたり食物を熱処理したりしていたようです。原人はインドネシア人や中国人の祖先ではありません。理由は不明ですが絶滅しました。そして「旧人」が出現します。

二〇万年前から三万年前にヨーロッパを中心に暮らしていたネアンデルタール人です。三万年前頃に絶滅しました。理由は不明です。脳の大きさは千三百〜千六百ccくらいで現在の人間よりも大きいと言われています。脳の拡大で精神的にも進化していました。イラクのシャンダール洞窟に葬式の跡が発見されています。

現生人類との交雑はなくDNAは一切伝承されていません。筋肉も発達していました。同じ時代に存在したクロマニョン人は現生人類に属します。クロマニョン人は狩猟技術を高度に発達させていました。ネアンデルタール人は尖頭器のついた槍を使うだけでしたが、クロマニョン人は投げ槍を使っていました。

槍を遠くに飛ばすために、動物の角を加工した投槍器を発明しています。ネアンデルタール人はクロマニョン人との闘争で滅ぼされたとする説もあります。旧人は全て絶滅しました。ネアンデルタール人が何故、絶滅したのか疑問です。

一つの説としておばあさん仮説があります。ネアンデルタール人の化石におばあさんの骨が見つかりません。現生人類だけに見られます。おばあさんとは更年期を迎えた女性のことです。当時の更年期は死の病でした。おばあさんが存在するとお産がより安全になります。お産の経験をしているので知識が伝わります。次の出産までの間隔も短くなります。それが人口増加につながり、生き残ったとされるおばあさん仮説です。

人口が増加すると一つの地域での食物の供給は限られます。新たな食物を求め地域を移動するようになります。結果、現生人類は「出アフリカ」と言われる行動をとったと考えられています。

現生人類の特徴は言葉を話すことが出来ることです。言語能力が進化すれば目の前で起こっていないことでも相手に伝えることができるようになります。抽象的な思考ができるようになり「共同幻想」を抱けるようになりました。共同幻想が後世の人間に大きな影響を及ぼすことになります。現生人類は二〇万年前の最も厳しい氷河期に人類が絶滅しそうになった後に誕生したといわれています。ホモ・サピエンスとは、「考えるヒト」という意味です。

脳の容量が大きく特に大脳皮質が発達していました。大脳皮質が発達すると「考える」ということを始めます。「我とは何か」といった抽象的なことを考えるようになります。人間の特徴は考える動物です。出アフリカは複数回あります。五万〜六万年前頃に移動を始め、全世界に拡大したのが人間の祖先です。

従って全ての人間は親戚です。体格も違い、肌の色も違いますが血は繋がっています。何故戦争をするのでしょうか、何故殺し合うのでしょうか、助け合い仲良くするほうが楽しい人生が歩めるはずです。

一万年前（文明の始まり）

一万年前は氷河期も過ぎ去り気候が安定してきました。農耕生活を始め穀物の大量生産で食物の貯蔵、保管が徐々に出来るようになってきました。住居も定着し、日々の食物確保に追われる生活から解放される人々が出てきて文明を築き上げていきます。

世界中で同時に変化が起こりました。東南アジアでは「根菜農耕文化」でサトウキビ、タロイモ、バナナの栽培が始まり犬、豚、鶏が家畜化されます。西方の「地中海農耕文化」では大麦、小麦が作られ、ヤギ、羊、牛が飼われ乳加工が始まりました。

縄文時代の日本では狩猟や採集と並んでアワ、豆類、根菜類を焼畑で栽培していました。縄文後期には、稲作が中国、朝鮮半島を経て九州に伝わりました。牧畜も農耕と結びついた形で発達します。狩猟採集には、旧石器時代同様、天然の岩石を打ち砕いて作った道具を使っていましたが、磨製石器を作り使いやすくする工夫もなされてきました。

更に大きな変化は煮炊き用の土器が作られたことです。縄文土器の出現です。ブナ科の硬い実を茹でて食べ易くしたり磨り潰したりしました。栗を植林するなどの農法も始めました。竪穴住居が広場を中心に作られて定住し集落も大きくなりました。しかし生活の過酷さは続きました。大陸から切り離された結果人口は低調に推移します。一時期は八万人程度に落ち込みます。縄文後期でも二十五万人程度に留まりました。

縄文時代は身分の格差もなく民族間の争いも少ない比較的平和な時代でした。格差の根本原因は富の蓄積と過剰な欲です。縄文時代は狩猟採集、漁労が生活の糧です。手に入れた食料を仲間の間で平等に分け、残るものは少なかったと考えられます。

従って富の偏在は起きません。偏在がなければ格差も生まれません。基本的には平等社会でした。人口も少ない時代では、縄張り争いや領地争いもありません。食物も少なくてすみます。他の集落との間での争いは頻発することもなく平和な社会でした。争いによる人的損害の方が彼らの生活には深刻な問題になる時代でした。

気候の温暖化で海水面が上がり日本列島が孤立したために、外敵の侵入が少なかったことも争いの少ない要因でした。身分の差が全くなかったのかといえば少なからずあったと思われます。埋葬場所にその兆候が見られます。リーダーの存在が確認できます。

縄文と同じ時代に生きた世界各地の人類は食料の確保に奔走し、自然の脅威にさらされながら苦労をさせられていました。しかし東西では思想的発展の速度に違いが見られました。西洋思想に進展の優位性を感じます。

紀元前三〇〇〇年頃に古代文明の一つである「メソポタミア文明」が生まれました。シュメール人が神殿を中心に都市文明を築いたと言われています。メソポタミアとは、ギリシャ語で「両河の間の国」の意味です。ティグリス川とユーフラテス川の間のことを指します。肥沃な三日月地帯と呼ばれました。青銅器や文字が使われました。

同じ頃には、アフリカのナイル河周辺に統一国家が出来ました。「エジプト文明」の始まりです。メソポタミア文明とは密接な関係があったようです。紀元前二六〇〇年頃に青銅器文化を持つ「インダス文明」がパキスタンを流れるインダス川の流域の農耕に適する肥沃な平野で起こりました。

中国の大河流域で「黄河・長江文明」が生まれました。世界の四大文明です。各地で発達した文明は大河流域に位置していました。農耕、牧畜の生産拡大で集団を作り都市国家を生んでいきました。集団の拡大に伴い、秩序の構築や統一行動のために、共通の感情や公平感等が要求されるようになります。

そのため共同幻想という概念が作り出されるようになります。人間には共同幻想を共有する能力も生まれてきました。脳の神経細胞回路の変化により抽象的思考が出来るようになっていきます。以来人間は単なる生き延びるための存在ではなく「何故存在するのか？」と自らの存在理由を問うようになります。

そして「我々とは何か？」をも考えるようになりました。現生人類とは「考えるヒト」との意味です。考えるが故に人間は色々なことを語り、想像を逞しくしてきました。知識が苦しみの元になります。その一つが「人間は死ぬ」ということです。死が恐怖であり、不安であるが故に「死後の世界」を知りたくなります。

しかし死後の世界を現実には知ることが出来ません。その疑問に答えたのは当初、自然崇拝に始まるアニミズム信仰です。人間の思想は、時代とともに変化します。アニミズム信仰では、集団の人々を満足させることが出来ません。そこで神話が作られます。

都市文明の創世神話は多神教の世界でした。バビロニアのシュメール人にはマルドゥクとギルガメシュが、ギリシャ人にはゼウスとオリンポスの神々が、古代スカンディナヴィア人にはオーディンなどの多くの神がいました。かなり荒唐無稽な物語です。それでも当時の人を動かす力は十分ありました。

謎に対する回答を感じる部分もあったからです。神話は世界中にあります。文字が無かった時代に口承の物語として生まれました。当初は地域に根付いたもので土地の歴史を物語として表現したものです。世界各地で神話は語られましたが殆どは痕跡を留めていません。各地で残る伝説物語で語られる程度です。

その中で後世に影響を与え哲学、宗教、道徳、科学に痕跡を残している神話もあります。それは古代文明の発達した地域で生まれています。

神話の世界

メソポタミア神話は紀元前三〇〇〇年のシュメール神話が元です。メソポタミアの始まりはシュメール人でしたが、台頭したセム系民族の「バビロニア」と「アッシリア」が文明を創り出しました。その中でも穏健派のバビロニアが作った神話が有名です。粘土板に記された物語です。有名な神話は半神の英雄譚『ギルガメシュ叙事詩』です。

ノアの箱舟やギリシャ神話の原型になっているとも言われています。天地創造はエヌマ・エリシュと呼ばれます。大地が無かった時に、全ての生みの親「アプスー（真水）」と全ての生みの母「ティアマト（海水）」が混沌と混ざり合っていたとあります。真水と海水の混沌状態の中から神々が生じます。最初に「ラフム」と「ラハム」、そして「アンシャル」と「キシャル」それから「アヌ」が生まれます。その神々の中から最高神「マルドゥク」が生まれます。マルドゥクはティアマトを二つに割き一方を天、もう一方を地としました。またティアマトの息子キングーの血から人類を創造して神々の下僕としました。

最古の神話で語られる「天地創造」と「人間の起源」の物語です。同じ時代にエジプト神話もあります。ヘリオポリス神話を元に述べてみます。ヘリオポリスは現在のカイロ近郊に存在した古代エジプトの都市です。ギリシャ語で「太陽の町」の意味があります。ナイル川下流域の神話です。

原初の水で出来た海がありました。世界には海しかなく大地も全て海の中で太陽も水の中です。そこで原初の丘を水中から作り太陽をのせ世界を照らさせました。原初の丘より天地創造の神「アトム」が生まれたと語られています。アトムは太陽神「ラー」と同一視されます。エジプト九柱の神々の筆頭格です。

アトム・ラーは独り神です。自慰によって大気の神「シュウ」と女神「テフネト」を生みだしたとされます。シュウとテフネトは結婚し大地の神「ゲブ」と天空の女神「ヌト」が生まれ天地が創造されます。ゲブとヌトは交わって「オシリス」「イシス」「セト」「ネフティス」が生まれます。「オシリス神話」の主人公が生まれます。

エジプト神話では人間は、肉体、バー（魂）、カー（精霊）の三つの要素から成るとされます。死ぬとバーは肉体から離れ冥界に行きます。しかし肉体がそのままであれば再生すると言われています。その為にミイラ作りが行われます。ヘリオポリス神話では人間の創造が分かりません。

クヌム神の伝説の中に人類創生があります。神が粘土で他の神々や万物そして人間も創ったと言われています。現在のアスワンの守護神です。クフ王の名前は「クヌム・クフウイ」で「神は我を守りたまう」の意味を持つそうです。インドにも神話があります。多くの物語があります。

主なものはヴェーダ神話とヒンズー教神話です。ヴェーダ神話は紀元前一五〇〇年から前九〇〇年頃に作られたとされます。インド・アーリア人の神話を前提としていると考えられます。有名な神は宇宙創造の神「ブラフマー（梵天）」、宇宙維持の神「ヴィシュヌ」、破壊の神「シヴァ」です。

天地創造は「ブラフマーは何もない時代に水を造り、黄金の卵の中に一年間留まり卵を割り、天地を始め、万物を創造した」に始まります。ヒンズー教には「乳海攪拌《にゅうかいかくはん》」と呼ばれる天地創造神話もあります。アンコール・ワットの回廊にその模様が描かれているそうです。次のような物語です。

「激しい修行を経て賢者になったドゥルヴァーサがいました。彼は気が短く、ある事で腹を立てインドラ（帝釈天）の神たちに呪いをかけます。神通力を失ったインドの神様たちは、シヴァ、ブラフマーに救いを求めますが呪いは解けません。そこでヴィシュヌが不老不死のアムリタ（甘露）を飲めばよいと教えます。

作るには大海を攪拌し乳海を作れと言います。ヴィシュヌ神の化身である巨大亀クールマにマンダラ山をのせ大蛇ヴァースキを巻きつけて引っ張りました。山は回りだし大海を攪拌すると乳海となりバターとなります。攪拌は千年以上続き、ヴィシュヌの妃となるラクシュミー、ソーマ（神酒）、太陽、月が生まれます。

最後に、天界の医師ダヌヴァンタリがアムリタの入った壺を持って現れました。アムリタを巡り、アスラ（阿修羅）との争奪戦が始まります。この戦いの最中にラーフという神が現れます。ラーフはヴィシュヌに首を取られますが、ラーフの頭と太陽と月の間に憎悪が生まれ、日食と月食が生じるようになりました」

最後にはヴィシュヌの力にアスラは逃げ去りアムリタは神々のものになります。不老不死となった神々は今も世界を守っていると言われています。現世は長い歳月と大きな犠牲の上に存在していることを示唆しています。

インド神話に登場する最初の人間は「ヤマ」と言われます。両親はいずれも神ですが、妹「ヤミー」と兄妹婚し人間の祖先になります。ヤマは人間で最初の死者となります。それが閻魔大王で死者の国、冥界の王となり地獄の主と言われています。

このように四大文明の発祥地は全て独自の神話を持ちます。中国にも神話があります。盤古《バンコ》と呼ぶ創造神が語られています。神話は『三五歴記』や『述異記《じゅついき》』に次のように記録されています。『三五歴記』は呉代（三世紀）のものです。

「宇宙は初め、天と地の区別もなく、卵の中身のように混沌とした状態でした。その中から、盤古と言う巨人が生まれました」

そして斉（四世紀後半）の時代の『述異記』に続きます。

「一万八〇〇〇年が経ち天地が出来た後、盤古は一日に九回姿を変え大きくなり亡くなります。死後、彼の息は風や雲になり、声は雷となります。左目は太陽となり、右目は月となります。手足は高い山となり血は河川となります。肉は土となり骨は岩石となりました。天地が出来た頃には人間はいませんでした」

盤古の死後に人間の創造神である「女媧《ジョカ》」が現れます。中国人は彼女の子孫だということになっています。

「ジョカは、土をこねて人形のようなものを作り、息を吹き込み魂を与えると人間になりました。しかし知恵と能力が欠如していたために直ぐに死んでしまいました。そこでジョカは知恵を与え男性と女性を作り、結婚して世代を残していく体制を作ります。ジョカは人間の絶滅の問題を解決し歴史と文化を確立していきました」

以上のように四大文明に創造神話が存在します。そして似通った内容が見られるのには驚かされます。第一世代神話の後に新たな神話が登場します。代表がギリシャ神話です。紀元前九世紀頃のホメーロスの二大叙事詩『イーリアス』と『オデュッセイア』は口承の傑作とされています。紀元前八世紀頃のヘシオドスの『神統記』が体系的に文字で纏められています。

「昔むかしは、色々な物が混ざり合ったドロドロとした混沌（カオス）の状態でした。そこからガイア（大地）、タルタロス（奈落）、エロス（愛）、エレボス（暗黒・幽冥）、ニュクス（夜）が生まれ世界を形作っていきます。ガイアから天の神ウラノス、海の神ポントスが生まれます。ガイアは大地そのものです。神々はガイアを祖とします。

ウラノスは原初の神々の父であり王です。ガイアと結婚しクロノス（農耕）やレアの神々を生みます。クロノスはガイアの指示でウラノスの男根を切り落とし王権を奪い取り、第二代の王権を握ります。クロノスとレアは結婚し、レアはゼウスを生みます。

ゼウスは父クロノスに反旗を翻し神々の王となります。第三世代の王権を築きます。世界をオリュンポスの神々に担わせます。オリュンポスの神は十二の神です」

ギリシャ神話は近親相姦、親殺し、浮気などをする神が多数出てくる物語となっています。人間は神々と同様にガイアから生まれたとされます。神々と人間は血の繋がった兄弟として描かれています。但し人間は男性のみという奇妙な存在として描かれています。また神は不死で卓越した力を持ちます。

ゼウスは全ての悪を封印した箱を人間最初の女性パンドラに贈ります。パンドラに決して地上では開けてはならないと命じます。しかし好奇心から箱を開きます。そしてあらゆる災禍が地上に飛び出しました。パンドラが急いで箱を閉めたので、希望だけが箱の底に残ったと言われています。パンドラの箱の由来です。

ギリシャ神話では男性は土から生まれ往古から存在していました。女性はゼウスの策略で人間を脅かし不幸にするために作られたとする神話が語られることになります。ギリシャ神話の神は近親相姦や肉親の殺人を犯したり、自然の脅威、自然の恵み、相互の争いをもたらしたりする気紛れな存在として描かれています。神は絶対的な力を持ちます。

一方人間は何も出来ない無力な存在です。荒唐無稽な出来事を人間界に反映させ自然界の移り変わるさまを描き、人間の無力と神の意思を表現しています。エジプト神話との関係も見られます。特徴としては絶対的な神々が人間らしく嫉妬し争いを起こし、人間ドラマのような構成になっています。

ローマ神話もギリシャ神話に多くの影響を受けています。現在はキリスト教にその地位を奪われ信仰としては残っていませんが後世への影響は大きいものがあります。ギリシャ神話の後にはユダヤ教やキリスト教が生まれ一神教の世界に変化します。

北欧神話はキリスト教化される前の北欧、スカンディナヴィア半島に住んでいた人々の神話です。キリスト教の影響を受けながらも九～十二世紀に口承の形で保存され、現存する神話は十三世紀頃のものです。天地創造は次のように述べられます。

「太古には砂もなければ海もなく冷たい波もありませんでした。そして大地も天もなく奈落の口だけがありました。奈落の南には炎の世界ムスペルヘイムがあり、北には氷の世界ニヴルヘイムしか存在しませんでした。ムスペルヘイムの熱風とニヴルヘイムの氷がぶつかって、雫が滴り、最初の生物である巨人ユミルが誕生します。

氷の中から巨大な雌牛アウドムラが生まれます。ユミルの寝汗から多くの巨人が生まれ、アウドムラが塩辛い霜で覆われた岩をなめて最初の人間ブリが現れます。ブリの息子ボルと巨人の娘の間にオーディン、ヴィリ、ヴェーが生まれます。アース神族の最初の神々です。神の三兄弟はユミルと対立しユミルを殺します。ユミルの死骸で世界を作ります。

ユミルの血から海を、肉から土を、骨から山を、頭蓋骨から天を作り、脳みそを空中に投げ雲とします。そして炎の国から飛んできた火花から太陽と月と星が作られました。三人の神は二本の流木に命を吹き込んで人間を作りミッドガルドに住まわせました。男はアスク、女はエムブラと呼ばれます。アース神族はアースガルドに住み、巨人の子孫がヨツンヘイムに住むことになります」

北欧神話の世界観は神の世界「アースガルド」、人間の世界「ミッドガルド」、死者の世界「ニヴルヘイム」の三層構造です。この三層では語れない炎の地を「ムスペルヘイム」と呼びます。そして三層を貫く巨大な樹「ユグドラシル」が描かれています。

神々は自らと人間を守るために巨人族の来襲に備えています。いつかは最終戦争で終末を迎える運命にあります。それを「ラグナロク」と呼びます。最終戦争の思想は一神教の世界では根強い思想です。信者は預言として受け止めています。

以上から神話の起源はインドとメソポタミア地方が有力です。それらは各地のアニミズム信仰を取り入れた多神教の世界を語っています。メソポタミアから西に向かいエジプト、ギリシャ、北欧、ケルトまで派生します。東はインド、中国、日本に向かいます。ギリシャ神話と日本神話には似ている部分がみられます。

弥生時代以降に大陸との交流が始まり世界各地の神話を渡来民族が持ち込みました。それを『古事記』や『日本書紀』の編纂の際に参考にしているのは間違いないとジーンは考えています。世界中の神話には細かい違いはありますが似通った部分があります。「暗くてドロドロした液体や卵の中身が、次第に固まり、陸地となり……」で始まることです。

この後の展開は創造神が大地を創り、動植物を創り、最後に人間を創ります。また「洪水神話」「冥界訪問神話」が神話に共通する物語として登場します。大都市は川筋や河口に発達します。最大の脅威は洪水です。各地の共通の自然から生み出された物語なのです。神話は既に死んでしまった信仰の記憶です。

北欧神話はキリスト教化後の北欧では信仰されていません。ギリシャ神話もローマ神話に引き継がれますが既に信仰されなくなっています。マヤ神話もケルト神話も今は終わってしまった物語です。日本の神話もそうです。しかし地球人口の半分以上を占める一神教国では神話が宗教として残り、教えられていることにジーンは危惧を覚えます。

それが『旧約聖書』です。天地は起元前四〇〇四年十月十八日から二十四日の六日間で創られたと述べられています。今から約六千年前のことです。内容は以下のようです。

「第一日目、真っ暗な世界だった。神は光を創り、昼と夜が出来た。

第二日目、神は天を創った。

第三日目、神は大地を創り草と樹を芽生えさせ、海が生まれた。

第四日目、神は太陽と月と星を創った。

第五日目、神は動物と鳥を創った。

第六日目、神は土に這う全てと、神に似せて男と女を創った。

第七日目、神は仕事を離れて安息した」

これが、ユダヤ教、キリスト教、イスラム教の共通の聖典とされている『旧約聖書』の創世記の部分です。多くの人々が信じています。二十一世紀の今も乾いたスポンジのように知識を吸収する子供の教育に使う国があります。恐ろしいことです。

日本神話にはギリシャ神話と類似点がみられます。例えば、「イザナギの黄泉の国訪問」と「オルペウス伝説」などが酷似しています。日本人特有の融通性を発揮し、都合のよい部分を参考にし、土着信仰などと混合させ神話を作り上げたと考えられます。

日本の神話

日本神話にも特徴があります。他の神話の最高神は男性が主体ですが、日本の最高神は女性でアマテラスです。『旧約聖書』のヤハウェやギリシャ神話のゼウスは、背く者を容赦なく殺す残虐な神ですが、アマテラスは寛容で慈悲深い神です。自然を大切にし農業を中心によく働く民族の長として描かれています。

日本最古の歴史書は『古事記』で七一二年に作られました。神話の時代から三十三代推古天皇までの出来事を、語り部「稗田阿礼」によって伝えられた伝承と『旧辞』など多くの文献を参考に太安万侶が編纂したものです。上巻で天地開闢から神武天皇の誕生までを語っています。

日本最古の正史は『日本書紀』です。七二〇年に神話の時代から四十一代持統天皇までの出来事を舎人親王が口述したとされています。権力者の藤原不比等の意向が入っているのは間違いありません。中国風の史書を作ることを目的としていたようです。

両書の世界観は異なっていますが天皇神話であることには違いがありません。『古事記』は主に天皇の国土支配や皇位継承の正当性を国内向けに書かれているとされています。原資料に比較的忠実と言われています。

『日本書紀』は唐や新羅などの東アジアに通用する正史を編纂する目的で作られたとされています。内容も天皇の正当性を語る以外に有力部族などの伝承も多く、改竄もあると言われています。神武天皇の即位が紀元前六六〇年二月十一日とあります。その為に、その後の歴史の展開に不合理が生まれます。

藤原氏は六四五年の大化の改新で蘇我氏を滅ぼし突如、歴史に現れた家系です。藤原氏が『日本書紀』で過去の歴史を隠蔽する陰謀に出たとの説があります。時の権力者に都合よく書かれた歴史の側面は否定できないものです。中国と対等に接するために独立国を目指す日本が、歴史の正当性を主張するために作ったというのが『日本書紀』の大きな目的です。

それでなければ『古事記』から八年という短期間で同じ趣旨の歴史書を作る必然性がありません。藤原不比等には、蘇我氏から政権を奪い取った正当性を証明するために、歴史を改竄し、由緒ある蘇我氏を極悪非道にする必要があったのです。

梅原猛氏は「奈良の都の政治は不比等の独壇場であった。不比等の下に集められたのは、智謀豊かな、法律、歴史に詳しい人々であり、彼らに都合よく『日本書紀』は書かれた」と述べています。戦後の歴史教育では『日本書紀』を日本の正史として教えています。よく吟味する必要があるかもしれません。

古代の日本人にとっても世界がどのようにして生まれたかは大きな関心事であったようです。『古事記』、『日本書紀』とも最初の部分は世界誕生の物語になっています。ここでは『古事記』を中心に神話を整理します。

天地創造時の高天原に天之御中主神《アメノミナカヌシ》が至高神として生まれます。次に高御産巣日神《タカミムスビ》、神産巣日神《カミムスビ》が生まれ、この三神が三柱の神（造化三神）といわれます。造化三神に続いて二柱の神が生まれます。ここまでの五柱の神は性別がなく子供を作らず身を隠してしまいます。

そのために別天津神《コトアマツカミ》と呼びます。次に二柱の神が生まれますが性別がありません。これ以降の神話には登場しません。ここまでで三代七柱の神が生まれます。

引き続き五代十柱の神が生まれました。これらの神々には男女の性がありました。別天津神以降の七代十二柱の神を総称して神世七代《カミノヨナナヨ》と呼びます。

神世七代の最後に生まれた神が伊邪那岐《イザナギ》命と伊邪那美《イザナミ》命です。『古事記』には天地がいかに創造されたかの記載はありません。この二神が馴染みのある日本の島々を生む神となります。ここからは『古事記』を口伝した稗田阿礼さんに説明をお願いします。阿礼さんは極めて聡明で話を一度聞くと全て記憶したと言われています。

「阿礼さん、天地創造の状況について教えてください」

「分かりました。天界は高天原、地上は葦原中つ国、冥界は黄泉の国と呼ばれる世界がありました。神が増える一方、下を見ると海が広がっていましたが、島もなく誰もいない状態でした。アメノミナカヌシはイザナギとイザナミを呼び、天沼矛《あめのぬぼこ》で国造りを命じました」

「それで、二人はどうしたのですか？」

「その頃は海の上に油みたいなものがクラゲのように漂っているだけでした。海に天沼矛を突き刺し掻き回して引き上げると矛の先から塩が滴り落ち、固まり、島が出来ました。その島をオノゴロ島と名付けました。二人はオノゴロ島で結婚します。最初に生まれた島を淡路島と名付けました。

更に、四国、隠岐島、九州、壱岐島、対馬、佐渡島そして本州（大倭豊秋津島《おおやまととよあきつしま》）を生み、これらを大八島と呼びました。それでは国土が狭すぎるので、更に多くの島々を生み、日本の元が出来ました」

以上が稗田阿礼さんの述べた日本の始まりです。

「それでは人間はどのようにして生まれたのですか？」

「実は、よく分かりません。妻のイザナミの死後、妻を連れ戻しにイザナギが黄泉の国に行った時のやり取りがあります。イザナミが『毎日人間を千人殺す』と言ったのに対しイザナギが『毎日千五百人の人間が生まれるようにする』と言ったとされています。それで毎日五百人の人間が増えることになりました。また寿命も出来たとされています」

「日本の神話では人間は神の子孫として描かれているのですね」

「そうです。ギリシャ神話と同じです」

「その他の神はどのように生まれたのですか？」

「イザナギは黄泉の国でイザナミに穢れを感じ、禊をしました。ケガレは神道的な世界観の一つです。禊をした時に、イザナギの左目から天照大御神《アマテラス》（日の神）、右目から月読命《ツクヨミ》（月の神）、鼻から須佐之《スサノ》男《オ》命（海を支配）などの諸神が生まれました」

「それではアマテラスとスサノオは兄弟になるのですね。その後の物語を少し詳しく教えてください」

「それでは続けます。スサノオが高天原で乱暴を働いたのでアマテラスは天の岩戸に隠れてしまいます。その為に世の中が闇夜になります。困った神々は色々と工夫を凝らし、天の岩戸を開けます。同時にスサノオを下界に追放しました。追放されたスサノオは出雲の国に降り立ち、美しい娘を食べてしまう八《ヤ》岐大蛇《マタノオロチ》と戦い殺します。オロチの尾から剣が出てきます。そして美しい櫛名田比売《クシナダヒメ》と結婚します」

「その剣が草薙剣《クサナギノツルギ》ですか？」

「そうです。それが三種の神器の一つである草薙剣です。ヤマトタケルは草薙剣を使い東国征伐をします。今、その剣は熱田神宮に奉献されています」

「ところで、国譲りの神話とはどのような物語ですか？」

「スサノオの子孫である大国主命《オオクニヌシ》が葦原中つ国で国造りを始めます。しかし国つ神のオオクニヌシに不満を持つアマテラスは、高天原から次から次に天つ神を降臨させ、葦原中つ国の統治権を天つ神に移譲することを要求します。オオクニヌシは最後の使者、建御雷神《タケミカヅチ》に対し受諾します。しかし子の建御名方《タケミナカタ》神は要求を拒否します。そこで二人は力比べをします。結局、タケミナカタは負け諏訪の地に逃げます。そして日本の統治が国つ神から天つ神に移譲する物語です」

「阿礼さん、この物語は日本古来の土着民と渡来人の葛藤の物語を描いているように見えますね。土着民が国つ神で渡来人が天つ神のように描かれていますね」

「ジーンさん、これは神話で語られている歴史です。様々な解釈が可能です。大いに皆さんと議論してください。また、色々な政治的な思惑もあることも是非理解してください。それが私の答えです」

先程述べた梅原猛氏は次のような興味深い意見を述べています。

「もしも八世紀の日本の支配者が、この日本に古くからいた民族の子孫であったならば、このような神話を作らなかった。これは、明らかに外国から来て、日本の国に君臨した支配者が、その支配を合理化するために作った神話であろう」

この意見にはジーンも同意します。しかしあまり重要でない気もします。日本は土着系と渡来系の人々が共同で築いた国であると理解すればよいと考えます。日本は多民族による混血国家なのです。

「次に、日向三代の神話について教えてください」

「オオクニヌシが国譲りに同意した後、アマテラスは葦原中つ国の支配のために孫の邇邇芸《ニニギ》命に三種の神器を授け日向の高千穂に降臨させます。その子の火遠理《ホオリ》命、更にその子の鵜草葺不合《ウガヤフキアエズ》命の三代にわたる物語です。ニニギに海幸彦（ホデリ）、山幸彦（ホオリ）の子供が出来ます。山幸彦が海神の娘の豊玉毘売《トヨタマヒメ》と結婚し、ウガヤフキアエズを生みましたが、出産の時にトヨタマヒメは本来の姿であるサメの姿に戻っていたところを見られ海に帰ってしまいました。ですが、トヨタマヒメは夫が忘れられず妹の玉依毘売《タマヨリヒメ》を遣わします。ウガヤフキアエズは叔母のタマヨリヒメと結婚し、神倭伊波礼毘古《カムヤマトイワレヒコ》命を生みます。後の神武天皇（初代天皇）の誕生です。ここで神代《かみよ》から人代の『神武東征物語』に繋がります」

「神武天皇の東征物語とは？」

「日本を本格的に統治するには、日向でなく日本の中心に位置する大和の地に行くことが相応しいと考え、神武天皇は日向から瀬戸内海を進み大和を目指します。しかし大和の土着民族の長髄彦《ナガスネヒコ》の抵抗にあい何度も失敗します。そこで太陽を拝する東に向かうのが良くないと判断し方向を変え紀州に向かいます。態勢を立て直した神武天皇は、熊野から八咫烏《やたがらす》の案内で大和に入り大和を征服し畝傍橿原宮《うねびかしはらのみや》の山麓で天皇に即位しました。そこで『古事記』の上巻部分の神話が終わります。それが神武天皇の東征の物語です」

「ところで、阿礼さん、既に、饒速日命《ニギハヤヒ》がアマテラスから十種の神器を授かり天磐船に乗って天孫降臨し、ナガスネヒコと縁戚関係を結び大和を支配していました。しかし神武天皇に、すんなりと譲渡するようですね。これも土着民と渡来人の葛藤の影が見えますね」

「それも、先ほどの国譲り物語の答えと一緒です」

以上が『古事記』の上巻での神代の概略です。ジーンはある重要なメッセージが神話に含まれているのを感じました。

「阿礼さん、天つ神と国つ神の葛藤の場面に神の結婚が描かれています。結婚はいずれも不幸に終わります。不幸は出産の場面で描かれています。火の中で子供を産んだり、サメになって子供を産むなどが語られています。何か違和感を覚えるのですが」

「そうですね。出産ではサメが出てくるなど、あり得ない場面が描かれています。その意図は原日本人と渡来人の持つ文化、風習には違いがあり、お互いが違いを尊重しなければならないということです。また、それを乗り越えなければ国家を統治することが出来ないとのメッセージを送っていると考えています。従って、渡来人が持ち込んだ宗教、文化も取り入れ、混淆させた正当性を述べているように感じます。ジーンさんどうですか。支持して頂けますか」

「阿礼さん、その考えは素晴らしいと思いますよ。このような考えを権力者が持てば平和な国家が出来ると思います。日本の民族は賢明だと思いますよ」

この考えが奈良時代以降に各地で建立された神社、寺院に反映され、「神仏習合」と呼ぶ独自の宗教体系が出来ることに繋がるのであろうとジーンは考えています。一神教の神さえも統一国家建設のために和睦したとも考えられます。

日本人は神社や寺院で一神教の神も多神教の神も知らず知らずに信仰しているのです。日常の信仰の中で自然と「寛容性」を持つ素晴らしい日本人気質が醸成されているのです。神道には「水に流す」という独特の価値観があります。穢れや邪悪を水で清め流すと人間関係は良くなるとの考えが神道にあるのです。

この神道の教えを学べば他国から受けた恨みも「水に流す」で許す国民性も生まれてきます。韓国や中国の人には、残念ながらあまり理解してもらえません。日本人独自の価値観で他国には期待できない考えかもしれません。お互いの違いを認識することが国際的相互理解には大変大事なことであるとジーンは考えています。

『古事記』や日本の正史とされた『日本書紀』が、後世に大きな影響を与えているのは否定できません。ですが、あまりにも荒唐無稽な歴史として、語られている部分があるのも間違いありません。私たちはそれを正しく理解するように努力することが必要です。

文字、言葉等で知識の蓄積を始めたのは今から数千年前に過ぎません。人間の意識の延長線上には生命の誕生があり生命の終わりがあります。つまり「生死」です。しかし、その前後が分かりません。特に死後と今が気になります。「人間は死んだらどうなるのだろう」「人間は何故、存在しているのだろう」です。

謎に対する最初の試みは、原始宗教であるアニミズム信仰に始まるとジーンは考えています。そして、それを形にしたのが各地に発生した多神教の神話の世界です。人間中心主義の西洋では東洋と違う新たな問いかけが起こります。

神話の中の物語を意図的、自覚的に設定し「筋道だった理性によって」追究する時代に入ります。西洋哲学の始まりであり一神教の萌芽です。タレスやアナクシマンドロスなど自然哲学者に引き継がれソクラテスで西洋哲学が始まります。

自然哲学

ジーンは五万年前にアフリカを出発し中近東付近から西に向かった仲間に会いに行くことにしました。紀元前六世紀頃のギリシャです。海に面した都市国家のような場所です。入り組んだ海岸線があり、背後にはなだらかな丘陵が迫っています。空が青く、眩しい太陽が印象的な場所です。白に統一された町並みがあります。

エーゲ海に面したミレトスです。街中の人は一枚の単色の布をまとった姿です。大半の男性は口髭とあご鬚を蓄えています。三人の哲学者、タレス（前六二四頃－前五四六頃）、アナクシマンドロス、アナクシメネスに代表される時代です。彼らは自然と宇宙の謎を思索の対象としていました。自然哲学の始まりです。万物や宇宙の起源を「アルケー」と定義しました。

「そうだ。ここはタレスの住む場所だ。哲学の始祖とも言われている人物である。まず、彼に会いに行こう。すみません。タレスという哲学者に会いたいのですが」

ジーンが街中で歩いている人に聞くと、運よくタレスに会うことが出来ました。彼はギリシャ彫刻のようにいかつい顔つきで口髭、あご鬚を蓄えていました。

「タレスさん、あなたは、後世では『最初の哲学者』と呼ばれています。ギリシャ七賢人の一人にもされています。神話的な世界について科学的な説明を初めて主張された方です。タレスさんの口から考えた事を教えてください」

「この街では、『世界とは何か、なぜ我々は苦しんでいるのか、死後の行き先は？』などは神話で説明されています。私には信じられません。私は全てのもののアルケーは『水』であると考えています。全ては水から生成され、そして水へと戻っていきます」

「何故そのように考えたのですか？」

「世界にある全ての養分は水分のあるものであり、熱さえも水から生じているのがあなたには分かりますか。今、我々が立っている大地も水の上に浮かんでいるのですよ。目の前の海も水で覆われていますよ」

タレスの時代は哲学との概念が無く、哲学者と呼ぶには異論があります。擬人的な神話の世界でした。その盲信的な神話から離れ哲学、更に科学へ至る考え方の分岐点にありました。思想は画期的ですが議論の余地が残るものです。

アルケーは「はじめ・根源」を意味するギリシャ語です。対語は「テロス」です。テロスは「終わり・目標・完成」という意味を持ちます。『新約聖書』には、イエスが「わたしはアルパであり、オメガである」と述べたと記されています。ギリシャ語では「わたしはアルケーであり、テロスである」となります。

ピタゴラス（前五八二頃－前四九六頃）は、アルケーを「数」と定義しました。ヘラクレイトスはアルケーを「火」であり「万物は絶え間なく流転する」としました。アナクシメネス（前五八五頃－前五二五頃）は「空気」が万物のアルケーであると言いました。死人は呼吸をしないことから息は生命であると古代ギリシャでは考えられていました。

エンペドクレス（前四九〇頃－前四三〇頃）は、多元論的な世界観を展開します。世界は「火」「空気」「土」「水」の四つの元素で構成されるとしました。タレスに始まる自然哲学の到達点がデモクリトス（前四六〇頃－前三七〇頃）の原子論的世界観です。

彼は徹底した唯物論者でアルケーを「原子」と「空虚」と主張します。「何もない空間で原子が運動し、結合・分離を繰り返すことで世界が成り立っている」という原子論を作り上げます。死ぬとは原子がバラバラになることであり死後の世界はないとはっきり述べました。世界を原子の偶然的な運動との概念で説明しました。

科学の未発達な時代の主張としては驚きです。後世に大きな影響を与えましたがデモクリトスの後は超自然的存在である神が作られ、科学の進展が長い間停滞します。タレスに始まる自然哲学思想はデモクリトスで一旦終了します。

タレスの時代の紀元前五～六世紀頃に、後世に影響を残した思想家や宗教の始祖が、世界各地で多く出ました。同時期に奇跡的に自ら「考える」ことを始めました。動きは決して偶然とは言えません。人間を取り巻く社会環境の条件が似通っていたのです。

人間のルーツは同じ遺伝子を持つ「動物種」です。根本的な脳の構造は同じです。ですが自然の違い、環境の違いで発想が異なります。導きだされる結論に差異は出るのです。その中から抽象的なことを考える人たちも現れました。

既に東洋では仏教、儒教の教えが広まり始め、西洋ではユダヤ教の芽が出来ていた時代です。タレスたちの自然哲学とは異なる思想です。ギリシャのソクラテスを筆頭に北インドの釈迦、黄河流域の孔子・老子らの思想です。世界を普遍的秩序で捉え神話にとらわれない自由な発想を持った偉人の登場です。

神話が提起した問題を哲学が引き継ぐ役割を担いました。東西哲学を比較した場合、西洋は「学」としての哲学、東洋は「教」としての哲学との見方があります。西洋哲学は学問としての論理的観点に立ち、形而上／形而下の世界、実在界／現象界といった二元的思考様式が見られます。

東洋哲学は、釈迦にせよ、孔子にせよ、「いかに生きるか」という人生に対する実践的関心が見られます。特に釈迦は「我々はどうして、この世で苦しみを感じるのか」、そして「苦しみを取り除くためにはどうすればよいのか」を追究しました。東洋哲学には超越的な存在である創造者や神といった概念が見られません。

日本では縄文時代には自然現象に霊威を感じるアニミズム信仰が始まりました。屈葬なども死者霊に対する恐れから行われました。呪術に土偶や石棒が使われました。弥生時代には集落で銅鐸などの青銅製祭器を使用した豊作祈願、収穫感謝の神祭りも行われました。

しかし日本における宗教心は自然の脅威に崇敬の念を抱く、自然中心社会であったことにかわりはありません。あらゆる自然を神と見る多神教社会です。縄文と弥生の時代は互いに重なりあっていました。単純に切り替わるのではなく同時に生きていました。

西洋哲学の始まり

紀元前一八五〇年頃、アブラハムがいたと『旧約聖書』は記述しています。その後、モーゼの時代（前一二五〇年頃）に至ります。モーゼはエジプトからヘブライ人（ユダヤ人）を救い出しシナイ山で神から「モーゼの十戒」の啓示を受けました。

前九五〇年頃に『モーゼ五書』が書かれました。「トーラ」と呼びます。『旧約聖書』の最初の五書です。ユダヤ教、キリスト教、イスラム教共通の聖書とされています。①創世記、②出エジプト記、③レビ記、④民数記、⑤申命記で構成されています。

前六三〇年頃、最古の一神教とも言われるゾロアスター教が創始されました。前五六〇年頃に仏教の創始者釈迦がインドで生まれました。前五五一年には、儒教の創始者孔子が生まれ、道教の創始者老子も同時代と言われています。

当時の世界観をもう少し伝言します。アテナイ三大詩人のエウリピデス（前四八〇頃－前四〇六）は「誰かが天上に神がいると言っているのか、いない、いない。昔の誤ったおとぎ話に乗せられてあなたをだます者などいない」と述べています。

釈迦と同時代のインド人思想家アジタ・ケーサカンバリンは「世界は地・水・火・風の四要素の離合集散である。バラモン教の輪廻世界はない。死後の生まれ変わりも来世もない。死ねば四要素に帰って消滅する。宗教は不必要だ」としました。

西洋哲学の祖と言われるギリシャの哲学者ソクラテス（前四六九頃－前三九九）はアテナイで生まれ

ました。ソクラテス自身の著作はありません。西洋哲学はイオニアのタレスではなくソクラテスに始まると言われています。当時のアテナイは、民主主義で議論により物事を決めていました。

議論を展開するのは、ソフィスト（弁論士）と呼ばれる雄弁術を教える人々です。賢人とも言われ、雄弁術が重視されていました。ソクラテスは否定的でした。ソクラテスはユニークな容貌です。両眼は飛び出し、鼻はひしゃげた獅子鼻です。

しかし、語り合うと言葉に魅せられ彼のとりこになってしまいます。魅力的な男です。奇妙な東洋からの訪問者ジーンに対し初めは無関心でしたが、有名な「無知の知」の事を話すとにこやかになりました。

「ソクラテスさん、よく鬼神（ダイモーン）の声を聞いていたと話されていますが、どんな声が聞こえるのですか。それと何故、雄弁術を重視しないのですか？」

「それは、鬼神が私に『こうしろ、ああしろと命令するのではなく、ああするな、こうするなと命令をしてくる』のだよ。それがソフィストを批判したと言われる所以じゃ。また雄弁術は議論に勝つことのみを教えるもので真理を教えるものではないからじゃ」

「では、何を重視するのですか？」

「それは、問答じゃよ。問答法によって相手に自らの無知を自覚させ、真の認識に到達させようと思ったのじゃよ。智者、賢人と言われる人は結局、無知なんじゃ。無知を自覚させ、善く生きるために議論をするのじゃ」

「それは、無知であることを知っている人間は、自分自身が無知であることを知らない人間より賢いとの言葉ですか？」

「そうじゃ。それが『無知の知』じゃよ。無知の知は、無知の無知より上じゃ」

「その他、私に参考となる考えを教えてください」

「『より善く生きる道を探し続けることが最高の人生を生きること』、『他人からされたら怒るようなことを人にしてはいけない』、『一番大切なことは単に生きることではなく善く生きること』、『嘘はいつまでも続かない』、『ねたみは魂の腐敗である』などじゃ」

ソクラテスは文献としては何も残していません。弟子のプラトンの対話編やクセノフォンの回想などを通してしか手立てはありません。彼の意義はミレトス学派の自然の知から人間・社会への知に考察対象を転換させたことです。

「神のみぞ知る」は決まり文句です。「人間は宗教的色彩を帯び、社会は神話的かつ伝統的イメージに溢れたものである。自然の中に真実はなく人間の中にこそ真実はある」としました。研究すべきは人間であり「人間の理性」のあり方としました。理性とは物事の本質を見抜く力であると主張しています。『ソクラテスの弁明』で、「自分は他ならぬ神の命令によって行動している」と述べるなど宗教意識がみられます。死後の世界が存在することを信じていたようです。問答法で相手に自らの無知を自覚させ真の認識をさせようとしました。努力は理解されず国家の神々を否定するとして、裁判で死刑を宣告され毒を仰いで亡くなります。

ソクラテスの一番弟子プラトン（前四二七頃－前三四七頃）は師の不条理な死と政治への失望から哲学の道に入りました。著作のほとんどはソクラテスを中心とする対話編です。ソクラテスが後世に名を馳せる理由としてプラトンの存在があります。

プラトンは、現象界とイデア界、感性と理性、霊魂と肉体を区別する二元論的認識論で超越的な「イデア」の真実性を説きました。イデアは本来、形と姿の意味に用いられるものでした。プラトンのイデアは肉眼に見える形ではなく、物質界には永遠不変のイデアがあるとします。移ろうことがなく同一のものとしてとどまるとします。

魂を不死と考えます。世界は仮象の世界に過ぎず、最高のイデアは「善のイデア」であり、存在と知識を超える「神的にして秩序あるもの」としました。哲学と科学を統一した体系に纏め上げ、再び自然科学に哲学的意味を与えました。宇宙の始まりは混沌であったが神が知的な計画で秩序づけたと考えました。

イデアの概念がもう少しはっきりしません。ジーンは質問をしました。

「プラトンさん、師のソクラテスさんは、問答でギリシャ人の考え方を徹底的に否定する態度で臨んでいたようです。また弟子たちにも決して積極的、肯定的な主張を教えているようには見えません。その中で何故イデアの概念を生み出されたのですか」

「原点には師の本当の善や愛などが存在するのかという真理の探究にあります。例えば善とか愛は現実には存在しないのに皆が意味を理解している。従って善とか愛は存在しているとして間違いではないのです。それをイデアと呼びます」

「難しい概念ですね。イデアは何か超自然的な原理のようなものを意味しているのですか。プラトンさんは別の言葉で、イデアは、『魂の眼』『心の眼』でしか見ることが出来ない、決して変化することのない物事の真の姿を指すと言っておられますが」

「人間が感じとれる世界は真の姿であるイデアの似姿のみです。人間には魂の眼が備わっています。それは我々の肉眼に見える形ではなく、魂の眼によって洞察される真の姿を見ることを目標にして生きるべきであると考えています。つまり、我々の魂は、かつて天上の世界でイデアだけを見て暮らしていましたが、汚れのために地上に追放され肉体という牢獄に閉じ込められてしまいました。地上に追放される際に忘却の河を渡った時に忘れてしまったのです。だが、地上でイデアの模造である個物を見るとイデアをおぼろげながら思い出すのです。我々の眼を外界ではなく魂の内面へ向け直し、かつて見ていたイデアを想起すれば真の姿を認識することになるのですよ」

イデア論の発想は、既に自然を超越した二元論の立場をとるようになっています。ソクラテスが刑死したとき、プラトンは三十歳前でした。イデアを主張するのは四十歳前後の頃です。その十年間にエジプト、アフリカ北岸、イタリアを旅行しています。アフリカ北岸はユダヤ人の居住地でありモーゼの出エジプトの地でした。

そこでプラトンは『旧約聖書』や「一神教の神」にふれていた可能性があります。ユダヤ人の世界観がイデアの発想に繋がったと考えるのが自然です。イデアは中世では神の内にある万物の原型として捉えられ、近世では人間の意識である観念（アイデア）や理念などに繋がります。プラトンは話を続けました。

「どんなに人が変わっても時代が変わっても、人が行動を起こすときには絶対的な愛・本当の愛などの超自然的な原理が存在します。自然はそうした原理により形成される単なる材料・質料からなる物質に過ぎないと私は考えています。私は師を主人公にした約三十編の対話編を書いています。師の弁証法（問答法）を哲学の唯一の方法論と考えています。私は師の真理の探究の火を受け継ぎました。その精神を学園の設立と著作の中に生かしながら後進に伝えていきました」

二十世紀の哲学者ホワイトヘッドは「西洋哲学の歴史とはプラトンへの厖大な注釈である」と述べています。プラトンは西洋哲学の主要な流れの一つとなります。プラトンはアテネに学園アカデメイアを設立します。

万学の祖と呼ばれるアリストテレス（前三八四－前三二二）はアカデメイアで二十年間学びます。十七歳でアカデメイアに入門し、後にアレクサンドロス大王の家庭教師になります。医者の裕福な家庭に育ち、派手な服装でプラトンの顰蹙を買ったと言われています。ジーンが会った時も目立つ服装でした。

「師のイデアを批判していますが意図を教えてください」

「師プラトンは感覚的なイデアを重視しました。善とか愛は人間が頭の中で作り出した単なる概念に過ぎません。人間の認識を神秘的・超自然的に考える必要はありません。私は実際に世の中に存在するものを観察して共通の認識を作りたいと考えたのです。現実主義の立場を取ったのです。それは概念ではなく実体であり本質でエイドス（形相）と呼びます。それは個物の中でも素材であるヒューレー（質料）の中にあると考えます。個物の変化により、イデアあるいは自然に近づくと考えました。イデアを批判しているわけではありません。師のイデアは二元論の袋小路に陥ったと考えています。師はイデアを個物から離れて存在するものとします。私の場合はエイドスとヒューレーはセットとして現実化した個物と見ます。そして今ある個物は未来の個物となる可能性を持つものと考えます」

「理想は現実の中に潜んでいると考えたわけですね？」

「そうです。人間は努力することで、一歩一歩理想に近づきます。努力をして個物を変化させるべきなのです」

アリストテレスはプラトンの超自然的なイデアを否定するように見えますが、最終目的を純粋形相とか神（人格神ではない）と呼んでいます。最終的には、プラトンの説を修正しながらも受け入れていたとジーンは考えました。

「師プラトンの対話によって真実を追究する弁証法についても否定的ですね」

「はい、師の観念論に対し個物を重視し実在論の立場をとりました。つまり物事を観察してその記録を蓄積し、性質や特徴を見出して整理していき、知識をきちんと体系化していく。これが存在に対する問いかけ方で論理学と呼ばれています。論理をあらゆる成果を手に入れるための道具（オルガノン）であると考えています」

「弁証法に対し経験的事象を元に演繹的に真実を導き出す分析論を重視したようですが、この手法は論理学として三段論法に体系化されたと理解していますが」

「経験的に与えられる個物を重視しました。それは、大前提、小前提から結論を推論する論理学のことです。例えば、全ての動物は生物である（大前提）、全ての人間は動物である（小前提）、故に全ての人間は生物である（結論）のような考え方です」

この三段論法は中世スコラ哲学を始め、後世の学問へ大きな影響を与えます。偉大なアリストテレスですが一つの問題として弟子を育てることが出来なかったようです。彼を乗り越える哲学者が長い間生まれず荒唐無稽な主張までも残りました。

例えば「重いものが、軽いものより速く落ちる」「女性は男性より劣った存在」「女性は不完全な男性」「宇宙は地球を中心に回っている」「脳は血液を冷やす器官」なども絶対視され千年以上も信じられ続けました。宇宙の地球中心説では「宇宙はエーテルに満たされ最外層に不動の第一動車が存在する」として「神」と呼んでいます。

アリストテレスに由来する哲学用語に「形而上学」があります。この言葉は彼の主著『メタフュシカ』の英訳の「メタフィジックス」を邦訳したものです。「自然学の後の書」程度の意味しかないものです。しかし形而上学は哲学を志す者が最初につまずく言葉です。概念として理解に苦しむのは当然であると分かりジーンもホッとしました。

アリストテレスは形而上学を第一哲学と呼び、決して特殊な存在ではなく「普遍学としての存在論」と「神を扱う神学」とで構成されているとしています。後世、キリスト教の教義体系を構築する際の下敷きとして使われ、自然を超えた事柄に関する「超自然学」という意味で定着し近代に受け継がれました。

「もう一つ質問があります。人間が理性的に生きるためには、中庸を守ることが重要であると説いておられますが、分かり易く教えてください」

「理性的に生きるには、『知性的徳』が大切です。正しいことを認識する知恵と中庸を守ることの二つが大事です。中庸とは過度や不足の両極端を避け、あるべき道を選び取る能力を身に付ける態度のことです。さまざまな立場や環境の人間がいて思想は千差万別です。その時に利用される指針や軸のようなものを『徳』と呼びます。メソテース（中間のこと）とも呼びます。それは公明正大な神の目線のようなものです」

ジーンには、まだ十分な理解には至りませんでしたが、同時代のアジアでも同様の思想が語られていました。環境や場所が違えども、考えることには常に共通点があるものです。孔子の「中庸」、釈迦の「中道」、老子の「沖気」の思想です。

タレスの「アルケーはなにか」に始まった自然哲学は、ソクラテスの登場で人間へと関心が移り、ギリシャ哲学の黄金時代を築きました。ですが、ソクラテス、プラトン、アリストテレスという師弟関係は残念ながらここで途切れます。その後の哲学は混迷の時代を迎えることになります。

ルクレティウス（前九九頃－前五五頃）が「自然現象に恐怖を感じ、神の干渉を見ることから人間の不幸が始まった」と述べたように、新たな展開は十七世紀の近代哲学まで待つことになります。

ソクラテスに始まった西洋哲学の芽は、ヨーロッパで台頭してきたユダヤ教やキリスト教などの一神教に阻まれ発展を遂げられなかったのが歴史上の事実です。真の哲学の姿は消え神学の陰に隠れた哲学に陥ります。

西洋哲学は紀元三九五年のローマの東西分裂が大きな分岐点となりました。西ローマでは哲学は忘れ去られ完全に神学、宗教に座を奪われました。東ローマ帝国いわゆるビザンツ帝国でネストリウス派のキリスト教徒らによって知識は継承されていきます。

アリストテレスの文献はギリシャ語からシリア語、そして九世紀のアッバース朝の頃にアラビア語に翻訳され、イスラム文明に多大な影響を与え、イスラム科学の隆盛の礎を築きました。イスラム文明で保持されたアリストテレスの哲学、科学は更に十三世紀にラテン語に翻訳されスコラ学に大きな影響を与えます。

十三世紀のトマス・アクィナスを経て中世のヨーロッパに支持されました。アリストテレスの説は影響を与え続けた一方、科学の発展を遅らせる皮肉な状況に陥らせました。典型例が、プトレマイオスの「天動説」などです。ガリレオ・ガリレイの「地動説」に至るまで千年以上ヨーロッパ及びアラブ世界に受け入れられていました。

ソクラテスに始まる西洋哲学はプラトン、アリストテレスにより一応の体系化を見ました。しかしニーチェの「神が死んだ」に至る約二千年間は一神教の神に翻弄されます。哲学は停滞を余儀なくされ神学の域を出ることが出来ませんでした。

一方インド、中国に後世に大きな影響を与えた思想、宗教が芽生えました。それを伝言するためにジーンはアジアに行ってみることにしました。会う偉人は釈迦が最初です。

釈迦仏教の誕生

　釈迦は仏教の開祖です。生没年に諸説ありますが紀元前六世紀頃と言われています。シャカ族という小さな部族の王の子として北インドのルンビニーで生まれました。ゴータマ・シッダールタが本名です。二十九歳で出家し、三十五歳で悟りを得ます。

　鹿野園《ろくやおん》で五人の修行者を教化し仏教教団を成立させました。教説は三法印《さんぼういん》、四諦《したい》、八正道《はっしょうどう》、十二縁《じゅうにえん》起《ぎ》等です。中部経典（パーリー仏典）に有名な言葉があります。

「過去を追うな。未来を願うな。過去は既に捨てられた。そして未来はまだやって来ない。だから現在の事柄を、それがあるところにおいて観察し、揺らぐことなく動ずることなく、よく見極めて実践せよ。ただ、今日なすべきことを熱心になせ」です。

二千五百年前の言葉ですが全く時代を感じさせない立派な教えです。人間の根本的な生き方です。インドは気候条件の厳しい場所です。釈迦は乾季に伝道を行い、雨季には比丘《びく》が住まう精舎に留まり説教をしていました。雨季に最初の仏教寺院である「竹林精舎」に行くことにしました。

　ガンジス川の下流域のマガダ国の首都である王舎城に竹林精舎はあります。精舎は誰でも入れます。説教をしている場所に行き教えを聞くことにしました。三法印の話をしているようでした。釈迦は悟りを得た後に三法印の真理を示しました。

　三法印は「一切は変化する諸行無常《しょぎょうむじょう》に逆らえない。一切は所有できない諸法無我《しょほうむが》を悟って欲を少なくすれば涅槃寂静《ねはんじゃくじょう》の悟りがある」との教えです。「世は全て移り変わるものであり、一切が我がものに出来ないことを知れば欲も消え迷いや苦しみのない心に辿り着く」と説く教えです。

そして悟りの実践道では「人生とは十二因縁に基づくところの四諦を示し八正道を実行していけば、全ての物への執着を捨てられ苦が無くなる」と語っています。十二因縁とは「人生は無知から迷い、物事に執着をすることで、欲が生まれ苦に陥る」との教えです。次のように十二段階で説いています。

無知の「①無明《むみょう》」から無意識の行動「②行《ぎょう》」が生じ、行から物事を理解する認識「③識《しき》」が生じ、識から自分の存在を意識する「④名色《みょうしき》」が生じ、名色から五感と知覚「⑤六処《ろくしょ》」が生じ、六処から物事を意識的に判断する「⑥触《そく》」が生じます。

そして触から好き・嫌い・苦しみの感情「⑦受《じゅ》」が生じ、受から物事に愛着・執着する「⑧愛《あい》」が生じ、愛から欲望「⑨取《しゅ》」が生じ、取から差別や区別する心「⑩有《う》」が生じ、有から対立、争いの苦楽を意識する「⑪生《しょう》」が生じ、生から老いて死を迎える「⑫老死《ろうし》」に至る運命の教えです。

四諦とは、苦という人生の本質、苦の原因、原因の消滅、苦の原因を取り除く方法を次のように説いたものです。

① 「苦諦《くたい》」人生の一切が苦であるとの真理

② 「集諦《じったい》」苦が煩悩などの欲望が原因との真理

③ 「滅諦《めったい》」欲望を滅すれば安らぎを得るとの真理

④ 「道諦《どうたい》」苦を滅すれば道があるとの真理

そして「八正道」の実践で悟りが得られ、理想の境地である「涅槃」に到達すると説きました。次の八つの徳目です。

①「正見《しょうけん》」　正しいものの見方
②「正思惟《しょうしゆい》」　正しい思考
③「正語《しょうご》」　正しい言葉
④「正業《しょうごう》」　正しい行い
⑤「正命《しょうみょう》」　正しい生活
⑥「正精進《しょうしょうじん》」　正しい努力
⑦「正念《しょうねん》」　正しい集中力
⑧「正定《しょうじょう》」　正しい精神統一

「人生は苦の状態にあり苦には原因がある。原因を無くせば苦は無くなる、そのために修行する。真理は苦行で得られるものではない。肉体を痛めつけるのでもなく、『中道』を守ることによってのみ真理を得ることが出来る」と説いています。

「目の前で起こっていることに、どういう意味があるかを考えること」

「今をどう生きるかが大事である」

「真理をとらえるために中道が大切である。何事も両極端はいけない、ほどほどが良い」

以上が竹林精舎で行われていた説教の主な内容です。

質問の機会が与えられていました。ジーンも疑問を聞いてみました。

「釈尊、出家後の六年間で、さまざまな苦行・難行を行うが悟りを得られず、その後瞑想に入り中道で悟りを得たと言っておられますが、詳しく教えて頂けませんか？」

「私は、この世の真理を得ようと思い出家しました。六年間にわたり難行苦行をしましたが真実の悟りを得ることが出来ませんでした。昔は王子として宮殿で物質的に満たされ快楽の生活を送っていましたが悟りを得ることは出来ませんでした。そこで瞑想による適度に厳しく苦しめすぎない修行を実践し悟りを得ました。出家前は快楽に溺れ、出家後は難行で苦悩を経験しました。その両極端では悟りを得ることは出来ませんでした。ですが瞑想による修行で悟りを得ました。何事も極端を避けることです。それを『中道』といいます」

「釈尊の教えの中に無記があります。つまり答えを述べない無回答のことですが、その教えは何を意味するのですか？」

「世界の根本的な成り立ち、物質や人間の存在の理由など、見たり確かめたり出来ない超自然的論議には関わらないということです。如何なる誘導や誹謗中傷を受けても確信が得られていない事には沈黙を守り通しました。例えば、人間は死んだらどうなるのですか？　生まれる前、人は何処にいたのですか？　この世の果てはどのようになっているのですか？　魂は存在するのでしょうか？　は無回答に徹しました」

「それはどうしてでしょうか？」

「我々、人間は今を生きています。死後の世界を議論したり、生まれる前はどうだったか、魂が存在するかどうかを議論したりするより、まず今の人生の向上のためにすべきことを優先すべきです。抽象的かつ解決困難な議論を重ねるのではなく、実際に人生を正すことから行動すべきであることを教えたいからです」

「釈尊は、無記の教えの際に弟子たちに、たとえ話をしたと聞いていますが、どのような内容ですか？」

「それは、『毒矢のたとえ』です。ある時、人が毒矢に射られました。友人が医者を呼んでくれましたが、その人は医者に対して、矢を射たのは誰なのか、どんな矢で射たのか、弓がどのようなものか、つる（弦）は何で出来ているか、それが分からないうちは矢を抜くなと言い張ったら、分かる前に死んでしまうだろうとの教えです。必要なのは毒矢を抜き応急手当てをすることです。つまり、世界が永遠なのか、死後の世界はあるのかの答えは無意味です。弟子の問いは毒矢のたとえと同じです。答えを知っても老いも苦も死も無くなるわけではありません。重要なのはその苦しみをどうすれば無くすことが出来るかを求めて修行することです。従って、そのような問いに私は答えません」

実際、弟子が死後の世界について質問した時には「知らない」と答えています。釈迦の教えは「この世でいかに心の平和を得るか」の方法を述べているのです。

釈迦以前のインドはバラモン教の世界でした。輪廻転生の教えで世界は六つという考えです。それは天上道、人間道、修羅道、畜生道、餓鬼道、地獄道で、総称し「六道」と呼びます。人間は死後も生まれ変わり六道を輪廻するというものです。釈迦は「生きている時の行いが全てであり死後は関係ない」と言っています。

実際、釈迦は「死後のことは分からない」と言っています。死後の世界については一切語っていません。釈迦はこの世が唯一であり、この世での行いが重要であると教え、バラモン教の教えを否定しています。バラモン教の教えは身分制度と共にインド国内では根強く定着していたために、釈迦の教えはインド国内では広まりませんでした。

釈迦が始めた仏教はその後多くの宗派を持つことになります。書物を残していないためです。それぞれの宗派の僧侶により大きく教えが異なります。仏教には膨大な数の経典があります。それぞれが正しい釈迦の言葉とされているので分かりにくいものです。釈迦の教えは全てが口承です。経典は釈迦の死後、弟子達が理解しまとめたものです。

今の仏教の教えは後の弟子達が作り上げた妄想が多く含まれています。日本の仏教も釈迦の教えから乖離し弟子達が作り上げた宗教観です。構図は西洋の宗教も同じです。従って、ジーンは今の宗教を信じることが出来ないのです。それでも宗教者の中で釈迦の教えは信頼するに値するとジーンは考えています。

釈迦は日常生活の心構えも具体的に分かりやすく説いています。

①　命を大切にすること
②　偶像崇拝の禁止
③　人間を平等に扱うこと
④　自分で物事を考え自分の責任で行動すること
⑤　死者に対する儀式の禁止

などです。偶像崇拝や死者の儀式を禁止するなど日本仏教と比較すると大きな違いを感じます。釈迦の死後五百年間仏像はなく、釈迦の骨（仏舎利）以外は拝むものがありませんでした。イラン系クシャーナ族がガンダーラ地方に侵入し大量虐殺が行われました。人々は苦しい中で救いを求め石に釈迦を刻んだのが仏像の始まりです。

その後、多くの仏像が信仰のために作られました。葬儀の禁止ですが、釈迦の教えは生きている人のものであり、僧侶は死者に対しては関わるなとも言っています。徹底した現世の教えです。仏教にお墓は必要ないのです。

ここまで来たからには、帰りに中国に寄らざるを得ないとジーンは考えました。アジアの思想家として孔子と老子がいます。現在の日本の思想界及び社会習慣に大きな影響を与えている人物です。

東洋思想

孔子は儒教の創始者です。釈迦と同じ紀元前五〜六世紀頃に生まれたようです。魯《ろ》の陬邑《すうゆう》の貧しい家庭に生まれ、名は丘《きゅう》、字《あざな》は仲尼《ちゅうじ》です。魯に仕え司法長官でしたが、権力者と衝突し、五十六歳から諸国を歴訪し「仁」を説いて回りました。

晩年は弟子の教育と書物の整理に専念しました。『論語』は死後に弟子らがまとめたものです。儒教は漢の武帝の紀元前一三六年に国教となり、一九一二年清の崩壊に至るまで歴代朝廷の支持を得、中国の社会・文化の全般を支配しました。

儒教は学問との考えもあります。基本は、五常（仁、義、礼、智、信）の特性を拡充し五倫（父子、君臣、夫婦、長幼、朋友）の関係を維持することです。教えに「怪力乱神を語らず」があります。超自然現象や死後の世界や魂を孔子は語っていませんが、「天」を認めているという理由で宗教とも言われています。

儒は元々葬送儀礼を専門とした集団だったとされています。祖霊信仰であり、大切な言葉が「孝」です。次は身分制です。官尊民卑で男尊女卑の考えです。官僚はエリートです。「科挙」と呼ばれるエリート官吏の登用制度がありました。儒教社会では平等思想は生まれず、近代化も難しいと言われています。

儒教の死生観は招魂再生で祖先祭祀です。祖先がなければ現在の自分もないし、子孫も生まれません。生命の連続を説く宗教です。祖先は生きている者に影響を与え、あるいは与えることが出来るとの信仰です。

ジーンは孔子に会うために晩年を送った魯に向かいました。事前知識では、身長が二一六センチの長人と聞いていました。確かに大男ではありましたが少し誇張でした。

「孔子さん、四書の中に『中庸』がありますが、その概念を教えてください」

「中庸の『庸』には、常という意味を含んでいます。『中』はその時々の物事を判断する上でどちらにも偏らず、その場、その時に、最も適切妥当で、平凡な感覚でも理解できるものという意味です。中庸は常に発揮することが難しいことから儒教の倫理学的な側面における最高概念と考えられています」

儒教の「中庸」は、仏教の「中道」と似ています。内容は違うという説がありますが、中道の概念も極端に偏ったものではなく、真ん中・中間が好いわけでもありません。直接、説明を受けたジーンとしては両者は殆ど同じと理解してよいと考えます。

中道も中庸も、普通のこと、当たり前のこと、平凡なことであるとの意味を持ち、どんな人でも得ることが出来る「自分にも可能な選択」と考えて間違いない概念です。従って、私達は、特別ではなく中道・中庸を心掛けた行動を目指せばよいのです。

アリストテレスの中庸（メソテース）と近いものでもあります。彼は人間の行為や感情の両極端を避ける行動を知るのが徳性であると述べています。アリストテレス、釈迦、孔子の三人が、異なる場所、環境のなかで、偶然にも同じようなメッセージを後世に送ったことに敬意を表したいものです。ジーンは孔子に質問を続けました。

「教えの中に『己の欲せざるところ、人に施すなかれ』『富と貴とは、正しい方法でそれを得たものでなければ、そこに安住するな』『貧と賤とは、悪いことをしないでそうなったのであれば、逃げることなくそのままでいよ』と述べていますが、力点を置く教えはどのようなことですか？」

「私は最高の道徳を『仁』と考えます。意味するところは『人への思いやりであり愛すること』です。それは『惻隠の情』のことで最高の徳目です。親や兄弟といった年長者に対する尊崇の念を中心とし、その心構えを他人にまで及ぼすことです」

「それでは、死生観を教えてください」

「『われいまだ生を知らず、いわんや死においてをや』です。死の意義は生の中にしかなく、生の価値を知って初めて死の意義が分かると考えています」

「ですが、儒教では死者の魂は子孫のお祭りによって、この世に再生する招魂再生と考えていますね。それと『仁』の次に『礼』を重んじ、仁の具体的行動としての宗教儀礼を重視していますが、矛盾ではありませんか？」

「『怪力乱神を語らず』、これは不思議なことや道理に背くこと、神などの理性で説明のつかないことは口にしないということです。私は、家族の関係を大事にします。祖先は過去であり、子孫は未来です。その中間に現在があります。命があるのも命が続くのも祖先があるからです。その連続です。それが祖先祭祀などを行う死生観です。死後の世界を語っているわけではありません」

もう一人の偉人である老子も訪ねることにしました。老子は、名は耳《じ》、字《あざな》は伯陽で、道教の開祖です。思想の中核は「無為自然」と言われています。知恵の象徴である白髪交じりのあご鬚と長い耳たぶを持った人物でした。

「老子さん、中核の思想は『無為自然』と言われていますが、分かり易く教えてください」

「簡単に言えば、自ら、ことさらに知や欲を働かせずに、世界のあり方に従って自然のままで生きなさいということです。世の現象には、人の生死も含めて必然の法則が貫徹していて、小さな人為や私意は入りこむ余地はないという考え方です。人間は、全体から見ればゴミのような小さい存在であり、人生は人の力ではどうにもならない自然の一コマに過ぎません。人間はそういうことも分からずに我執に振り回されてあくせくしています。生まれる前は『無』、死ねば『無』に帰るわけです。自分のものなど何もありません。これに気付きくだらない見栄や欲を捨てれば、生はもっともっと楽しくなります。これが人間の最高の生き方です」

「老子さんの死生観を教えてください」

「死は誰にでも訪れるものであって、恐れるものではありません。死があるからこそ今が楽しいと思える境地に至るのが理想です。それが『不老長生』です」

儒教と同じ時期の思想家である老子は冷遇されていました。時の権力者にとって儒教の方が都合よかったのです。儒教は階級社会や礼を重んずる社会に受けました。我執を捨てて人生を楽しもうとする道教は権力者には受け入れを拒否されました。

釈迦、孔子、老子とも、場所や環境などは異なりますが教えや死生観には共通点が見られます。現代の私達にも共感できる内容です。その後の歴史を見ると曲解され伝えられた経緯はありますが、西洋のように超自然的、形而上的な存在の影は見られません。

東西の哲学、思想は、人間の想像力と経験と勘を働かせて「世の疑問」に答えることから始まりました。蓄積された知識や手段、道具が無い時代ではありましたが東西とも、現在でも十分通用する主張が見られたのは驚きでした。

原始哲学以降の西洋では人間の行動を把握する姿勢に「一神教の神」が大きな影響を与え、「理性」が議論の中心になり初期の思想は失われます。東洋も自然中心の根本思想には変化はありませんが、僧侶により都合よく曲解された思想になっていきます。

その後も科学が新たな事実を発表する十八世紀頃までは新たな思想は生まれませんでした。特に西洋哲学は「一神教の神」の毒素に影響されます。後世に残るような思想家は単に歴史的な役割を果たしたに過ぎないとジーンは考えます。そして一神教が既成宗教を批判する形で広まり始めました。

キリスト教の誕生

西洋哲学はソクラテスの否定（問答）から始まりました。頑なな性格と壮絶な死がプラトンを生みました。プラトンは師の衝撃的な死で方向性を見失い、放浪の末ユダヤ教の創造神から超自然的な原理である「イデア」を作り上げます。

アリストテレスは当初「イデア」に批判的でギリシャ伝来の自然的思想に立ち返ろうとします。結局「純粋形相」という超自然的原理（形而上学）を作り上げ、「イデア」の思想を修正するも受け継ぐ形となり、人格神ではありませんが不動の存在を想定しました。

その後西洋哲学では、自然や人間の本性を見極めようとする客観的で普遍的な精神は衰退します。ヘレニズムの時代にはキュニコス派、懐疑派、ストア派、エピクロス派の四つの哲学潮流が盛んになります。いずれも「いかに苦難を乗り越えて個人が幸せになりうるか」といった個人的な問題に取り組んだ、宗教色を帯びた哲学になりました。

当時の文化の要素として、ユダヤ教・キリスト教の源泉となるヘブライズムとギリシャ的精神のヘレニズムがあります。特徴はコスモポリタニズム（世界市民主義）で、アレクサンドロス以後世界が広ります。世界市民として「いかに生きるか」が課題となりました。その命題は東洋とは「神」を介在するところが根本的に異なります。

結果、二つの哲学の流れが出来ました。ストア派とエピクロス派です。大きな影響を与えたのはストア派のゼノン（前三三五頃－前二六三頃）です。ストアはアテネに作った学校を「ストア・ポイキレ」

（彩られた柱堂）と呼んだことに由来します。

ゼノンはソクラテスの弁証法とアリストテレスの認識論に唯物論的な考察を加えました。宇宙の摂理を神と言い換え、神は宇宙に内在して秩序を保ち、善を進め、悪を戒める知恵であるとしました。ゼノンは禁欲主義思想です。禁欲することで、世の快や不快に心を奪われることなく心の平安を得ることが出来るとしました。

エピクロス（前三四一頃—前二七〇頃）は徹底した唯物論者で魂の不死を否定しました。ですが神の存在を否定しませんでした。心の平安を最高の快楽と考え、快楽主義者と呼ばれます。ストア派と正反対に見えますが、「心の平安」を目指す点で同じです。世界は神の支配ではなく偶然に支配されるとしました。

エピクロスは「パンと水さえあればゼウスと幸せになれる」「死はわれわれにとっては無である。われわれが生きている限り死は存在しない。死が存在する限りわれわれはもはや無い」と表現しました。死後の世界の存在を否定します。神は自然の摂理のようなものとして捉え一種の理神論に近い考え方です。

そして西洋哲学界に大きな影響を与えたキリスト教の始祖であるイエス・キリストが生まれました。『旧約聖書』にキリストが生まれることを預言した記述があります。「ダビデの子孫からキリストが生まれる」・「キリストが処女から生まれる」・「生誕地」・「受難」が述べられています。

預言通りにヨセフの婚約者の処女マリアはキリストを身籠もります。ベツレヘムで生まれたという説もありますがガリラヤのナザレの出身とされています。幼少時代は『旧約聖書』を既に理解しており、大変聡明な子であったと言われています。義父ヨセフの跡を継ぎ大工をしていましたが詳しいことは分かりません。

ヨルダン川でヨハネに洗礼を受けた後に「キリストこそ自分の子である」という神の声が聞こえ宣教を開始したと言われています。自らをユダヤの王で「神の子」あるいは「メシア」であると自称した罪によりユダヤの裁判にかけられました。ローマ政府に引き渡されローマ帝国ユダヤの総督ピラトに磔刑に処せられました。

十字架から下ろされ墓に埋葬されましたが、三日後に復活し弟子の前に現れたと信じられています。イエスに会うために、ジーンはイスラエル北部地域とヨルダンの一部に位置するガリラヤに出かけました。イエスはガリラヤで宣教を開始しました。

「イエス様、山上の垂訓とはどのような内容ですか？」

「ガリラヤ湖の西にある山での説教を指します。まず、『主の祈り』を説きました。次に『地の塩、世の光』を話しました。『地の塩』は自分の中に塩を持ち、互いに平和に過ごしなさいとの意味です。塩とは良いもので役に立つものの意味です。『世の光』は、あなた方の光を人々に輝かせて、それを見た人々が天の父を崇めるようにしなさいとの意味です。信者たちを地の塩、世の光になぞらえました」

「その他にはどのような言葉がありますか？」

「『右の頬を打たれれば、左も向けなさい』、『汝の敵を愛せよ』、『他人にしてもらいたいことをその人にしなさい』、『たたけよ、さらば開かれん』、『狭き門より入れ』等です。その他、『殺すな。姦淫するな。盗むな。偽証するな。父母を敬え。隣人を自分のように愛せよ』などです。『旧約聖書』の言葉ですがキリスト教でも基本的な教義です」

「今、言われた言葉は大変素晴らしい内容であると思いますが、現在に生きる私には、イエス様の亡き後の人間の歩みを見ていると教えが守られているとは思えません。また、『隣人』は同じ民族、宗教を信じる人々のことを意味します。これは排他的であり他の宗教を受け入れる寛容さに欠けることに繋がると思います。『旧約聖書』では、紀元前四〇〇〇年頃にヤハウェによって天地は創造されたとなっています。世界は六日間で創られたことになっています。そして神は自分の似姿として人間を創り、神の持つ姿、理性、更に全ての動植物の支配権も与えたとされています。その教えが西洋の人間中心主義の礎になりました。自然を破壊する教えです。アダムの肋骨を一本取ってイブを創ったともあります。アダムは禁断の実を蛇の誘惑に負け食べたため最初の罪（原罪）を犯し、イブとエデンの園を追放されたとあります。紀元前三〇〇〇年頃には人々が悪に染まり退廃したため、ノアに命じ全ての動植物を一対ずつ箱舟に乗せさせます。ノアの箱舟伝説です。それは四十日四十夜にわたり雨を降らせ生き物を全て滅ぼします。箱舟に乗った動植物が生きのび現在の動植物の祖先となったとされています。このように『旧約聖書』で世界と人間の起源を述べていますが、信じて間違いないですか？　私は二十一世紀に生きています。この世界は今から六千年前に創造されたことになっています。そのような荒唐無稽な話を信じることは出来ないのですが？」

ジーンは疑問点を一気に質問した。

「ジーンさん、私は神の御業を信じています。また、私の弟子も私を信じています。神の御業を疑うことなどできません。それが私の答えです。信仰です」

ジーンには納得のいく説明ではありませんでした。それ以上の追及も無意味に思えました。当時の社会状況や環境から人々が信じることで、何らかの安らぎが得られたのは間違いないことです。キリスト教はユダヤ教から派生した一神教で、ナザレのイエスをキリスト（救い主）として信じる宗教です。

イエスが神の国の福音を説き、罪ある人間を救済するために自ら十字架にかけられ、三日後に復活したと信じる宗教がキリスト教です。イエス自身も弟子達もユダヤ教徒でした。エルサレムの神殿で礼拝を行いました。

キリスト教はユダヤ教から閉め出され独自の道を歩みました。ヘレニズム思想と落ち合い、ユダヤ教の聖典『旧約聖書』を取り込み発展しました。信仰の根幹は、『旧約聖書』の教義・教理を共有しています。キリスト教はローマ帝国が多神教であったことや皇帝崇拝に従わなかったことで、国家に反逆する宗教として大迫害に遭いました。

代表はユダヤ教徒のパウロです。パウロは「パウロの回心」で有名です。実質的なキリスト教の創始者と言われています。イエスの死後に信仰の道に入ってきたため、イエスの直弟子ではなく「最後の晩餐」の十二使徒の中には入っていません。原始キリスト教はイエスの死後の弟子たちの布教活動が直接の起源です。

ユダヤ教の律法と使徒たちの言行から発展しました。理論的発展を基礎づけたのは『パウロの書簡』及び『ヨハネによる福音書』です。ペテロやパウロはネロ皇帝時代に迫害により殉教しました。実質上のキリスト教の開祖であるパウロに会わなければならないと考えました。当初、パウロはイエスを迫害する側にいた人物です。

「パウロさんは熱心なユダヤ教徒でした。初めはキリスト教を迫害する立場におられたようですが、なぜ『パウロの回心』と言われる展開になったのですか？」

「実は、キリスト教徒弾圧のためエルサレムからダマスカスへ向かう途上において、『パウロ、パウロ、なぜ、私を迫害するのか』と天からの光と共にイエスの声を聞きました。その後、目が見えなくなりました。ところが、キリスト教徒が神のお告げによって、私のために祈ると目から鱗《うろこ》のようなものが落ちて目が見えるようになりました。この奇跡で神の存在を確信しキリスト教徒になりました」

「その後、どのような活動をされたのですか」

「はい、シリアやエーゲ海を中心に巡回伝道し教会を建てました。『新約聖書』では私の書簡がイエスの贖罪《しょくざい》の死と復活を中心とした理論を体系づけました。贖罪とは、『イエスの十字架の死で人間の罪を償い、救いをもたらした』との教義です」

パウロによってイエスは神の子であると確立され、キリスト教が出来上がります。思想界に大きな影響を与えると同時に、神の支配に基づく人間中心主義の西洋社会が形作られます。キリスト教は幾多の迫害を受けながらも衰えることはありませんでした。三一三年には「ミラノ勅令」でローマ皇帝コンスタンチヌス一世に公認されます。

その後首都がイスタンブールに移りますが、三九二年にはテオドシウス一世がキリスト教をローマ帝国の国教としました。ソクラテス、プラトン、アリストテレスら古代ギリシャに生まれた古代西洋哲学はキリスト教から大きな影響を受けることになります。

哲学は神学に隠れた思想となり進化は止まってしまいます。古代哲学の流れは東ローマ帝国いわゆるビザンツ帝国に引き継がれ残ることになります。西洋ではその数世紀後、イスラム教の創始者であるムハンマドが生まれます。

一方、東洋での仏教は弟子たちの独自の解釈で始祖の考えが曲解され、さまざまな動きの中で多くの宗派ができました。しかし自然を中心に物事を考える思想が継続し多神教の世界でした。一神教に見られる排他性は強くなく穏健なものでした。

イスラム教の誕生

ジーンの個人的な意見ですが、ユダヤ教やキリスト教の影響が見られる中世の西洋哲学界で偉大とされている哲学者には、デカルトやカント等も含め、哲学者としての魅力をあまり感じません。哲学は世の謎を解き明かす手段として神を利用します。また権力にすり寄る姿勢なども見せるなど純粋な学問の役割を捨てたように感じられます。

科学も神の領域に縛られます。プトレマイオス（八三頃－一六八頃）が地球中心の「天動説」を確立させます。アリストテレス、ヒッパルコスなどの古代ギリシャの天文学を著書『アルマゲスト』で集大成したものです。十六世紀のコペルニクスの「地動説」まで、長い間宇宙観を支配しました。

プロティノス（二〇五頃－二七〇頃）は、ネオプラトニズム（新プラトン主義）の創始者でエジプト人です。プラトンのイデア論を受け継ぎながら、二元論を克服しようとしました。世界は完全なる神の発現・流出であり、イデア界・感覚界へと下って事物を生み出すと主張します。中世スコラ学に深い影響を与えます。

二世紀頃からの中世は、ユダヤ教が衰えキリスト教の時代に入ります。ユダヤ教徒はディアスポラ（ギリシャ語でまき散らされたとの意味）の時代で、二～七世紀頃、南ユダ出身のユダヤ人は地中海沿岸に住んでいました。その後、北フランスにも移住しました。ヨーロッパ各地でユダヤ教の信仰を堅持しました。

ユダヤ人は自国を持たず、ユダヤ教も世界宗教ではなく民族宗教へと歩み出しました。三九二年にはローマ帝国がキリスト教を国教とします。四五一年のカルケドン公会議でキリストの神性と人性が認められました。この頃には「教父」と呼ばれるキリスト教の教義の確立に努めた学者が出ました。

アウグスティヌス（三五四－四三〇）です。最大の教父で神学者でした。ネオプラトニズムを承継し教義体系を作り上げました。人間の意思を非常に無力なものとし、神の恩寵なしには善をなし得ないと考えました。彼の思想的影響は後の西洋思想全体に及んでいます。

キリスト教神学を始めとした宗教的な世界観は、アウグスティヌスに淵源を見ることが出来ます。教父たちは「星の研究をすれば、おそらく、天にましますす神に無関心になるだろう」と考え、中世前期には自然現象への研究は衰退しました。アウグスティヌスは、イデアにかえてキリスト教的な人格神を超自然的原理として立てました。

このプラトン・アウグスティヌス主義的教義体系がヨーロッパ古代末期から十三世紀まで正当教義として思想界にも影響を与え続けました。一方、五七〇年頃、ユダヤ教やキリスト教と同様にアブラハムの宗教の系譜に連なる一神教で、偶像崇拝を徹底的に排除したイスラム教の創始者であるムハンマドが生まれました。

イスラム教はその後急速に拡大し世界で十六億人の信者を持つ大宗教になります。その契機となる出来事が五二九年に東ローマ帝国で起こりました。ギリシャ哲学研究はキリスト教信仰の害になるとして皇帝ユスティニアヌスによって「哲学禁止令」が出されたのです。哲学者はアラビアの地に逃れギリシャ哲学はイスラム社会で残りました。

アリストテレス哲学らの遺産はイスラムの教義の基礎として使われました。イスラム教の聖典『コーラン』には、不正確な科学的知識や神話的世界観の記述が見られます。それが唯一神である「アッラー」の教えとして絶対視されています。背景にユダヤ教が影響しているのは否定できません。

そのために科学的な発展や思想面での展開は少なく、閉鎖的かつ排他性が強い宗教となります。イスラムとは全知全能の唯一絶対神（アッラー）に帰依し、完全・完璧に服従することの意です。キリスト教に次ぐ数の信者がいます。今も多子化やアフリカなどでの布教の浸透で拡大を続けています。

いずれキリスト教の信者数を超すのではないかと言われています。改宗及び棄教行為は歴史的には死罪となるのが建前となっています。教典はムハンマドが最後の預言者として語った内容を書物にした『コーラン』です。イスラム教徒にとってイエスも絶対の造物主である神の単なる預言者にすぎません。

ムハンマドは四十歳の頃、メッカにあるヒラー山の洞窟で瞑想にふけっていた時に天使ガブリエルに出会い、アッラーの啓示を受けたとされています。最後の預言者はムハンマドで、完全な言葉で神の意思が啓示されたと教えられています。ジーンはイスラム教の歴史を調べるには、ムハンマドに会う必要があると考え訪ねることにしました。

アラビア半島のメディナに向かいました。ムハンマドはメッカの商人の子に生まれ、メディナは没した地です。イスラム教は偶像崇拝禁止です。人物画はなくムハンマドの顔は後世に残っていません。会うのに苦労しました。一夫多妻のイスラム社会でムハンマドも複数の妻を娶っていました。本人確認はその一人にお願いしました。

「ムハンマドさん、多神教の聖地メッカで神の意思を説きはじめますが激しい迫害にあったと聞いています。イスラム教をどのようにして広めたのですか？」

「迫害からメディナの地に移りました。移住を『聖遷（ヒジュラ）』と呼び、その年がヒジュラ暦の初年になります。メディナで教団の基礎を築きメッカも征服し、アラビア半島全域に広めました。多神教の神像の数百体を破壊しカーバ神殿にしました。そこに行き着くまでに強烈な迫害を経験しました」

「分かりました。イスラム教の主な教義を教えてください」

「神が私を通じて下した啓典が『コーラン』です。信仰の根幹は、『六信』と『五行』です。六信は、①神、②天使、③啓典、④使徒、⑤来世、⑥定命で、五行は、①信仰告白、②礼拝、③喜捨、④断食、⑤巡礼です」

「イスラム教もアブラハムの宗教と言われています。従って『旧約聖書』と『新約聖書』も尊ぶのですね。『アッラーの前に万人が平等である』とも教えていますね」

「そうです。旧約・新約聖書、『モーゼ五書』や『福音書』もアッラーの教えです。神の前に万人が平等と説いたために、メッカの有力者層から既得権益や地位を脅かすとして厳しい迫害と差別を受けました。それでメッカでの布教を諦めメディナに移りました。再びメッカに戻りますが、世界宗教と呼べるほどの信者数はいませんでした」

「ムハンマドさん、神の前では万人が平等と言っていますが、その意味はイスラム信徒間で機能する教えですね。そのために他宗教の信徒との間での争いが絶えないのではありませんか。キリスト教の隣人の教えと同じです。一神教は排他性が強く、寛容性に欠けると思います。また女性蔑視が強く男女差別も感じるのですが」

排他性を持つ一神教の疑問点をジーンは問いただしました。

「元々、教えには男性も女性も平等にと説く言葉が沢山あります。一方で『生命体として全く非なる者』、『男性が金を出して生活するので男性が上で女性は従順に』などの言葉があります。それらを過剰に解釈している面もありますね。それとジーンさん、イスラムの教え自体は決して残忍な行為は許しておりません。極度に宗教が政治面に関与しているのが要因と思います。本質的には穏健な宗教です。苦しみから生まれた宗教です。差別からの解放を訴えています。それを理解してください」

「そうですか。それでも少し疑問を感じます。もう一度よく考えます。ところで世界宗教の中で一番遅くに生まれましたが急拡大した要因は何ですか」
「メソポタミアを経て中央アジアのシルクロードにつながる交易ルートが、ビザンツ帝国とペルシャの抗争でアラビア半島南側のルートに変わったのが大きいと思います。その結果メッカとメディナが栄え拡大しました。マレーシアやインドネシアへもアラブ商人が広めました。貿易風に乗った商船のお陰です。貿易風の宗教とも呼ばれています」

ジーンはシンガポールに暮らしたことがあります。人口の七十五％は華僑・華人が占める国です。約十五％はマレーシア人でイスラム教徒です。豚肉禁止・一日五回の祈り・ラマダンなど特有の慣習がありますが友好的かつ親切で好感が持てる人々です。隣国のインドネシア、マレーシアもイスラム国家ですが同じく好感の持てる人々です。

一神教同士の争いや一部のイスラム過激派の暴走はあまりありません。インドネシアはオランダに、マレーシアはイギリスに占領され西洋の文明に触れた歴史を持ちます。不幸な歴史に違いないですが占領後は政教分離でした。それが過激に走らなかったひとつの要因であろうとジーンは考えています。本来、穏健な宗教なのです。

イスラム教には神父、牧師、僧侶はいません。信仰行為や礼拝を指導するウラマーがいます。ムハンマドはガブリエルに導かれてメッカからエルサレムまで飛来し、岩のドームの聖なる石から昇天しアブラハム、モーゼ、イエスに会ったとされています。

岩のドームは神殿破壊後の六九二年に聖なる石を囲むように作られました。聖なる石はアブラハムが息子のイサクを生贄に捧げようとした石の台であるとされています。岩のドームの規模は内径二十・三メートル、高さ二十・五メートルです。

メッカのカーバ神殿のカーバとは立方体の意味です。縦十メートル、横十二メートル、高さ十五メートルほどの規模です。内部には何も置かれておらず東隅に直径三十センチほどの黒石が据えられているだけです。イスラム教徒は一生に一度は神殿を巡礼するように教えられています。銀行にはメッカに行くための積立預金制度もあります。

断食のラマダン月にはイスラム各国からメッカに、巡礼者を乗せたチャーター便が次々に飛び立ちます。巡礼者は神殿の周囲を七周回り、黒石に七度接吻しようと試みるそうです。ムハンマドがそうしたからです。黒石は隕石と言われています。たとえ触れることが出来なくても黒石を指さすだけでも良いとされています。

ムハンマドの死後、指導者となった四人のカリフ（信徒の代表）がイスラム共同体を拡大させ帝国を構築しました。三代目カリフの死後、四代目のアリーが暗殺され地位争いが起こります。そこでアリーの息子ハサンが継ぎますが職を投げ出します。結局、ウマイア家のムアウィアがカリフの地位をムハンマドの家系から奪い取ります。

ムアウィアはウマイア朝（六六一〜七五〇年）を興しスンニ派に繋がります。帝国をウマイア家のカリフが世襲支配しました。スンニ派がムハンマドの子孫を滅亡させカリフの家系を奪ったとされます。シーア派は少数派となりました。八世紀半ば、ウマイア家は倒されアッバース朝（七五〇〜一二五八年）が成立します。

一二九九年にオスマン帝国が建国されます。帝国は一九二二年のトルコ共和国の建国まで繋がります。イスラム帝国はいずれもスンニ派の王朝です。現在はスンニ派（現実主義）が九十％を占めシーア派（理想主義）は十％に留まっています。最大のイスラム国家はインドネシアです。イラン（ペルシャ）の国教はシーア派です。

イラクでは、未だに両派が国内で争いを続けています。同時多発テロで倒されたスンニ派フセイン政権の後、シーア派を中心としたイラク政府が樹立されました。アメリカ軍の撤退後、石油利権などを巡り対立が激化しています。全く困ったものです。

イスラム教は偶像崇拝を禁止します。神は人間を超越した存在で、偉大なものを人間が作ることは冒涜であるとされます。その象徴的な事件がありました。世界遺産であるバーミアン石窟の大仏をタリバンが破壊した事件です。ユダヤ教、キリスト教も偶像崇拝を禁止しています。同じく釈迦も禁止しています。

十字架のイエス像、マリア像、仏教の仏像などは後世の人々が結束の象徴として作りだしたものです。イスラム教は厳格に戒律を守っています。日本の神道も偶像が存在しません。神殿の中は何もありません。白い布で飾られた部屋のみです。

山や森や自然にある神秘な場所に神は居られ、お祈りをすると神が降りて来られると教えられています。その為に日本人は他宗教の形のない神聖な存在も大きな違和感がなく受け入れることが出来るのです。

イスラム教は豚肉を食することを禁止しています。豚は汚いとされる説もありますが、砂漠地帯で人間と同じ物を食べる一方、ミルクなどの恩恵は少ないためとの説もあります。牛や羊は草を食べミルクを作るので人間との共存に適しています。ヒンズー教では牛肉は食べません。牛は神の使いとされているからです。

このように宗教ごとに根拠が定かでない決まりがあります。理由も憶測に過ぎない部分もあり理解に苦しむところです。日本も肉食禁止の時代がありました。たびたび肉食禁止令を出しています。仏教の影響もあります。今は「米の文化」と「肉の文化」が混淆しています。その為に日本は食文化の違いにも寛容な国民です。

インドネシア味の素事件というのがありました。味の素の製造過程で豚の関連食材が混入したとの疑惑で大問題になりました。イスラム国家なので起こった問題です。豚の関連食材が含まれておらず事なきを得た事件がありました。国際化が進展するなかで宗教習慣をよく理解しないと大事件に繋がる可能性があることを示唆した出来事です。

本質的には単なる食文化の違いだと考えますが、信仰する人々には大事なことなのです。私達は違いを尊重し受容すべきです。そうすれば争いは少なくなります。始祖をアブラハムとするユダヤ教、キリスト教、イスラム教の教えは同根であり同じ神を信じているはずですが、歴史を見ると世界中で宗教の違いを原因とする不毛な戦いが続いています。

神も罪深い存在ですが実際は神ではなく、神を語り都合の良いように人々を扇動する一部の権力者の責任が大半であるとジーンは考えています。偶然から生まれた人間が偶然発達した脳で考え出した最大の妄想が神なのです。その神に私達は振り回されています。ジーンは神に救われてきたより苦しめられてきた方が圧倒的に多いと考えます。

人間は自らの妄想で苦しみ、これからも苦しみ続けるかもしれません。人生は苦に満ちたものです。苦を乗り越えさせる教えが宗教のはずです。実際の宗教は苦を増幅しています。科学と情報で人間は徐々に賢明になっていますが不十分です。事実を全人類が共有し納得するには時間が掛かります。

その前に人間が絶滅する可能性も高いと考えなければなりません。一瞬先の世界は全く予測できないものです。超自然的存在によって計画された世界は一切ありません。人間の傲慢な行いが未来の世界を作り出します。修正可能な部分が人間の理性的行動です。原則をよく理解し賢明な生き方をしなければなりません。

宗教に対しジーンは大変な不安感を持っています。いずれの宗教も始祖たちの教えは立派でした。その後の弟子たちあるいは権力者たちが問題なのです。宗教を都合よく解釈し利用しています。国民、国家の統率のために宗教を堕落させてしてしまったのです。特に一神教に問題が多くあります。不寛容と排他性が問題です。

偉人達が広めた宗教の中で一番知るに値するのは仏教ではないかと思っています。釈迦は超越的な存在を語っていません。今を生きる人生の実践論です。ジーンは宗教を不要と考えますがそれは非現実的です。現実的には寛容性のある多神教の世界が人間社会には適切かもしれません。その現実的な宗教観を作り上げた偉人が日本に居ました。

それは空海であるとジーンは考えています。彼は神仏習合の多神教世界を作り上げました。寛容性を持つ宗教観です。今、宗教信者数の一位はキリスト教の二十億人、二位はイスラム教の十六億人、三位はヒンズー教の九億人、仏教は四億人と言われています。信者数から言えば仏教が三大宗教に入るのはおかしいのです。

しかし仏教は三大宗教との認知を受けています。中世のヨーロッパでは、ユダヤ教、キリスト教しか意識の中にはありませんでした。十九世紀に入りキリスト教から離れる知識人が現れ、東洋の思想を研究する気運が高まってきました。例えば、キルケゴール、ニーチェ、ダーウィン、アインシュタイン、サルトル、ハイデガーたちです。

近代に入り仏教はキリスト教などに匹敵する高度な思想としての位置を占めるようになりました。西洋の知識人が注目したのが釈迦の「四諦」の教えと言われています。それは「苦・集・滅・道」です。人生の本質は苦であり、集は苦の生起を、滅は苦の消滅を、道は消滅の手順を示した理性的かつ実践的な宗教と評価されたのです。

歴史的にも、現在の世界各地を見ても仏教に純粋に影響された争い、戦争というものは西洋宗教と比べると多くありません。仏教は基本的には超自然的な存在や神については語っていません。排他性も強くなく他の宗教を受け入れる余地もあります。しかしその教えには荒唐無稽なものも多いことは否定できません。

釈迦の教えにはあまり見られませんが弟子達の教えに矛盾が見られるようになります。しかし人間の文化、思想を知る意味で参考になる事柄はたくさんあります。その観点から私達に一番なじみの深い日本の宗教史を検証していきます。

日本は世界でも珍しい宗教観を持つ国です。それは神仏習合と言われる宗教観です。何故、そのような宗教観が出来上がってきたかを伝言したいと思います。ポイントは縄文人と渡来人そして空海にあるとジーンは考えています。

徐 福

日本に大きな影響を与えた二つの渡来集団があります。紀元前三世紀頃の徐福一団と紀元三世紀頃の弓月君《ゆづきのきみ》の一団です。徐福一団はユダヤ教を物部神道として残します。更に弓月君一団はキリスト教を混淆させ神社神道として残していると考えています。

もちろん渡来は二回だけではありません。その前後にも日本に上陸しているのは間違いありません。その証拠が日本各地に伝承として多く残されています。それらの伝承を結び合わせると二つの大集団が浮かび上がってくるのです。

歴史の辻褄が合うのです。それも長い期間を要しています。一気に歴史が変わるものではありません。痕跡を留める歴史もあります。それを検証すると日本人の素晴らしい文化や思想観が見えます。それが受容・寛容性の精神です。土着の人々は、縄文時代の自然信仰に外来の文化・宗教を受容しました。

神仏習合という世界にも稀な宗教形態を作り上げたのです。それには当然時間を要しますが、自然の脅威に苦しめられた民族、人種の坩堝の日本はそれを受容します。日本には地球上で想像できる限りの自然災害の起こる国です。地震、津波、雷、火山噴火、台風、洪水などです。世界各地の神話や宗教で悪魔の仕業として語られる災害です。その全てを経験する忍耐強い民族が日本です。日本の強さです。日本人は渡来人との出会いの中でも忍耐強さに磨きをかけます。他民族の渡来で人口の増加は続きます。紀元六世紀頃の飛鳥時代には日本の人口は約四百万人まで増加します。日本は縄文人、弥生人、渡来人の混血国家、他民族国家なのです。

日本人は縄文時代、弥生時代を経て文化を育み変化させてきたのです。大きな転機が弥生時代の渡来人の流入です。日本の文化、宗教は、土着と外来の混淆にあります。大きな役割を果たしたのが渡来人である「徐福」「物部氏」「弓月君」「秦氏」らの一族とジーンは考えています。

徐福は弥生初期に渡来した人物です。各地に伝説が残っています。想像の域を出ない部分もありますが、徐福の渡来がなければ日本の歴史を語れないのも事実です。従って徐福から話を始めたいと思います。司馬遷の『史記』に出てくる秦徐福です。

当時、中国は秦の始皇帝の時代でした。「秦始皇帝から徐福は、東方の三神山にある『長生不死の霊薬』を探すようにと命を受け東方に船出し、その後『平原広沢（広い平野と湿地）』を得て王となった」と『史記』に記述があります。東方三神山とは蓬莱、方丈、瀛州《えいしゅう》のことです。

徐福は紀元前三世紀頃の方士（神仙の術を身につけた者）です。東方には二度出かけました。二度目には約三千人の若い男女と多くの技術者と五穀の種を持って出発し秦には戻っていません。瀛州は後に日本を指す言葉になりました。徐福は日本に二度渡来します。結局、薬を見つけられず死を恐れて日本に住み着いたと言われています。

秦から多額の金銀を持ち逃亡したとの説もあります。徐福伝説は日本各地に残されています。ジーンは徐福から直接話を聞くことにしました。

「徐福さん、何故、二度も危険を冒して日本に向かったのですか。不老不死の薬があると確信を持っておられたのですか」

「確信は持っていませんでした。私は医術、錬金術の方術を専門にする方士の一人です。秦始皇帝に仕えていました。不老不死の妙薬の存在は信じていませんでした。東の方に楽園があるとの言い伝えだけです。単に秦始皇帝の命令で向かっただけです」

「何故、二度ですか。特に二度目は三千人の大集団です。技術者及び金銀も持ち出したと聞いていますが」

「私は最初から薬の存在は信じていませんでした。一度目は当然見つからず戻りました。その時には色々と言い訳をして死刑を免れました。しかし二度目も何もなしで戻ると殺されると考えましたので秦には戻らないつもりでした。日本に永住するつもりで多くの人と財産を持って出かけました」

「それでは、二度目は全く帰らないつもりだったのですね」

「その通りです」

「もう一つ疑問ですが、秦王国は漢民族ではないと聞いています。真実を教えてください。西方説もあると聞いていますが」

「確信はありませんが秦始皇帝にはユダヤ出身説があります。秦始皇帝の父親は呂不韋《りょふい》という人物で元はユダヤの商人とも言われています。実は秦始皇帝は碧眼（青い目）の持ち主でしたよ」

「本当ですか。どういうことを意味するのですか」

「元々、秦は中国の西方に位置する内陸国でした。混血民族の可能性があるということで理解してください。私の名である徐福ですが、ヘブライ語ではヨセフの意味も持ちます。私自身がユダヤ人の可能性があります。ユダヤ説については確信がありませんが、そう考えた方が色々と辻褄があってきます。否定する根拠もありません。秦国は紀元前三世紀頃、アレキサンダー大王の東征に敗れたアケメネス朝ペルシャのバクトリア（大秦国）の亡命勢力が建国したとも言われています。秦始皇帝の父親と言われる呂不韋はシルクロードで財を成したギリシャ系ユダヤ財閥と言われています」

「徐福さん、ペルシャ文明に大きな影響を与えたゾロアスター教の開祖であるゾロアスターは、バクトリアの人だとの伝説がありますが本当ですか」

「アケメネス朝時代のバクトリアはゾロアスター教の中心地であったことは間違いありません。またゾロアスター教やその最高神と言われるアフラ・マズダのことを聞いたことがあります。アフラとアスラ（阿修羅）に同一起源説があります。弥勒に繋がるミトラ教の教えについても聞いたことがあります。多くのことが関係しあっています」

「そうすると、徐福さんと私も近い関係があるかもしれませんね。ところで『史記』に平原広沢の地で王になったとの記述があります。徐福さんのことですが」

「平原広沢とは確かに日本のことです。しかし王のことはよくわかりません。元々、我々の一団は秦に戻る気持ちはありませんでした。持ち込んだ稲作の技術や土木技術を使い農業を振興させました。稲作も温帯ジャポニカを伝えました。我々の技術が日本の産業や経済を大きく進歩させたのは紛れもない事実ですよ」

「なるほど、それで日本の人口が大きく増加したのですね」

「そうだと思います。持ち込んだ金銀も地元のために使いましたよ。決して邪魔者扱いを受けたわけでもないですよ。感謝もされたと思います。大きな争いもなく定着することが出来ました。私たちは土木技術のほかにも機織や武器作りなどの様々な技術を持ち込みました。集団の一部は物つくりの部民と呼ばれ専門集団になりました」

「なるほど、それで和歌山県新宮市、八丈島、佐賀市などの全国各地に言い伝えがあるのですね。朝鮮で十五世紀に書かれた『海東諸国記』に、七代孝霊天皇（紀元前三世紀頃）の時に不老不死の薬を求めて日本の紀州に来たとの記述もあるのですね。ところで宗教も持ち込んだのですか」

「先ほども言いましたが私はユダヤ出身の可能性があります。その根拠にユダヤ教の教えを私たち一行は信じていました。ユダヤの神『ヤハウェ』を持ち込みました」

ジーンは本題を切り出すことにしました。ワクワクします。

「徐福さん、ヤハウェは一神教の神ですよね。当時の日本の自然信仰とかなり違う気がします。抵抗はなかったのですか」

「日本に渡った当初は土着の人々には抵抗がありました。しかし私たちにとっても東の果ての日本から更に東に向かう場所はありません。当時の日本は確かに自然信仰の地でしたが、多神教の世界でした。それが我々には良い方向に向かいました。多神教の世界は寛容です。多神教の一つとして受け入れる努力をしてくれました。また私たちも固有の宗教の受け入れの強制をしていません。従ってユダヤ教の神も捨てる必要がありませんでした」

「なるほど、それが日本で『古神道』と呼ばれる信仰体系ですね」

「そう考えてもらってもよいと思います」

納得してジーンは質問を変えました。

「徐福さん一行の件をもう少し教えてください。徐福さんの伝承はありますが実際の名前として残っていないようですが」

「私たちは日本に溶け込むことを望んでいましたので日本人としての姓を得る努力をしました。徐福の名は伝承でしか残っていないと思います」

「なるほど、それで納得しました。当然ながら徐福さんはご存じないと思いますが、十一代垂仁天皇の時代に物部の姓を賜った集団がいましたよ。物つくりの部民として物部氏になった豪族がいます。徐福さんと関係があると思います」

「よく分かりませんが、その可能性はあると思いますね。私たちは技術力と経済面の優位さから大きな富を築き、強い勢力を誇っていたのは事実です」

「その後も他の豪族への影響力は大きく、徐福さんから数百年後に渡来した秦氏一族との関係もできたようですよ」

「それは、うれしいことですね。私たちの子孫は滅びずに日本に溶け込んだということですね。ジーンさん」

「その通りです。その後の日本に大きな足跡を残していますよ」

日本の各地に多くの伝承を残している徐福ですが、『古事記』や『日本書紀』には記述はありません。後の権力者が歴史を改竄し多くの風土記を廃棄したと思われます。その為に弥生時代の初期は謎の多い時代です。ジーンは、その後を調べるために物部氏を訪ねることにしました。徐福と物部氏との関係はかなり深いと考えています。

物部氏

徐福氏と会うことで物部氏が徐福一行に由来するのは間違いないと考えました。しかし、その後の動向がもう一つはっきりしません。物部氏として歴史に現れてくるのは四〜五世紀頃です。大伴氏とともに勢力を誇っていました。『古事記』に大和で地盤を築いていた饒速日《ニギハヤヒ》命を物部氏の始祖と考えると辻褄があいます。

有力豪族として名を馳せるのは、五〜六世紀頃の物部尾輿《おこし》と物部守屋《もりや》親子の頃です。そして物部氏は仏教伝来時、崇仏派の蘇我氏との争いに敗れ歴史から消えました。その物部守屋に話を聞くことにしました。

「守屋さん、ジーンと申します。歴史の真実を探っています。先日、徐福さんに会ってきました。私は物部氏を徐福さんの子孫と考えています。考えを教えてください」

「徐福の名前は知っていますが六百〜七百年前の話です。その言い伝えもあります。また彼らが持ち込んだ思想も物部氏が継承しています。直接の祖先かどうかは分かりませんが関係が深いと考えて問題ないと思います」

「守屋さんは当然ご存じないと思いますが、七一二年に編纂された日本最古の歴史書に『古事記』があります。その中で神武天皇の東征物語が描かれています。その物語に登場するニギハヤヒを物部氏の祖先と考える歴史家が見られますが、どう思われますか」

「私には分かりませんが詳しく教えてください。ジーンさん」

「はい、神話の中でニギハヤヒはアマテラスから十種の神宝を賜り天磐船《あまのいわふね》で河内の斑鳩《いかるが》の峯《みね》に天下ったと語られています。そのニギハヤヒが物部氏の始祖とされています。その後、ニギハヤヒは生駒の在地豪族の長髄彦《ナガスネヒコ》の妹を娶り大和に地盤を築いていました。一方、アマテラスの命で九州の日向に邇邇芸《ニニギ》命が三種の神器を賜り天孫降臨してきます。ニギハヤヒはニニギの兄とされています」

「色々と難しい名前が出てくるのですね。興味があります。是非、その続きを話してください。ジーンさん」

「分かりました。天孫降臨したニニギの三世代後の天皇が神武天皇です。神武天皇は九州から大和地方に東征します。そして在地豪族のナガスネヒコとの間で争いが起こることになります。当初は天孫族のニギハヤヒも敵になります」

「確かに先祖は大和の豪族であったと聞いています。天皇家との間で争いになりニギハヤヒは滅びるのではないですか。ジーンさん？」

「しかしニギハヤヒは神武天皇側に付きます。ナガスネヒコを殺して神武天皇に降伏します。神武天皇はニギハヤヒも天孫族と認め大和朝廷に仕えさせます。十一代垂仁天皇の四世紀頃に物部の姓を賜わり物部氏の遠祖になったとされています」

「なるほど、現象面では整合性があります。しかし時代が違うようですね。神武天皇が歴史に現れたのは、いつ頃のことですか」

「『古事記』では神武天皇は紀元前七世紀頃に生きた天皇とされています。ニギハヤヒはその前になります。そして徐福さんは紀元前三世紀頃に日本に来たとされています。明らかに年代は矛盾します」

「そうですね、ジーンさん。天皇家と繋がりがあるとされるのは光栄ですが全面的には支持できませんね。年代が違いすぎますね」

「確かにそうです。しかしニギハヤヒが物部氏の先祖と見るのが妥当であると私は考えています。『古事記』の天皇記には欠史八代説があります。それは二代綏靖天皇から九代開化天皇までの天皇不在説です。つまり架空の天皇であるとの説です。しかもいずれの天皇も百歳以上の長寿で描かれています。極めて不自然です。また物部氏が勢力を得る前の歴史があまり残っていません。風土記なども焼失したと言われています。その為に謎が多い時代です。しかし伝承を繋げていきますとニギハヤヒと物部氏の関係は深いと私は確信しています」

「何故、そう考えるのですか」

「欠史八代説や歴代天皇の長寿説から神武天皇と十代崇神天皇の同一人物説があります。また奈良県天理市にニギハヤヒの関係神を祭神とする石上神宮《いそのかみじんぐう》があります。創建時期は十代崇神天皇の時代の頃とされています。代々、物部氏の氏神です。それらを勘案すると歴史の辻褄が合ってきます。どうですかこの説は」

「なるほど、物部氏としては魅力のある説です。我々の祖先は当然ながら天孫降臨には全く関係ありません。先祖は渡来人であると考えています。そして日本を愛し永住の地と決めた集団の一員であると思っていますよ、ジーンさん」

　更に物部守屋は一族の話を続けました。

「私たちの祖先は技術集団であったと考えています。そのお陰で宮中祭祀と軍事を担当し莫大な資産を築きました。単なる祭祀集団ではなく軍事氏族に成長する過程で資産を蓄えたようです。物部氏の特徴の一つに広範な地方分布が見られます。徐福一行が大集団であったことを裏付けるものでもあります」

「今、守屋さんは祭祀集団と言われました。先進技術で軍事に力を振るったのは理解できますが、宮中祭祀を担当する祭祀集団とは、どういう意味ですか」

「ジーンさん、人間は死とは隣り合わせの世界に生きています。極めて弱い存在です。そのために何か特別なものを信じたり頼ったりしようとします。それが自然の物を対象にしたり、人間を超えた存在に救いを求めたりする理由です。それも自然環境、社会環境で異なるものを求めます。我々の先祖は日本と違う信仰形態を持っていました」

「守屋さん、それでは当然ながら守屋さんの先祖が渡来した時に、争いが起こったのではありませんか。歴史上の戦いの大半は宗教に端を発しますが」

「私達の遠い先祖は、一部の人が言っている中国や朝鮮の人々ではありません。先祖はシルクロードの西の果てから東に向かって永住の地を求めて旅をしてきました。長い年月をかけて日本の地に辿り着いています。シルクロードの途中で永住を決めた仲間もいます。しかし異国の地で異民族に受け入れられるのは大変難しいことです。様々な文化や思想、宗教でも戦いはありました。それは間違いありません」

「守屋さん、大変興味のある話ですね。しかも説得力があります。旅の途中で起こったことを詳しく教えてください」

「その旅は大変なものであったことを理解してください。一方、養蚕、機織、武器等の技術を手に入れました。財力も得ました。中国で一時的には花開きましたが浸透できませんでした。安住の地を得ることが出来ませんでした。先祖の教えに『東の日のいづる国は素晴らしい』がありました。それが、東の果ての国、日本です」

「ですが、日本でどのように共存したのですか。大陸に住んでいた時と同じ苦難に遭遇したのではないですか」

「その通りです。異民族と溶け込もうとする際に一番難しいのが宗教です。日本は緑豊かでありましたが厳しい気候や火山、地震、風などの自然現象に苦しめられていました。その経験から自然に脅威を感じると共に畏敬の念を抱いておりました。自然に様々な神を感じる多神教の世界でした。そこを利用することにしました。多神教の世界は寛容です」

「どういうことですか？」

「私達のユダヤの神ヤハウェも多神教の一つとして受け入れてもらうことにしました。私たちも自らの宗教は捨てませんでした。しかし決して強制もしませんでしたよ。日本から更に移動する地はありません。日本が最終の地です。目の前は大海原です。前には進めません。従って日本に溶け込むことにしました。ですが宗教は捨てていません」

「素晴らしい決断と考えますが、大変難しいことのように思えます。具体的にはどのようにされたのですか」

「まず宗教を前面に出しませんでした。私達には農耕技術、財力、養蚕技術、武器技術などがありました。それらを日本の人々に伝え信頼を得る努力をしました。西方からの長い旅で大変な苦労を先祖はしています。力と宗教による強制的な他民族との共存は難しいことを経験していました。我々にはそれ以外の行き場所はなかったのです」

「なるほど、それでは宗教はどうされたのですか？」

「当時の日本の信仰は特定の建物を持たない自然崇拝形式でした。つまり太陽、海、山、川などの自然を神として崇めるものでした。神として敬う対象は異なりますが偶像崇拝をしません。ユダヤ教と同じです。問題ありませんでした」

「なるほど古神道の原型ですね。そのやり方ですと逆に信じていた神を失うことになりませんか。形に残らないものであると、いずれ人々から忘れ去られます。仲間の説得が困難ではありませんか」

「ジーンさんの言う通りです。私たちは幸運にも財力がありました。先祖の教えを失うわけにはいきませんので各所にその祈りの場所を確保し形で残すことにしました。形で後世に伝える努力をしました」

「それは、どのようにして残したのですか」

「日本の古神道から神社神道に移行する際に神社という建物を日本各地に作り、祖先の宗教の継承を目指しました。ユダヤの神は偶像崇拝を禁止していますので祈りの場所のみを作ることにしました。そして天皇の勅命を受ける努力をしました」

「具体的なきっかけがあったのですか？」

「私たちの渡来後も、多くの渡来文化がありました。当然ながら他の宗教も渡来しています。その一番の出来事が仏教の伝来です。仏教寺院も出来始めました。儒教も道教も入ってきました。大規模な仏教寺院の建設も始まりました。急速に拡大する仏教に対抗するために鳥居や社殿を構える神社を建立しました。ユダヤ教の『幕屋』に類似するものです。それが日本の神社神道の始まりです。私達は神社の建物や儀式、行事の中に先祖の教えを残していきました」

「天理市の石上神宮や長野県の諏訪大社などがそうですね」

「そうです。仰る通りです」

ここで少し古神道から神社神道に至る経緯を纏めてみます。日本には縄文時代から自然崇拝の文化がありました。祈りの場所は磐座《いわくら》や神の住む禁足地（神体山）などです。神は大自然の中に宿っていると考えました。特別な建物はありませんでした。そこにユダヤ教の神が入ってきました。

ユダヤの神は異質の神です。争いを好まない縄文人は、ユダヤの神を「八百万の神」の一つとして受け入れたと思われます。渡来人も大陸から逃げて来た民族です。出会った人々とは融和関係を結び共存を目指す形を選びました。先住民も神と共に渡来人の持ち込んだ様々の慣習や儀礼を可能な限り受容したと考えられます。

しかし飛鳥時代に入り仏教が広まり始めます。大規模な仏教寺院も建立されます。祈りの場所を持たない古神道が侵され始めました。危惧を抱いた神道派は仏教寺院に対抗して神社を建立することにします。その際にモデルにされたのがユダヤ教の幕屋と呼ばれる祈りの場所でした。遊牧民のために幕屋は移動するものでした。

定住生活の日本では幕屋の構造とは似ていますが、恒久的な祈りの場所が作られることになります。神社創建に大きな役割を果たしたのが物部氏一族です。代表的な神社は、諏訪大社、出雲大社、物部神社（石見）、気多神社、元伊勢籠神社、越前氣比神宮、石上神宮等があります。

それらの神社には日本文化だけでは説明のつかない多くの伝承が残されています。しかし一大勢力を誇った物部氏ですが仏教の伝来時に蘇我氏と争い敗れました。物部氏の資産は四天王寺の建立費用や蘇我氏に分配されたと言われています。急速に物部氏の勢力は衰えたようです。

物部氏は日本古代史の中で謎の多い氏族とも言われています。要因は藤原不比等が『日本書紀』の編纂時に都合の良い部分を取捨選択し、改竄、創作をしたためであると言われています。不比等には天皇家との関係を正当化し、権力を保つために物部氏の過去を抹殺する意図があったようです。

特に文字がなかった三世紀以前の言い伝え、各氏族の系譜等は改竄され、創作され付け加えられたようです。結果、出来上がった記紀には「欠史八代」「神武東征」「各種神話」等の信憑性に欠ける記述があります。しかし大和朝廷成立には物部氏が大きく関わっていたのは間違いないことのようです。

次にジーンは歴史的建造物から物部氏が残した足跡を検証したいと考え、諏訪大社に向かうことにしました。諏訪大社は長野県の諏訪湖周辺四カ所にある神社です。全国にある諏訪神社の総本社です。諏訪大社は「本宮」「前宮」「秋宮」「春宮」の四社で構成されます。それぞれの神社の社格には序列はありません。

日本最古の神社の一つと言われています。しかし創建の年代は不詳です。祭神は『古事記』の国譲り物語に大国主命の子神として登場する建御名方神《タケミナカタ》です。平安末期に作られた『梁塵秘抄』に「関より東の軍神、鹿島、香取、諏訪の宮」とうたわれ軍神として祀られ、狩猟・漁業の神としても知られています。

『古事記』で建御雷神《タケミカヅチ》が大国主命に国譲りを迫った際に、大国主命の次男であるタケミナカタは反対し、タケミカヅチと相撲を取ったが負け、諏訪に逃げたとの記述があります。『日本書紀』には触れられていません。物部氏由来の諏訪大社にはユダヤの神に関連する伝承が多くあります。

ジーンは家祖がタケミナカタと言われ明治維新まで神官を務めた人物に、物部氏との関係を聞くために諏訪に向かいました。

「諏訪大社にはユダヤに起因する伝承があると聞いています。ユダヤ教との繋がりがある物部氏と関係が深い神社ですか？」

「ジーンさん、諏訪大社にはユダヤの教えがいっぱい詰まっていますよ」

「その具体例を教えて頂けますか？」

「まず日本の国技と言われている大相撲ですが、相撲の形式や言葉などにユダヤの伝統が色濃く残っていますよ」

「えっ、相撲ですか。本来は神事であると言われていますよ。古墳時代の埴輪・須恵器にその様子が描写されています。日本各地で奉納相撲として行われていて皇室との縁も深いので日本古来の伝統と思っていましたが」

「いや、そうではありません。起源にユダヤの影があると考えて間違いありません。『旧約聖書』に相撲によく似た記述があります。天使と相撲を取ったヤコブの記録です。相撲をヘブライ語でSheMo（シュモー）と呼びます。塩で清める丸い土俵なども聖書に記述があります。古代イスラエルの神事でもありましたよ」

「本当ですか。単なる偶然の一致ではないですか」

「もちろん、全面的にではなく伝統が合致したのかもしれません。掛け声などもヘブライ語に似ていますよ。『ハッケヨイ』は『投げつけろ、やっつけよ』です。『ノコッタノコッタ』は『投げたぞ、やったぞ』の意味を持ちます。更に、『ドスコイ』は『踏み落とせ』の意味がヘブライ語にありますが、日本語ではどうですか。言葉の意味が分かりませんね。単なる掛け声ではないようですよ」

「う〜ん。確かに日本語では意味が分かりませんね」

ジーンには真偽の程は分かりませんが何故かロマンを感じます。日本人が古代から様々な民族と関わっていたとすれば楽しいことです。ワクワクするものを感じます。

「そういえば、諏訪大社の近くに守屋神社があります。守屋《もりや》の意味は、物部守屋氏と何か関係がありますか」

「物部守屋を祀る神社です。神社の背後には守屋山があります。山の頂上に磐座もあります。諏訪大社には本殿と呼ばれる建物がありません。守屋山を御神体として祀っています。モリヤの言葉はユダヤ教やイスラエルとも深い関係にあります」

「それは、どのような関係ですか」

「イスラエルにはモリヤ（モレア）山と呼ばれる地があり聖地とされています。『旧約聖書』で語られる大事な場所です」

「興味があります。どのような物語ですか」

「ユダヤ教はアブラハムの宗教とも言われます。アブラハムは神に命じられて最愛の息子イサクを生贄として捧げるためにモリヤ山に行きます。殺害しようとした時に天使が止めに入り雄羊を与えます。アブラハムはイサクの代わりに雄羊を神に捧げたとの物語です。生贄の儀式はユダヤ教の神事の中で大事な血の儀式の一つです」

「血の儀式とは怖い話ですね。それと諏訪の地は縄文時代からユダヤ人が入り込み地元の人々と共生していたと聞いています。数百年にわたりモリヤ族と名乗り狩猟採集を主として定住していたと言われていますが」

「その通りです。定住していました。その頃から諏訪の神であるミサクチ神の祭祀で御頭祭《おんとう》が行われていました。血の儀式が行われていましたよ」

「御頭祭ですか。何か奇妙な祭りのようですね」

「御頭祭では、おこう（御神）と呼ばれる十五歳未満の少年が生贄として柱に縛りつけられます。そこに神官が現れ解き放たれます。そして、おこうの代わりに七十五頭の鹿の生首を生贄として神に捧げます。これは『イサクの生贄』と同じです。ミサクチ神とは『ミ（御）・イサク・チ』で御頭祭とはイサク神を祀る祭りのことを言います」

「ユダヤ教は血の儀式を行うとの話を聞いていましたが今でもその儀式は続いているのですか。少し背筋が寒い気がしますが」

「御頭祭は江戸時代中期頃まで行われていました。『おこう』と呼ばれる十五歳未満の少年の儀式は廃止されています。江戸時代までは鹿の生首は捧げていたようです」

「何故、鹿の生首なのですか」

「ユダヤではイサクの代わりに七十五匹の子羊が生贄として捧げられていました。しかし諏訪の地には羊がいないために背後の山に生息する鹿を捧げたと言われています」

「今でも鹿の生首を捧げる儀式は行われているのですか」

「御頭祭は行われていますが、生贄は廃止されています。今では、鹿のはく製が捧げられています」

「それが、古代から鹿が神獣とされている由来なのですか」

「そうです。鹿島神宮、香取神宮の鹿が神獣としても有名です。タケミカヅチが鹿に乗って奈良に着き春日大社が建立されたとの言い伝えもあります」

「その他、諏訪大社の有名な行事で御柱祭《おんばしらさい》があります。秋田のなまはげ柴灯祭、吉田の火祭と合わせ日本三大奇祭とされています。由来を教えてください」

「寅年と申年の七年毎に行われる祭りです。樅《もみ》の大木を諏訪四社殿の四隅に建てます。一説では記紀以前から諏訪地方に伝わるミサクチ神に由来すると言われます。樅の大木は神が依りつく神木とされています。その他では国譲りに反対したタケミナカタが諏訪湖畔に逃げた時に結界として神木で神社の四隅を仕切ったのが由来との説があります。その儀式は地鎮祭に由来するとの説もありますよ。『旧約聖書』にダビデ王がソロモン宮殿を作る時に大木をレバノンからエルサレムまで運んだとの記述もあります。この儀式や形式は古神道系の神社で多く見られますよ」

「なるほど『古事記』に語られる神話の物語は全くの作り話ばかりではないようですね。諏訪大社に現在も残っている神事との整合性もあるようですね。諏訪の地には渡来人の移入があったと考えて間違いないようですね」

「そのように考えて問題ないと思います」

「それもユダヤ教を知る渡来人と考えてもよさそうですね。第一陣は縄文時代からモリヤ族として狩猟定住をしていたと考えられます。二度目は徐福に関わる物部氏系のユダヤ人が入り共存したと考えられますね。それとミサクチ神とタケミナカタ伝説を物部神道の流れとすれば多くの疑問の辻褄が合うように私は考えています。どうですか」

「断定することは難しいですが、大きな間違いはないと思いますよ」

弥生時代は、紀元三〜四世紀頃にも人口が大きく増加しています。農業の発展だけでは説明がつきません。再度、大きな集団が渡来してきたとしなければ辻褄が合いません。ジーンは、第二陣の大規模な渡来集団の弓月君に会いに行くことにしました。

弓月君

『日本書紀』に弓月君と呼ばれる渡来人が記述されています。時期も弥生時代とあります。日本の歴史の中ではあまり触れられていませんが、日本の文化、思想、宗教を検証する上で物部氏以上に重要な人物であるのは間違いないと考えています。

ジーンは秦氏一族が弓月君の子孫であると考えています。そして彼らの祖国は中国や韓国ではなく物部氏と同じくシルクロードの西の出発点にあると考えています。十五代応神天皇十四（二八三）年に百済から弓月君が渡来したとあります。

『新撰姓氏録』（九世紀）には漢民族と区分されていますが、弓月君を漢民族に入れるには疑念があります。中国の西、ウイグル、カザフスタンに弓月国がありました。それを確かめるべく弓月君に会いに行くことにしました。弓月君は応神天皇の時代に一二七県の人民（一万人以上数万人との説も）を率いて渡来しました。

「ジーンと言います。弓月君さんは歴史書には百済から渡来したと記述があります。故郷は朝鮮半島と考えて間違いないですか」

「朝鮮半島の百済を経由して日本に入りましたが中央アジアに弓月国がありました。先祖は中東近辺との言い伝えがあります。弓月はペルシャを指します。唐との戦いで脱出をしました。その後新羅そして朝鮮の加羅国に三年ほど滞在していました。その地も安住の地ではありませんでした。そして応神天皇時代に日本に入りました」

「かなりの大集団であったと聞いていますが」

「中国も新羅も危険がありましたので大規模な集団になりました。約一二〇のグループを率いていました。当時で言えば一国分の人民の移住でした」

「その後はどうされたのですか」

「当初、九州の豊前国に入り拠点としました。移住の際に養蚕、機織、酒造及び土木の職人集団を引き連れていました。私たちの遠い祖先は長い戦いに苦しんでいました。戦いを嫌い、安住の地を求めて日本に来ました」

「弓月君さんの話を伺っていると、過去に日本に渡来してきた徐福の一団と何か繋がりがあるように思うのですが」

「その話は我々も知っています。何代か前にユダヤの国から日本に到達し成功した部族がいたと聞いたことがあります」

「そうすると、弓月君さんもユダヤ教徒ですか」

「いえ、ユダヤ教徒ではありません。アブラハムの一神教の流れを持ちますがネストリウス派の原始キリスト教徒です」

「原始キリスト教ですか。それも唯一絶対神のヤハウェの神ですね。弓月君さんが渡来した当時の日本は多神教の世界です。その後、ユダヤ教とキリスト教も多神教の中の一つの神様になっていると私は勝手に判断していますが」

「私はそれでいいと考えています。おそらく、徐福さんの集団も最後の永住地である日本での争いを避けたのだと思います。彼らも何処かに必ず先祖からの教えを守る痕跡を残していると思います」

「弓月君さんも徐福さん達と同じで日本に定住し溶け込む方針だったのですか」

「そうです。私たちは徐福さんの時代よりも静かに暮らしたいと考え、技術集団としての特徴を生かし政治などへの関わりを少なくしたいと考えています。特に表舞台には出ないようにしたいと考えています」

「弓月君さんは色々な技術力の他、シルクロードで莫大な財産を築いたと聞いていますが。真相を教えてください」

「私たちの民族は、古代から大変な苦労をしています。生きるためには技術力とお金を蓄えるように先祖から教えられてきました。そうすれば異国でも生きていくことが出来ると考えています。経験から為政者よりも有力技術者集団の道を選びました」

「なるほど、それが民族の強さですね」

この言葉を聞いてユダヤ民族の強さを知ったように思えました。その教えが日本で花開いたように感じます。彼らの子孫の表舞台での華々しい活躍は語られていませんが後世への文化、宗教面への影響力は莫大なものです。

日本人の精神的な面を検証する場合には主人公になる氏族です。後で語る空海とも大きな関わりを持つことになる一族です。ジーンは質問を続けました。

「豊前国を拠点とした弓月君さんの子孫は、摂津国、河内国、大和国、山背国葛野郡太秦、山背国紀伊郡（伏見）などに拡がり、土木、金属工芸、機織、養蚕に関わります。応神天皇時代から急に日本の古墳が巨大化したのは彼らの土木技術によるものと思われます。真相はどう思われますか」

「私達は、土木技術を持っていました。朝鮮半島の各地にも大規模な古墳を残してきましたよ。当時の日本の土木技術では作るのが不可能な規模と思います。私達が関係していると見て問題ないと思います」

「弓月君さん、大阪にある仁徳天皇陵は、クフ王のピラミッド、秦始皇帝墓陵と並んで『世界三大墳墓』の一つにされています。そして仁徳天皇陵を上から見ると、ユダヤの三種の神器の一つ、マナの壺に似ているのは偶然ですか」

「いえ、それは偶然ではないと思いますよ。権力者の墳墓には多くの細工をしていますので仁徳天皇陵も私達の技術が生きているのは間違いありません」

弓月君は、その後日本の有力氏族である秦氏の元になります。雄略天皇の時代には秦部九十二部からなる一万八六七〇人、更に六世紀には七〇五三戸、数万人規模の存在になっていました。当時の日本の人口から秦氏の存在は際立っていました。

秦氏一族は原始キリスト教（景教）を持ち込んだと言われています。秦氏が関わった宗教的な建物や習慣にはヘブライ語や『旧約聖書』の儀式や慣習が多くみられます。しかし物部氏とは異なり穏健な宗教でありました。

秦氏は大活躍をしますが歴史上はあまり語られていません。しかし彼らの足跡は物部氏と同様にしっかりと残されています。それを、これからじっくり調べていく所存です。秦氏の拠点は広範囲に及びます。本拠地は京都の山城国葛野郡太秦に築きます。

豪族

弓月君と同じ時代に蘇我氏がいます。神功皇后の愛人とされる武内宿禰《たけのうちのすくね》という伝説上の人物が祖先とされています。渡来人説と河内の石川流域を本拠とした在地の豪族の流れの日本人説があります。真偽の程は不明です。当時の先進技術が蘇我氏の台頭に繋がったと言われています。

渡来系の人々に支えられたのは間違いありません。五〜六世紀頃の奈良県橿原市のあたりに蘇我氏の伝承があります。入鹿神社も残っています。近年の発掘調査で飛鳥地域に進出した蘇我氏の大きな勢力を物語る集落跡や墳墓が見つかっています。首長の墓から数多くの副葬品が見つかっています。

ガラスの碗、皿、冠を飾る金具、耳飾りなど当時では作れない物が出てきます。朝鮮半島との繋がりや西の文明との接触も考えられます。蘇我稲目の時代に最も大きな勢力を誇り物部尾輿との二大勢力となっていました。その頃仏教が伝来し争いが起こりました。ジーンは蘇我稲目の子である馬子を訪ねました。

「蘇我馬子さん、ジーンと言います。歴史の整理をしています。今、大変な勢力を誇っていますが、その要因を教えてください」

「発展の基礎を築いたのは大臣になった父である蘇我稲目の時です。先祖は先進技術で朝廷に仕え大和河内郡石川の豪族になりました。皇室領である屯倉《みやけ》の管理をまかされ外交や財政を掌握したようです。渡来人との関わりも深かったと思います」

「渡来民族ということですか？」

「全てが渡来人とは言えませんが合流したと思います」

「そのことが、仏教の伝来時の物部氏との論争に関係しているのですか。詳しく教えて頂けませんでしょうか？」

「六世紀の中頃に百済の聖明王から仏像及び経文を献じられた時です。この時、父の稲目は仏教を礼拝すべきと主張しました。物部尾輿・中臣鎌足は反対し両氏の間で仏教可否の衝突が起こりました」

「何故、蘇我稲目さんは仏教を支持したのですか？」

「仏教を信仰する理由がありました。私たちの周りには朝鮮半島からの渡来人が多くいました。彼らは支持の基盤にもなっていました。彼らは仏教を信仰していました」

　更に、蘇我馬子は続けました。

「一方、物部氏には神事を専門にする職能集団がいました。中臣氏や忌部氏です。朝廷の祭祀を任されていたのが物部氏系でした。婚姻関係を結びながらもお互いに勢力を競っていました。それが、仏教崇拝の可否で亀裂が生じたのです」

「ということは、宗教よりも、むしろ権力争いですね？」

「その通りです。ジーンさん。政争の具に使われました」

「結果、勝利を収めましたが、馬子さんの時代に再燃しましたね」

「そうです。私たちは欽明天皇から仏像を賜り私邸を寺として仏像を拝みました。推古天皇のもとでは聖徳太子と協力して中央集権化を進めました。私の時代には蘇我家の最盛期を迎えました」

「では何故、宗教争いが再燃したのですか？」

「物部氏が権力の復活を望んだと思われます。仏教の導入後、都で疫病が流行りました。物部氏は仏教を導入したために疫病が流行ったと噂し仏教の可否をめぐる争いが再勃発しました。その戦いは私と物部守屋の世代まで続きました」

「その争いも権力争いの気がしますね。そうではありませんか」

「仰る通りです。天皇の後継者問題もプラスされ争いは激しさを増していきました。厩戸皇子である聖徳太子も私たちに参戦しました。結果、物部守屋の首を取りました。私たち仏教派が勝利しました」

「その戦いには秦一族の領袖とみられる秦河勝が聖徳太子を守護し参戦したようですが。本当ですか」

「その通りです。秦氏も渡来一族です。農業技術や工業技術、土木技術を持ち、朝廷には深く関係がありました。私たちも財政面での支援を受けました」

物部氏の没落後、聖徳太子と蘇我馬子による統治体制が取られました。しかし聖徳太子の死後、蘇我入鹿の襲撃によって太子の子である山背大兄王とその一族は自害して滅亡しました。蘇我氏の権勢は揺るぎないものとなります。強力な権勢を持った蘇我入鹿は「天皇の臣下」ですが天皇家を超えたとまで言われました。

しかし権力争いは止まる気配を見せませんでした。専横に危機を抱いた中臣鎌足と中大兄皇子（後の天智天皇）は蘇我入鹿を暗殺します。権勢を誇った蘇我氏も稲目、馬子、蝦夷、入鹿と四代で崩壊することになります。この政変を乙巳《いっし》の変《へん》と呼びます。いわゆる大化の改新で六四五年の出来事です。

入鹿が暗殺されるとともに蝦夷も自殺しました。蘇我氏本家は滅亡し勢力は大きく低下しました。しかし一族はその後も一定の地位を保持したようです。物部氏と蘇我氏は政治の世界に大きく影響を与えた氏族です。しかし表舞台からはその名は消えました。この争いの後も権力闘争は続きました。

中大兄皇子は蘇我氏を滅ぼし皇室の力を強くし三十八代天智天皇となります。天智天皇の死後、再び皇位継承をめぐって内乱が起こりました。六七二年の壬申の乱です。大海人《おおあま》皇子側が勝利し四十代天武天皇が即位します。即位後、天皇の安定強化に力を注ぎ律令制の完成を目指します。

天武天皇の死後、皇后が四十一代持統天皇に即位します。四十二代文武天皇は七〇一年に大宝律令を発布しました。大宝律令は、刑部親王や藤原不比等らを中心に編纂されました。藤原不比等は天智天皇から藤原姓を賜った藤原鎌足の子で事実上の藤原氏の始祖です。藤原氏の台頭で世の中がようやく静まりと落ち着きを得たように見えました。

長い権力争いでした。最後に残ったのが藤原氏です。藤原氏の出自は今一つはっきりしません。ジーンはその謎を探るべく不比等に会うことにしました。

「不比等さん、藤原氏は歴史に突如現れた貴族のようですが、ルーツがよくわかりません。先祖を教えてください」

「ジーンさん、いきなり失礼な質問ですね。まあ良い、話してあげましょう。元々は卜部《うらべ》氏や忌部《いんべ》氏など神道の神事を行う一族でした。神官として地方に赴任していました。姓も藤原ではなく中臣です」

「中臣と言えば、中臣鎌足さんですね」

「そうです。私の父です」

「蘇我氏を滅ぼした人ですね。その後に天智天皇から藤原姓を賜ったのですね。相手が蘇我氏ということは宗教戦争ですか？」

「そうではありません。物部氏を討った後の蘇我氏の専横が行き過ぎたためです。その後も皇位継承で争いが続きましたので権力争いと言っていいでしょう」

「なるほど、藤原氏の姓には何か意味があるのですか？」

「当時名門と言われる姓には源氏、平氏、藤原氏、橘氏の四姓がありました。その中でも最も名門の藤原の姓を天智天皇から賜りました」

「不比等さん有難うございました。失礼なことも聞きましたが、正確な歴史を知るためです。お許しください」

不比等の時代になり、藤原氏は強大な権力を持つことになります。そして、今日まで権威を保つ地盤を築き上げます。太政官には藤原氏の子孫が就き神祇官も元の中臣姓の子孫が就く体制を作り上げ、藤原氏の黄金時代を作り上げました。

藤原不比等の時代に藤原氏は強大な力を得ます。しかし、その後、藤原氏の名前は歴史にはあまり語られません。藤原氏の末裔が毎年春日大社に集まるとジーンは知りました。その後の藤原氏の動向を聞くことにしました。

「藤原氏の子孫の方ですね。少し質問をさせてください。藤原不比等さんが権力を握り平安時代の藤原道長さんの頃には藤原氏の摂関政治の最盛期を迎えたと承知しています。その後の藤原氏のことがよく分かりません。教えてください」

「藤原氏の嫡流は鎌倉時代以降、藤原氏を名乗っておりません。五摂家の近衛家、鷹司家、九条家、二条家、一条家となります。五摂家は交代で摂政・関白を独占し続けています。公家社会では影響力を持ち続けました。そして娘たちを皇室に嫁がせ外戚として権力を振るう手法を用いました」

「少し、失礼な質問をさせてください。蘇我氏を滅ぼした藤原氏は新興勢力であったために台頭後に様々な画策をしたと聞いております。それは歴史の改竄です。『日本書紀』は藤原不比等さんが編纂に当たり、藤原氏の正当性と天皇家の正当性を図ったとのうわさが絶えません。特に蘇我氏を歴史の大悪人にしたと聞いていますが」

「ジーンさん、そのような質問には答えられません。私達、子孫はそんなことを信じていません。『日本書紀』は日本の正史です。答えられるのは、それだけです」

ジーンはかなり突っ込んだ質問をしてしまいました。藤原氏の子孫の誇りを傷つけたようです。従ってジーンには真相は分からないままです。はっきりしているのは、その後も名門家を保持し続けたことです。五摂家は、摂政・関白として天皇家を輔弼する地位も独占しました。皇后は全て五摂家から出ました。

そして五摂家は天皇家そのものになっていきました。強大な権力の維持に成功したのです。五摂家以外から皇后に迎えられたのが美智子皇后であると言われています。『日本書紀』が天皇家の系譜を作り現在に至るまで影響力を強く持ち藤原氏を繁栄させる基礎になっています。平城京へ遷都した時には、不比等は興福寺を建立しました。

その後、藤原氏の氏神「春日神」を祀るために春日大社を創建します。例祭である「春日祭」は賀茂神社の「葵祭」と石清水八幡宮の「石清水祭」とともに三勅祭の一つにされています。藤原氏は、五摂家として生き残っていくことになります。

明治維新が始まると五摂家の地位が復活します。日本においては皇室に次いで大きな広がりと歴史を持つ家系と言われます。現在「藤裔会」として年一回秋頃に全国の藤原氏の末裔が春日大社に集合し親睦会を開いているようです。

秦氏

　秦氏の族長的人物に秦河勝がいます。聖徳太子を守護し物部守屋の首を斬ります。功績により聖徳太子から弥勒菩薩半跏思惟像（国宝第一号）を賜り、蜂岡寺（広隆寺）を建てます。京都の太秦にあり太秦寺とも言われます。秦氏の氏寺で聖徳太子信仰の寺でもあります。後に空海との関係もできます。

　秦一族は中東をルーツとする民族出身です。原始キリスト教を信仰するユダヤ人一族であったと言われています。ジーンは秦河勝に会いに行くことにしました。

「秦河勝さん、ジーンと言います。親切遺伝子の真実を探っています。それには秦氏が大きく影響していると考えています。ですが物部守屋氏の首を取っています。少し失望しています」

「ジーンさん、物部氏のことを話すと長くなりますが、あれは宗教戦争ではありません。権力闘争です。聖徳太子を信頼していましたので参戦しただけです。神道を否定したわけではありません」

「分かりました。話題を変えます。私は物部氏や秦氏が日本文化に大きな影響を与えていると考えています。特に秦氏が日本文化の礎を築いたと思います。少し関連する話を教えてください」

「なにから話しましょうか」

「まず、ルーツを教えてください。遥か遠くにあるイスラエルの民族が、何故、日本と関係があるのかよく分かりません」

「それでは、イスラエルの始祖アブラハムのことから教えましょう。『旧約聖書』に登場します。紀元前十七世紀頃にメソポタミアからカナンの地を目指したのがイスラエルの歴史の始まりです」

「アブラハムといえばイサクの生贄ですね。物部守屋さんから諏訪大社の御頭祭の神事の由来と聞いていますが」

「そうです。そのイサクの子、ヤコブの時代に大飢饉に苦しみイスラエルの民族はエジプトに移住します。そこで子孫は奴隷となりました。その時代が約四百年続きました。その危機を救ったのがモーゼです。『旧約聖書』の出エジプト記に述べられています。紀元前十三世紀頃、モーゼが奴隷であったイスラエル人を救う物語です。モーゼもイスラエル人です。イスラエル人は苦難の連続です。安住の地を持てていません」

「そこにも、日本に関係する話が出てきますね？」

「過越祭です。モーゼの時代、神は人間から家畜に至るまでエジプト中の全ての初子を殺すと伝えます。しかし神は子羊の血で門柱を赤く塗ったユダヤ人の家だけを過ぎ越すと伝えたと言われています。赤は神聖な地域との意味があります。多くの神社の鳥居や建物が赤く塗られているのはそのためです。トリイはヘブライ語で門との意味もあります」

「過越祭は日本のお正月の行事にも似ていると言われているそうですが」

「過越祭は神の救いに対する感謝の祭りです。春の行事として農耕と牧畜の祭りと一緒になっています。祭りは七日間行われ普段食べない特別食をとります」

「特別な食事とはどのようなものですか」

「酵母入りのパンを食べません。エジプトからの逃亡の際、時間がないために酵母を入れてパンを焼く余裕がなかったのが由来です。それを忘れないためです。実は日本のお正月に食べるお餅と似ていると言われています」

「う〜ん、そうですか。後はどのようなことをするのですか？」

「一家総出で大掃除をします。当日は夜通しお祝いをします。そして葡萄酒で感謝を捧げます。食卓には様々の種類の食材が並びます。ユダヤ人には新しい年の始まりです。日本のお正月と同じです。おせち料理やお屠蘇とよく似ています」

「本当ですね。日本の大晦日とお正月と同じですね。でも季節が違うようですが」

「ユダヤの年の始まりは春の四月頃になります。日本の正月は一月で違いますが四月は学校の新学期、企業決算では四月から新年度と呼びます。官庁も四月が始まりで法律の施行日も四月が多いですね。その名残ですよ」

「ところでユダヤのお正月は七日間続くと聞いていますが」

「そうです。七日間は酵母のないパンを食べなくてはなりません。そして七日目は聖なる日です。どんな仕事もしてはなりません」

「日本では正月の七日に七草粥を食べます。中国に起源を持つと言われていますが習慣や風習は世界中で繋がっているかもしれませんね。恐ろしいほど共通点がありますね。ところで、神道の三種の神器と同じようなものがイスラエルにもあると聞いたのですが。本当ですか」

「ありますよ。それは『モーゼ十戒の石板』、『マナの壺』、『アロンの杖』の三種です。そして契約の聖櫃（アーク）があります。アークは日本のお神輿に似ていますよ。マナの壺ですが古墳時代の前方後円墳を上から見るとマナの壺の形をしています。ローマのバチカンのサンピエトロ寺院も上から見るとそうですよ」

「そういえば、大阪の仁徳御陵を空中写真で見たことがあります。古墳の中央部分がマナの壺のような形でした。お濠で囲まれた部分です。バチカンもそのように見えますね。単なる偶然で片づけるのは無理と思えてきました」

「ジーンさん、モーゼ以後も教えましょう。紀元前十世紀にはダビデ王が十二支族を纏めイスラエルを建国しました。ソロモン王の死後に十支族の北イスラエルとエルサレムを首都にする南ユダに分裂します。長くなりますが疲れませんか」

「いえ、興味があります。最後までお願いします」

「分かりました。続けますよ。その後、北イスラエルの十支族は紀元前七二二年にアッシリアに滅ぼされます。その十支族が虜囚として連行されました。しかしその後の行方が分かりません。謎のままです」

「そうすると、それが失われたイスラエル十支族と言われる謎の支族のことを指しているのですか。現在でも謎として語られています」

「その真相は分かりませんがアッシリアの虜囚の行方が分からないのは事実です。可能性はあります。一方、南ユダも紀元前五八六年に新バビロニアに滅ぼされバビロン虜囚として連行されました。アケメネス朝ペルシャの時代にパレスチナに帰還し、エルサレム神殿が復興されました。南ユダの二支族は地中海近辺に残ったと思われます」

秦河勝は続けました。

「南ユダの二支族が帰還した時はアッシリアも滅びていました。アッシリアに連行された十支族の大半は戻らず各地に移住していたようです。いずれのグループにもその後の動きには謎が多くあります」

ジーンの顔が険しくなった。質問が核心に入った。

「河勝さん、それはイスラエル人の一部が、日本にも来た可能性が高いと考えておられるということですか」

「可能性ではありません。私は来ていると考えています。その一人に私も入ると考えています。それは世代を超えて長い年月をかけてということです。定説はありませんが、アフガニスタン、エチオピア、中国に移り住んでいったのは間違いないようです。先祖は世界の多くの場所に痕跡を残しているようです」

「聞いていると民族の強さを感じますね」

「それが私たち民族の誇りです。中国などを経由して日本に着いた氏族がいても全く不思議ではありません。徐福も失われた十支族と関係する可能性があります。イスラエルから日本への直線距離は一万キロで離れていますが一日五キロ歩くとすれば約五年の距離です。ラクダや馬を使い長い年月をかければ現実性のない話でもありません」

彼らの日本に至る痕跡を見ると明らかにシルクロードの周辺にイスラエル民族が住んだと思われる地域があります。その一つが弓月国です。カザフスタン東部で中央アジア最大と言われるバルハシ湖の南に位置しました。一世紀から二世紀に存在し小国ながらキリスト教国であったようです。

古代イスラエルでは東は聖なる方角です。十支族は「東の日の出づる国」を目指しシルクロードを移動していったのです。東の果ての終着点が日本です。物部氏と秦氏は日本の信仰、経済、文化面で多大な影響力を発揮しました。物部氏はユダヤ教の痕跡を、秦氏は原始キリスト教の痕跡を残したのです。

その痕跡が日本人の精神面、文化面など広い分野に残されています。伝統文化として受け入れているのです。神武天皇の名前は「カム・ヤマト・イワレ・ヒコ・スメラ・ミコト」です。ヘブライ語では「カム・ヤマトゥ・イブリ・ベコ・シュメロン・マクト」で「サマリヤの王、ヤハウェのヘブル民族の高尚な創設者」となるそうです。

真偽はともかく何故かロマンを感じます。ジーンは引き続き、秦河勝の個人的な話を聞くことにしました。

「秦河勝さん、ご自身のことをもう少し詳しくお聞きしたいのですが」

「私のことですか。何か興味がありますか」

「大いにあります。秦氏の中でも河勝さんに興味があります」

「そうですか。何でも聞いてください」

「最初から嫌なことをお聞きしますが、仏教導入をめぐる争いで聖徳太子や蘇我氏側として参戦し物部守屋氏の首を取ったとされていますが真相を教えてください」

「物部氏は同じ渡来人です。本来、宗教的対立はありません。物部氏と蘇我氏の政治的な構想に巻き込まれたのが真相です。私の一族は政権には興味ありませんでした」

「ですが、物部氏はユダヤ教信仰で、秦氏は原始キリスト教信仰あるいは景教徒と理解しています。宗教上の問題はないのですか」

「宗教対立ではありません。二つの信仰ともアブラハムを始祖とするヤハウェの神を信じていますので大きな対立はありません。ですが権力闘争には決断が必要でした。渡来人が日本で生きていくためには仕方のない選択でもありました」

「その名残が長野の善光寺に残っていると言われていますが」

「その通りです。物部守屋氏の首を取った私たち一族が鎮魂のために建てたことが由来となっている善光寺は無宗派の単立寺院です。宗派に関係なく宿願が可能な霊場となっていますよ」

「もう一つ質問があります。善光寺には守屋柱と呼ばれる柱が本堂内陣にそびえ立っています。戒壇巡りを行うことは守屋柱に宿る霊を封じることに通じると言われていますが、本当ですか」

「いや〜、それはよく分かりません」

「ところで物部守屋氏との戦いで勝利を収めた後、聖徳太子から仏像を賜り京都に最古のお寺を創建されたと聞いていますが」

「それは広隆寺です。仏像は国宝の弥勒菩薩半跏思惟像です」

「太秦寺や蜂岡寺などの別称もあります。仏教寺院ではなく景教の教会との話もあります。当時窓がなく入口が一つだけで黒い十字架が付いた構造であったそうですが」

「そうですね。寺院として創建しましたが景教の影響は出ていたかもしれません。それについては否定しません。原始キリスト教は中国では景教と呼ばれていました。中国にも大秦景教寺院があります。また中国ではローマを大秦と呼びます」

秦河勝は簡単に景教の影響を認めました。広隆寺は八一八年に焼失しました。現在は真言宗系のお寺です。聖徳太子像が本尊です。後に空海との関係も出来ます。

「ところで広隆寺に十善戒があります。モーゼの十戒に酷似していますね」

「秦一族には原始キリスト教徒がいます。モーゼの十戒は私達も守らなければならない戒律です。広隆寺は四三一年のエフェソス公会議で異端とされたキリスト教ネストリウス派すなわち景教の影響を受けています」

秦河勝は、包み隠さず広隆寺の歴史を語ってくれました。

「物部氏と秦氏の信仰はアブラハムの神、ヤハウェ信仰と理解していますが、神社の儀式などに違いはあるのですか」

「物部氏と比較し穏健な信仰であると考えています。物部氏の神は荒ぶる神です。血の儀式を持ち込みました。それを嫌い私達は物部系の神社に改革を迫りました。物部氏の信仰は日本土着の信仰に合わないと考えました。私達が関与しユダヤの荒ぶる神を日本の自然神に調和するように手を打ちました」

「どのような手を打たれたのですか」

「血の儀式で有名なのはイサクの生贄の儀式です。当時、物部系の神社で血の儀式を行っていました。神社の周りを掘れば沢山の牛などの動物の骨が出てきますよ。私たちは、その廃止に努めました」

「唯一残ったのが諏訪大社の御頭祭ですね。血の儀式の多くは消えました。御頭祭も江戸時代に廃止されました。秦氏が血の儀式を止めさせた逸話が残っています。それは『鴨がねぎを背負ってやってきた』との言い伝えに関係します」

「何か、面白そうな逸話ですね。聞かせてください」

「一般的な意味では鴨が鍋の具のねぎを持ってくる都合の良い話のことです。裏の意味では鴨は賀茂氏を指し、ねぎは神職の禰宜《ねぎ》を意味するとされます。神社の最高責任者の宮司の監視に禰宜を送り込むとの意味に繋がります。つまり血の儀式を取り扱う物部系神社の監視に禰宜のポストを作り送り込んだとされています。野蛮な神の儀式を嫌う秦氏が取り入れた体制と言われています。現在も禰宜のポストが存在します」

「なるほど」

「神道儀式の祭祀人に秦氏系の賀茂氏がいました。その賀茂氏が物部系神社に禰宜を送り込んだのです。禰宜の監視で生贄の儀式を禁止させたそうです。物部氏から秦氏に神道の主導権が移動した結果です。鴨ねぎ伝承を全面的に信頼出来ない気もしますが一方的に無視も出来ないように思います。河勝さん、どう思われますか」

「う～ん。興味のある話ではありますね。伝承の真偽は分かりませんが私達が物部系の神社に対して、宮司監視のために禰宜を置いたのは間違いありません。最後は、ジーンさんの判断ですね。歴史の事実には整合性が必要です」

「また、河勝さんはご存じないと思いますが、日本神話の中にも面白い話があります。それはアマテラスとスサノオの兄弟の話です。神話ではスサノオは乱暴な荒ぶる神として描かれています。太陽神であるアマテラスはスサノオの乱暴を嫌い天の岩戸に隠れてしまい太陽の光がなくなってしまいます」

「これもまた、興味あります。難しい名前が出てくるのですね。続けてください」

「そのために世の中が闇夜になり色々な災いが発生します。困った神々は、アマテラスに天の岩戸から出てもらい、スサノオを下界に追放します。その後スサノオの子孫のオオクニヌシは葦原中つ国にある出雲で国造りをします」

「それも秦氏と物部氏の関係に繋がるのですか」

「そうです。聞いてください。アマテラスは葦原中つ国を国つ神であるオオクニヌシに任せられないとして天つ神のタケミカヅチを降臨させ統治させます。オオクニヌシの子タケミナカタが反対しますが戦いに敗れ諏訪の地に逃げます。その物語は物部氏の没落と秦氏一族へ権力が移行したことと関係していると私は考えています」

「それが両氏族の戦いですね。その結果はどうなるのですか」

「荒ぶる神スサノオの子孫であるオオクニヌシを祭神とする物部系の出雲大社から、慈悲深いアマテラスを祭神とする秦氏系の伊勢神宮に神道の中心が移ることに繋がります。どうですか、神話の物語とはいえ真実に迫るような歴史と思われませんか。私は、これが歴史の楽しいところであると考えています」

「ジーンさん、なかなか奇抜な説ですね。私には真偽は分かりませんが歴史には整合性が必要です。間違った情報を流さないように気を付けてください」

「分かりました。よく検証し述べていくようにします。しかし、今まで述べていることの根拠は十分に残されていると考えています」

大きな足跡を残している秦一族ですが河勝の晩年は恵まれないものでした。聖徳太子一族が抹殺された時に蘇我入鹿に迫害され兵庫県赤穂市坂越の生島に流罪されます。生島で海に面した土地に小さな祠を作りその数年後に生涯を終えたとあります。

河勝は怨霊と化し大荒大明神《たいこう》として畏れ敬われる存在となります。生島の対岸に河勝が創建した大避《おおさけ》神社が建っています。祭神はアマテラス、春日大神、秦河勝です。大避神社は大闢《だいびゃく》神社とも呼ばれていました。

京都にある秦氏関連の大酒神社も大避神社とも書きます。その昔は大闢神社とも呼ばれていました。大酒神社の主祭神は、秦始皇帝、弓月王、秦酒公です。何とも奇妙な組み合わせの祭神ですが伝承との辻褄は合います。大闢は「だいびゃく」と発音しダビデをも表します。そして、大避は「おおさけ」ではなく「たいへき」とも読むそうです。

その際の「たいへき」は重い罪すなわち「極刑」の意味になります。つまり極刑に処された神、イエスを表すとも言われます。物部氏、秦氏とも謎の多い一族です。彼らの痕跡には様々のメッセージが残されています。信じがたい部分もありますが彼らの子孫に伝えようとする苦心の跡に、ジーンは逆に信憑性を感じます。

考えすぎかもしれませんが、秦河勝と江戸時代の赤穂浪士の吉良邸討ち入り事件との繋がりがあるのではないかと考えるジーンがいます。歴史は楽しいですね。

秦氏と神社

秦氏一族は五世紀末に醸造、養蚕、絹事業で成果を挙げて京都で太秦の称号を得ます。秦氏の本拠地である太秦に八坂神社を建て祇園信仰をしていました。一部は大分の宇佐に住み八幡神を信仰し八幡神社を創建しました。神社に神輿をもたらしたのは八幡神社と言われています。その中心が宇佐八幡宮（現在の正式名称は宇佐神宮）です。

秦伊呂具は伏見稲荷大社を創建しました。秦都理は松尾大社を創建しました。京都の下鴨神社は秦氏一族を記念して建てられたものです。神社の頂点である伊勢神宮にも秦氏が関わっています。御神体である「八咫鏡」に秦氏に関わる話があります。崇神天皇の時代に京都で疫病が流行ります。疫病を鎮めるべく御神体を持ち出しました。それが三重県伊勢市に到着するまで各地の神社を転々とします。その神社を元伊勢と呼びます。最初の元伊勢が笠縫神社と言われています。今は祠しか残っていませんが奈良の秦楽寺の境内にあります。秦楽寺は秦氏の氏寺で雅楽の拠点と言われています。ここにも秦氏の影が見えます。

神社の構造はユダヤの「幕屋」と似ているとも言われます。遊牧民であったユダヤ人は移動式の簡易な礼拝所「幕屋」を作り礼拝していたと言われています。伊勢神宮の建物の配置や形状は、質素な幕屋と酷似するようです。

幕屋は、まず水盤がありその奥に聖所、至聖所があります。伊勢神宮も、手水舎、拝殿、本殿の構成になっています。偶像崇拝は行われません。遊牧民のために幕屋は移動します。御神体も移動します。

伊勢神宮や出雲大社の式念遷宮と似ています。

遷宮が始まったのは持統天皇の時代の七世紀頃と言われています。内外両宮の正殿などを作り替え神体を移すことです。宮大工の技術継承など遷宮する理由には諸説ありますが、膨大な費用を投じる決定的な理由は記録がないために不明です。

同時期には世界最古の木造建築である法隆寺も建立されており、恒久的な建物にすることは技術的には可能なはずです。しかし創建以来式年遷宮が続けられています。ユダヤの幕屋の移動と似通っています。いや〜歴史とは本当に面白いものですね。

次に秦氏の根拠地の山城国八坂郡にある八坂神社を訪ねます。『日本書紀』では八坂神社の創建は、六五六年、高麗の使節の伊利之《いりし》が新羅国の牛頭山《ごずやま》に坐したスサノオを山城国愛宕郡八坂郷の地に奉斎したことに始まるとあります。伊利之は高麗からの渡来人と言われています。

スサノオを祀る神社です。全国約二千三百社の総本社で通称「祇園さん」と呼ばれます。七月の祇園祭は有名です。他の神社同様、謎の多い神社です。真相を探るためにジーンは郷土歴史家を訪ねました。

「『日本書紀』では八坂神社の創建は高麗からの使節の伊利之となっていますが、真相はどうでしょうか」

「八坂神社は謎の多い神社です。祭神は神話に出てくるスサノオとクシナダ姫の夫婦です。スサノオは出雲での八岐大蛇退治で有名です。それとスサノオの八人の子供、八王子が祭神です。所在地は秦氏ゆかりの地です」

「八坂神社と呼ばれるのは明治維新の神仏分離令からです。以前は祇園神社、祇園社、祇園感神院と呼ばれていたそうですが」

「そうです。神仏習合の名残です。元は牛頭天王《ごずてんのう》が祀られていました。仏教の天部の一つで釈迦の聖地にある祇園精舎の守護神とされる神様です。薬師如来の垂迹であるとともにスサノオの本地ともされています」

「そうすると、現在行われている祇園祭は、仏教の天部の牛頭天王を祀った行事ということですか」

「仰る通りです。毎年七月に行われる祇園祭は藤原基経が疫病を鎮めるために八七六年に牛頭天王を祀って始めた年中行事です」

「その由来を教えてください」

「京都は内陸の湿地です。そこに都が築かれました。人口が爆発的に増えましたが上下水道の不備などでマラリア、天然痘、赤痢などが大流行しました。祇園祭は、その厄病神を鎮めるために花笠や山車を出して市中を練り歩きます。花が散るのと共に飛び散る災禍を鎮める祭りです。夜須礼《やすらい》の祭りとも言われます」

「祇園祭を見たことがあります。毎年七月の一カ月間にわたり行われます。十七日のクライマックスでは三十二基の山鉾が練り歩きます。その山鉾は豪華なタペストリー（つづれ織りの織物）で飾られます。それにはなぜか『旧約聖書』の場面、イサクやラクダなど日本に存在しない図柄が描かれています。何故か違和感を覚えるのですが」

「ジーンさん、よく気が付かれましたね。祇園祭はイスラエルのシオン祭と似ています。シオン祭では七月十日が贖罪の日です。七月十七日はノアの箱舟がアララト山に流れ着いた重要な日とされています。祇園祭では七月十日には神輿洗《みこしあらい》があり七月十七日は祭のクライマックスです」

「本当ですか。それは何を意味するのですか」

「八坂神社の数々の行事が古代ヘブライ信仰に類似するのが偶然との言葉で片づけられない気がします。京都の著名なお祭りの風景を見ると、日本国内だけでは説明が付かない奇妙な風習や言葉があります。

つまり、外来の文化が残っているということです。渡来人が持ち込んだ慣習が定着しているのです」

「ということは、私たちが日本古来の伝統行事と考えていたことが、違う発展経緯があることになりますね」

「そう考えることが出来ます。それよりも古代の日本人が国内外から納得できる風習、宗教を後世に残してくれていると考えた方が楽しいと思いますよ。日本に居ながら世界各地の文化に触れることが出来るということです。ジーンさん」

「いや、おっしゃる通りですね。そのような背景をもっと紹介するべきかもしれませんね。ところで牛頭天王の祭りは、どうなっているのですか。あまり耳にしませんが」

「牛頭天王の祭りはスサノオと神仏習合時代のものです。元々は仏教的な陰陽道の神とされています。明治の神仏分離以降は牛頭天王、祇園のような仏教語の使用が禁止されたため、スサノオを祭神とする神道の信仰が中心になっています」

「それは残念ですね。過去の伝統は何とか残してほしいですね。時の権力者の影響で失うものも多いですね。また庶民の祭りとされた祇園祭に対して賀茂神社の葵祭は賀茂氏と朝廷・貴族の行事として執り行われていたと聞いていますが由来を教えてください」

「分かりました。通称上賀茂神社は祭神が賀茂《カモ》別雷《ワケイカヅチ》命で賀茂別雷神社と呼びます。通称下鴨神社は祭神が玉依姫《タマヨリヒメ》、賀茂《カモ》建角身《タケツノミ》命で賀茂御祖神社と呼ばれます。二社で賀茂神社と総称されます。創建は上賀茂神社が六七八年で、下鴨神社は詳しく分かりません。氏人に鴨長明、賀茂真淵がいます。葵祭は三勅祭の一つとなっています」

「日本の三勅祭とは？」

「天皇が勅使を派遣して祭祀奉幣する神社を勅祭社と呼び、現在、全国に十六社あります。そのうち、賀茂神社の葵祭、石清水八幡宮の石清水祭、春日大社の春日祭が三勅祭と呼ばれています」

「葵祭の内容を教えてください」

「宮中の儀、路頭の儀、社頭の儀からなります。宮中の儀は現在行われていません。路頭の儀では京都御所から下鴨神社を経て上賀茂神社までを行列します。社頭の儀では勅使が祭文を奏上します」

「ところで宮中の儀が明治に入って行われなくなったのは、どうしてですか。皇居が江戸に移り、皇居内に宮中三殿が作られたのと関係があるのですか」

「はっきりは分かりませんが関係があるのかもしれません」

「皇居の吹上御苑に奉祀されている宮中三殿は、神鏡を安置する賢所、歴代の天皇を祀る皇霊殿、そして神殿で構成されています。その建物は明治になって作られましたので、宮中の儀は今の皇居に移ったと考えてよさそうですね」

「ジーンさん、それは適切な判断だと思いますが、私には分かりません」

「分かりました。質問を変えます。ところで三勅祭には伊勢神宮が入っていないのですね。現在、神道の中心とされているのが伊勢神宮だと思われるのですが」

「天皇の即位の後、初めて行う新嘗祭を大嘗祭《だいじょうさい》と言います。賀茂氏がかつて取り仕切っていました。現在の神道は伊勢神宮中心になっていますが、歴史的には皇室との繋がりは賀茂神社の方が深かったと言われていますよ」

「これは、私個人の少し突拍子もない考えですが表神道のトップが伊勢神宮で、裏神道のトップが賀茂神社であるとも言えるように思います。また賀茂神社の構造は伊勢神宮と同じであると聞いたことがあります。伊勢神宮内宮に上賀茂神社が対応し外宮に下鴨神社が対応します。そして伊勢神宮の三つ目の正殿が伊雑宮《いざわのみや》です。それに対応するのが河合神社との構造も見えてきます。その考え方は間違っていますか。伊勢神宮の重要な三つの宮は、内宮・外宮そして伊雑宮と聞いていますが」

「そうですね。伊雑宮は小さな社殿ですが、確かに伊雑宮こそが伊勢神宮の本宮だとの伝承もあります。伊勢神宮の御神体が、全国各地の神社を経由して最後に鎮座したのが、伊雑宮であるとの言い伝えがあります。しかし、伊雑宮の伝承には深入りすると更に歴史を曲解する可能性もあるのでこれぐらいにしましょう。ジーンさん」

「そうですね。そう思います。これが日本人の良いところかもしれません。寛容の精神ですね。ところで河合神社の件を教えてください」

「河合神社は下鴨神社の第一摂社です。美人祈願の神社として有名です。三大随筆の『方丈記』の作者である鴨長明は河合神社の禰宜の家系の生まれです。秦氏一族の出身です。境内には八咫烏を祀る神社があります。八咫烏は国土を開拓した神の象徴とも言われます。神武天皇の東征の際に道案内をしました。熊野の神の使いです」

「ここも秦氏や色々な伝承があるのですね。八咫烏は日本サッカー協会のシンボルマークにもなっているようですが」

「そうです。天武天皇が熊野で蹴鞠をしたとの伝説もあります。現在でも日本サッカー協会はワールドカップなどの出場前には熊野で必勝祈願を行っているようです。賀茂氏が神道、陰陽道、宮中祭祀を裏で仕切っているとされる組織名でもあります」

「賀茂神社と伊勢神宮との関係は、賀茂氏と秦氏の関係にも繋がるようですね」

「秦氏が太秦に進出する前は、賀茂県主とその一族が住んでいました。その地に秦氏が財力と土木技術を駆使した治水工事で葛野大堰《かどのおおい》を築いたのが両氏の関係の始まりです。秦氏は水路を造成し田畑を開拓し大集落を造りました。水を制するものは土地も制すると言われます。葛野川流域で農業を営む住民たちは、葛野大堰の恩恵を受け、秦一族の支配下に組み入れられていきました。秦氏は、京都に後から進出しましたが共存したのです。平和的な住み分けを図りました。祭神を婚姻関係で結ぶ伝承を作り上げます。上賀茂神社と下鴨神社と松尾大社の三社をまとめて秦氏三所明神とも称されています」

　七〇一年、四十二代文武天皇の勅命を賜り秦都理が松尾大社を創建します。祭神は大山咋神《オオヤマクイノカミ》、市杵《イチキ》島《シマ》姫です。大山咋神は賀茂別雷神社の祭神です。市杵島姫は福岡の宗像大社の祭神でもあります。狂言『福の神』に松尾の神は「神々の酒奉行である」と出てきます。

　ジーンは山城国の葛野郡に住む秦都理を訪ねることにしました。

「秦都理さん、日本の古代の真実を調べています。ジーンと申します。怪しいものではありませんので、お話を聞かせてください」

「あなたのことはよく分かりませんが悪い人ではなさそうなのでいいですよ。どうぞ何でも聞いてください」

「まず、松尾大社の由来を教えてください」

「古くは松尾山頂の磐座で祭祀が行われていました。その地に秦一族が渡来して来ました。山城・丹波両国を開拓し農産林業を起こします。同時に松尾の神を氏族の神として仰ぎました」

「松尾の神は日本古来の自然神です。渡来民族である秦都理さんたちの受け入れには問題はなかったのですか」

「私達は東の国で暮らすことを決心して旅を続けてきました。多くの迫害を受け、また戦いを繰り返してきました。この国は最後の地です。定住する決心でした。そして土着の風習を受け入れるべきであると考えていました。土着の人々の信じる神を祀っています。しかし私達も古代から信じる思想を捨てていません」

「私が調べている事実と一致します。感激します。ところで松尾大社を作る時には地元の反対はなかったのですか」

「まず朝廷に松尾山の磐座の遷宮を奏上しました。そして文武天皇から松尾大社創建の勅命が出ました。勅命で地元の人々も受け入れてくれました」

「分かりました。後の世では酒の神とも言われています。何か由来があるのですか」

「秦氏一族は元々醸造の技術を持っていました。また社殿の背後に亀の井という松尾山からの湧水がありますす。この水を酒に混ぜると腐敗しないとして多くの酒造業者が汲みに来ていました。その清らかな湧水が由来だと思います」

「亀の井とは楽しい名前ですね。何故そう呼ばれるのですか」

「昔、神様が山城丹波地方を開拓するため保津川を遡りました。その時に急流では鯉の背に、穏やかな流れでは亀の背に乗ったと言われています。この伝承から鯉と亀が神の使いとされています」

「楽しい由来ですね。ところで秦都理さん、狂言に派手な衣装を身にまとった福の神が出てくる演目があります。松尾の神と関係するそうですが、どのような話ですか」

「毎年の大晦日に神社で年越しの豆まきをする男たちがいたそうです。男たちが『鬼は外、福は内』と囃し立てていると、福の神が現れ『酒を飲ましてくれるならお前たちを金持ちにしてあげる』と言ってきたそうです。そこで、酒を奉じると福の神はうまそうに飲みながら『早起きをし、他人に優しくし、客を拒まず、夫婦仲をよくすることだ』と教えてくれたそうです」

「なるほど、いい話ですね。ところで松尾大社の祭神が大山咋神と市杵島姫ですが、由来を教えてください」

「松尾山の磐座信仰は私達が移住する前からありました。松尾の神の原型は日本古来の縄文の土着神に基づくものです。それが大山咋神です。それに渡来系の稲作農業の神の市杵島姫を合祀して新しい神道を作ることを目指しました。九州にある宗像大社の宗像三女神の一神です」

秦都理の口から縄文の神と渡来系の神を合祀したとの言葉を聞くことが出来ました。相手の思想、宗教を尊重する「寛容性の精神」が表れた立派な答えにジーンは大きな満足感を得たような気がしました。

「秦都理さん、大変有難うございました。最後にお願いですが、伏見稲荷の創建に関わった秦伊呂具さんとご兄弟と聞いています。ご紹介していただいてよろしいですか」

「分かりました。連絡しておきます」

伏見稲荷大社は京都の深草地域にあります。秦氏の拠点の一つです。稲荷とは五穀豊穣を司る農耕の神です。現在は産業全般の神とされています。約三万社ある稲荷神社の総本山です。七一一年、秦伊呂具によって創建されたと言われています。宇迦之御魂神を主神に五柱が祭神です。

春日大社の神鹿、熊野神社の神鳥、日吉神社の神猿など祭神の使いは多くみられます。伏見稲荷の使いは狐ですが関係がよく分かりません。幕末までは狐像は境内にはなく明治になって取り付けられたとも言われています。

「松尾大社の秦都理さんの紹介で伺いましたジーンと申します。秦氏一族の活躍を調べています。伏見稲荷の由来を詳しくお聞きしたいのですが」

「松尾大社と同じような経緯です。元々は後背の稲荷山を神域とした自然信仰の地です。私達はこの地に農耕で財産を築くことが出来ました。元明天皇の勅命を受けて稲荷山にある三つの峯に五穀豊穣の神、稲荷大神をお祀りしたのが始まりです」

「ところで、後世では稲荷神社といえばキツネと小さな赤い鳥居で有名ですが、何か言い伝えはありますか？」

「いえ、よく分かりません。五穀豊穣を司る農耕の神です。私が創建した当時には、キツネや赤い鳥居などは存在しませんでした」

「えっ、本当ですか」

伏見稲荷も秦氏一族に関係することは間違いないようですが、キツネとの関係がはっきりしません。地元の歴史研究家に由来を聞くことにしました。

「ジーンと申します。伏見稲荷大社のキツネと小さな赤い鳥居の謎を教えて下さい。神社を創建した秦伊呂具さんにお聞きしましたが納得のいく説明が頂けませんでした。由来を教えて下さい。お願いします」

「諸説あります。神道では穀物の神を御食津神《みけつがみ》と呼びます。これに三狐神《みつけがみ》の字を当てたことから、キツネが稲荷神の眷属とされたとの説があります。ですが、個人的には神仏習合の結果と考えています。祭神の五柱に仏教由来のダキニ天が神仏習合します。ダキニ天は、ヒンズー教の女神に由来し、白いキツネにまたがり剣と宝珠を持つキツネの精と言われています。そのダキニ天と稲荷信仰が、東寺が建立された時に習合しました。それが由来として信憑性が高いと思います」

「もう少し、詳しくお願いします」

「元々、ダキニ天は白狐にまたがる天女であると言われています。神話では、魔女となり血肉や死者の心臓を好んで食べたと言われています。それが人肉を食べるジャッカルの化身と言われるようになったようです。元はキツネでなくジャッカルです。その言い伝えが日本に入ります。日本にはジャッカルがいません。よく似た白狐がダキニ天になったとの説です。キツネもジャッカルと同じように古墳や塚に巣穴を作り、時には屍体を食べることも知られています」

「それでは、明治の神仏分離令で無くなったのではないですか」

「確かに、明治になりダキニ天の祭祀は途絶えましたがキツネは残ったようです。むしろ狐像は幕末まで境内にはなく明治になって取り付けられたようです。神仏習合の名残を消したくなかったのかもしれません」

「そして赤い鳥居の謎です。何故赤く塗られているのですか。境内におびただしい数の赤い鳥居が林立し、稲荷山の山頂近くまで立っているようですが」

「実は、明治の初めには黒木の鳥居が数本立っていただけです。現在の鳥居のほとんどは明治以降、奉献されたものです。商工業や熊野詣の守護神として御利益があると全国的に有名になり、その御利益を願い奉献されたのです」

「そうですか。しかし赤い鳥居は私にはイスラエル人の過越祭の名残があるように思えますね。その他、参考になる事柄を教えてください」

「稲荷神社は小さな祠まで入れると全国に無数にあると言われています。庶民信仰の中心的位置付けにあると思われます。江戸に多いものとして火事、喧嘩、伊勢屋、稲荷、犬の糞という言葉が生まれたぐらいです。また、イナリは外来語です。本来はインリと呼ばれていたそうです。十字架の上に掲げられた罪状板に書かれた『ユダヤの王ナザレのイエス』のラテン語頭文字の『ＩＮＲＩ』から来ているとも言われています」

「その話は、参考意見として記憶に留めておきます。色々と珍しいお話を有難うございました。勉強になりました」

　秦氏一族は日本各地に到着しています。地形からして九州地区にも多いことは容易に考えられます。そこで稲荷神社の次に数が多いと言われる八幡宮の総本社である宇佐八幡宮に行くことにしました。神社数は一万社とも二万社とも言われています。応神天皇、比売大神《ひめのおおかみ》、神功皇后が祭神です。創建は秦氏一族の辛嶋氏と言われています。

「辛嶋さん、宇佐八幡宮の由来について、まず教えてください」

「私たちは渡来人です。元々宇佐地方は豪族宇佐氏の勢力下にある地域でした。土着の信仰は神宮の背後にある御許山《おもとやま》の磐座信仰でした」

「それですと、地元との争いや対立はなかったのですか」

「確かに私たちは後からこの地に入りましたが農耕技術を持っていました。逆に歓迎され共同生活を始めました。その技術も進んだものでしたので我々の方が優位に立つようになり主導権が移っていきました」

「信仰はどうされたのですか」

「当地の信仰は磐座や禁足地等で常設ではありませんでした。神宮の背後の御許山にある三つの巨石を祀る大元神社の磐座信仰が当初の形態でした。私たちは松尾大社の市杵島姫と同じ宗像三女神の一神である比売大神信仰を持ち込みました。昔からの自然崇拝の磐座信仰と渡来の神との混淆が起こり今の姿になりました」

「祭神に応神天皇も祀られる由緒正しき神社ですが、何故か、『日本書紀』、『古事記』には述べられていません。八幡神の記述もありません。不思議な気がするのですが」

「私には、よく分かりませんが渡来人が創建したからかもしれませんね。歴史の伝承は時の権力者に影響されます。当初、単に八幡社、八幡宮と呼ばれていました。奈良時代はヤハタと呼んでいました。ヤハダはヘブライ語でユダヤを意味します。宇佐が付くのは石清水八幡宮への勧請以降です。ハチマンと呼ぶのも平安に入ってからです」

「宇佐八幡宮が全国名になるのは、何がきっかけですか」

「それは東大寺の大仏建立時の功績と思われます。大仏鋳造には多大な銅や水銀が必要になります。私たちは鍛冶の技術と採銅地と水銀鉱脈を持ち豊前香春で鍛冶、機織、陶工で地盤を築いていました。大仏造営に寄与したのが要因だと思います」

「空海も寄与しているとの話がありますが」

「関係があるかもしれません。空海は東大寺の別当をしていました。また空海の母方には渡来人との繋がりがあるようです。空海は秦氏との関係が深かったようです」

「宇佐八幡宮が神仏習合の始まりだとの話もありますが」

「東大寺との繋がりが神仏習合の始まりです。仏教保護の神として八幡大菩薩の神号が与えられました。全国の寺の守護神として八幡神が勧請され全国に広まることになりました。東大寺に宮司が託宣を携えて上京し中央との結びつきも出来ました。その後宇佐八幡宮神託事件と呼ばれる事件が起こり、皇位の継承にまで関与することになります」

「神託事件とは僧侶道鏡に関する騒動の件ですか」

「そうです。孝謙上皇に寵愛された道鏡は法王の地位に就きます。さらに『道鏡を天皇にすると国家は安泰になる』との宇佐八幡宮の託宣があったとして天皇の地位を得ようとします。逆に和気清麻呂が宇佐八幡宮から『我が国は開闢このかた、君臣のこと定まれり。臣をもて君とする、いまだこれあらず。天つ日嗣《ひつぎ》は必ず皇緒を立てよ』との神託を受けて野心をくじいたとされる事件です」

道鏡事件で秦氏は仏教勢力の拡大を嫌う皇室との関係が深まります。そして平安京の敷地として秦河勝は私有地を提供します。技術力、労働力そして巨額な資金を提供したのも秦氏であったと言われています。秦氏には京都にエルサレムの街を再現する夢があったと言われています。ヘブライ語のエルサレムは「平安の都」との意味を持ちます。

イスラエルには琵琶湖と大きさも形も似たガリラヤ湖があり、かつては「キネレテ湖」と呼ばれ琵琶湖との意味を持つそうです。平安遷都の陰の立役者は秦氏ですが歴史ではあまり語られていません。秦一族は故郷の思い出を日本の中にしっかりと根付かせているのです。神仏習合を巧みに作り上げ日本に痕跡を残しています。

また秦氏は名を変えて多くの子孫を残しています。畑、畠、羽田、秦野、畠山、波多野などです。更に「はた」の音を使わない惟宗、島津、長曾我部などがあります。そして秦氏は壮大なロマンの総仕上げを天才空海に託します。空海を支援し自然信仰、ユダヤ教、原始キリスト教、仏教を混淆させた日本の宗教体制を作り上げようとします。それが神仏習合です。

空海

七七四年、四国讃岐国多度郡、現在の香川県善通寺市で佐伯家の三男として空海は生まれました。十九歳の時、室戸岬の「御厨人窟《みくろど》」で真言を唱える空海の口の中に明けの明星が飛び込み虚空蔵求聞持《こくうぞうぐもんじ》法《ほう》を体得したと言われています。真言を唱え続ける空海が洞窟から目にした世界は空と海だけでした。

ここから「空海」と名乗ったとも伝わっています。しかし実際に空海を名乗るのは遣唐使として派遣される際に東大寺で戒律を受けた時と言われています。虚空蔵求聞持法の秘法を身に付ければ一度見聞きしたものを完璧に記憶出来ると言われています。

空海は平安時代初期の僧です。死後の九二一年、醍醐天皇から弘法大師の諡号《しごう》を与えられます。真言宗の開祖です。本山は高野山金剛峯寺です。天台宗の開祖最澄と共に奈良時代の国家仏教を民衆に広める大きな役割を果たしました。

空海は中国で密教を学び日本に伝えます。二十四歳の時、仏道に入った決意を示すために儒教、道教、仏教を比較した書『三教指帰《さんごうしいき》』を著します。この書で出家を反対する家族に仏教の教えが最善であることを示し説得します。空海は秦氏の秦楽寺で『三教指帰』を執筆したと言われています。

ジーンは、空海が晩年を過ごした高野山に向かいました。

「空海さん、ジーンと申します。空海さんの密教の教えを日本の方々に正確に知らせたいと思いやってきました。最初に、仏教を学ぶ決意を述べた『三教指帰』について教えて頂きたいのですが」

「ジーンさんは私の体にも生きていますよ。私は高級官僚養成のための大学に入りましたが失望し退学しました。大学の学問は儒教が中心でした。それは自らの出世を目的とするものであり、世の中の困っている人を救うものでなかったからです。仏教は、儒教や道教と異なり周りの人々をも救う教えと考え、興味を抱くようになりました。親戚や両親の反対もありました。そこで、なぜ、仏教を勉強したいかを主張するために書いたものです」

「どのような内容ですか。詳しく教えてください」

「立身出世の道を説く儒教の亀毛《きもう》先生、不老不死の神仙術を述べる道教の虚亡隠士《きょぶいんし》、困っている人々を救う仏教の道を説く仮名乞児《かめいこつじ》の三人の架空の人物に、それぞれの宗教の良い点、考え方を議論させる物語です。仮名乞児は私自らを投影した人物でもあります。そして最後に仮名乞児が他の二人を論破し、全ての人々を救済する仏教が一番優れていることを示し、私が仏教を学ぶことを周りの人々に宣言したものです」

「では、それが中国の唐に渡る決心をされた理由ですか」

「いいえ、それだけではありません。仏教を学ぶと宣言した後、東大寺、大安寺などで仏教を学びました。修行中、久米寺に納められていた大日経に出合い密教的宇宙観に大きく惹かれました。しかし経典は梵字（サンスクリット語）で書かれていてどうしても理解できないところがありました。そこで密教を知るには唐に渡らなければならないと思ったのです。当時、国内には真の密教を伝授出来る人物は居りませんでした」

「実際には渡唐の決意から七年間ほどの長い期間を要しています。どうしてですか」

「当時、遣唐使になるためには正式な得度僧（官僧）になり、過酷な競争に打ち勝ち、選抜される必要がありました。それと留学資金を工面する必要がありました。私は山野を駆け巡る一介の私度僧でありましたので多くの困難がありました」

「一緒に遣唐使になった最澄さんはどうされたのですか」

「最澄さんは既に天皇の護持僧の地位にありました。渡唐は朝廷からの指示によるものです。留学費用は全て官費で賄われ通訳付きの短期留学です。一介の僧である私は、まず正式な僧になる必要があります。朝廷との繋がりも必要でした。経済的な支援も得る必要がありましたので実現までに七年間の長期を要することになりました」

「その困難をどのように克服されたのですか」

「まず、朝廷との繋がりです。運よく母方の叔父である儒学者の阿刀大足《あとのおおたり》が桓武天皇の皇子伊予親王の家庭教師として侍講をしておりました。その繋がりを利用して推薦をお願いしました。勿論それだけでは不十分です。当時は平安京遷都直後で、長岡京からの神宝の移動の問題や怨霊問題が起こっていました。桓武天皇の一番の関心事は怨霊対策でした。その対策にも私は駆り出され天皇との関係が生まれました。そのお陰もあり遣唐使として出発するわずか一カ月前になって、やっと東大寺において正式な僧となることが出来ました」

「経済的な問題はどうされたのですが」

「私は四国の讃岐生まれです。秦氏が有力な氏族で八幡社を建てていました。実は母方の先祖は秦氏との繋がりもありました。母が八幡社に子宝祈願をして私が生まれました。仏教に興味を持ったのは大安寺の勤操《ごんぞう》和尚との出会いからです。和尚も讃岐の出身で秦氏の一族でした。和尚は私を評価してくれていました。大安寺は朝廷直轄の官立寺でした。勤操和尚が秦氏に資金援助を頼んでくれました。その結果、秦氏が二十年間の長期留学費用を全て負担してくれることになりました。更に仏教経典や仏具などの購入費用の援助もお願いできることになりました」

「空海さんと秦氏の密接な関係は分かりますが、何故それほどまでの援助を得ることが出来たのですか。

単なる人的な繋がりだけでは難しいと思いますが」

「秦氏一族は渡来人です。それも西方の遠い国です。母方の阿刀家の出自も秦氏に繋がります。秦氏は祖国を失い長い旅の末、東の果ての日本に辿り着きました。その際には宗教も持ち込みました。そして祖国の宗教を土着の宗教と混淆させました」

「秦氏が持ち込んだ宗教、信仰とは、どのようなものですか」

「原始キリスト教です。中国では景教と呼ばれ長安の大秦寺を中心に広まっていました。私の渡唐目的の一つは景教を学ぶことです。秦氏の強い希望でもありました」

「景教の話は秦河勝さんからも聞きました。仏教の導入を巡り争いが起こった時、秦河勝氏は仏教を支持し蘇我氏が勝利を収めます。神社神道を進めた秦氏一族の信仰と矛盾すると思うのですが」

「実態はそうではありません。秦氏は仏教との共存を考えたのです。あれは宗教戦争ではなく政治権力争いですよ。結果的には秦氏側が勝利し神仏習合に繋がります。その証拠に秦河勝さんは聖徳太子から弥勒菩薩半跏思惟像を賜り広隆寺を建てます。広隆寺の創建当時の建物の構造は、景教の教会の様相を彷彿とさせるものでしたよ。その後、秦氏の予想以上に仏教が拡大しました。その為に先祖の宗教の維持に更に努める必要に迫られました。それが神社の建設と平安京の実現です。秦氏は太秦にある私有地を平安京の敷地として朝廷に献上し先祖の宗教を守る努力をします。それは朝廷内に強固な楔を打ち込む試みでした。秦氏はそれを更に盤石なものにしたいと考えていました。その野望に私が起用されることになったのです。秦氏は各地に神社を作ります。彼らの先祖が土着の信仰と共存したのと同様に神仏習合の考えを広めました。更に完成した体制にするために私が選ばれたのです。そのお陰で私は唐に留学することが出来ました」

「なるほど。背景が分かりました」

「秦氏は祖国の宗教を定着させるために私を使う決心をしました。中国で密教を学びたい私の希望にも合致したものでした。秦氏の壮大な夢の実現の一環でもありました。秦氏は多額の留学費用以外にも中国の要人との接待費用や工作費用も出してくれることになりました。更に経典・仏具・呪具などの購入費用の援助も約束してくれました」

「流れが分かってきました。それにしても七年は長い期間のように感じるのですが」

「当時、国内は混乱していました。奈良仏教勢力の台頭と桓武天皇の怨霊に対する恐れからです。奈良仏教勢力から決別をしましたが怨霊対策が残っていました。私は、その対策の一部にも参加しました。留学僧に選ばれた理由の一つでもあります。それに遣唐使として成果を上げるためには語学力が必要でした。秦氏の援助で中国に渡る前にサンスクリット語や中国語の勉強もさせてもらいました。更に秦氏の信仰する景教の知識も学びました。これらが留学の成果に大きく寄与しました」

空海は秦氏の援助によって一介の私度僧にもかかわらず念願の遣唐使の一団に加わり、唐に向けて出発します。遣唐使の派遣も数年間にわたり途絶えていました。

遣唐使

八〇四年、五月十二日、第十六次（十八次との説もあり）遣唐使船の第一船に乗り込み空海は難波津から船出しました。当時の遣唐使は「よつのふね」と呼ばれ四隻で渡ります。一船当たり百名から百五十名、総勢五百名程度の規模でした。第二船には空海の生涯のライバルとなる最澄が乗っていました。

空海は三十一歳の私費留学生で留学期間は二十年間でした。最澄は三十八歳の国費留学生で通訳付きの一年間の予定でした。帰国するまで見知らぬ同士でした。最澄は既に天皇の護持僧である内供奉十禅師に任命されていました。空海は全く無名の一沙門でした。二人の間には大きな身分の違いがあったようです。

唐に向かった四隻は嵐に遭い第三船と第四船は遭難します。空海の乗った第一船と最澄の乗った第二船が唐に辿り着くことが出来ました。最澄は上陸後、直ぐに唐の天台山に向かい天台宗を学んだようです。ジーンは空海に遣唐使時代の質問をしました。

「空海さん、航海は大変であったと聞いています。二隻しか到着できなかったようですね。空海さんも約三カ月掛けて福州の海岸に流れ着き足止めを食ったようですね」

「そうです。悪天候のために予定外の場所に流れ着きました。福州の役人から海賊と見られ数十日の間、上陸の許可が出ませんでした」

「上陸許可を得るために藤原葛野麻呂という朝廷の大使が書状を何度も書いたそうですが、許可が出なかったと聞いています。どうしてですか」

「大使は中国語があまり得意ではありませんでした。大使の書状では日本の正式な遣唐使として、認めてもらえませんでした」

「それで、どうされたのですか」

「大使も交渉に行き詰まっていました。私が中国語を出来ると知り大使が代筆を指示してきました。私が嘆願書を出したところ正当であることを認め上陸を許してくれました」

「何故認められたのですか」

「自分で言うのも変ですが、私には嘆願書を中国語で書くのは難しいことではありませんでした。読んだ役人が内容を理解すると同時に嘆願書を長安の都に送り、許可を得てくれました。そして宿舎も建設してくれました」

「しかし長安の都からの正式な許可名簿の中に空海さんの名前が入っていないことが判明したそうですが」

「そうです。その許可書では私は長安に行けないことになります。驚いた私が抗議をすると福州の役人が私を外したことが分かりました」

「何故ですか」

「私の嘆願書を読んだ役人が文章力に驚き、どうも私を福州に留まらせ自分の部下に使おうとしたことが判明しました」

「なるほど、分かりました。すごいですね」

空海は困難に遭遇しますが年末近くに長安入りを果たしたようです。この時期の長安は世界中の文化や宗教が入り込んでいました。仏教は当然ながら、キリスト教、イスラム教、マニ教まで入っていたようです。二月頃、空海は西明寺に居を構えました。ジーンは長安に入った後の行動について質問をしました。

「空海さん、念願の長安に入り日本の大安寺ゆかりの西明寺に居を構えられましたが、その後の具体的な行動を教えて下さい」

「まず、私はインド僧の般若三蔵に師事しました。密教を学ぶには、サンスクリット語の修得が必要と感じていたからです。般若三蔵から数十巻の経典を贈与されインドの諸事情も伝授されました。そこで密教の基礎を修め、青龍寺の恵果阿闍梨《けいかあじゃり》の門をたたくことにしました」

「何故、直ぐに恵果和尚の元に行かなかったのですか」

「私の第一目標は密教を学ぶことです。師は青龍寺の恵果和尚です。密教の最高権威者である恵果和尚からの伝授が目標です。密教は口伝で一対一での伝承が原則です。その為にサンスクリット語の理解能力の向上と中国語の学習の必要性がありました。より重要なことは恵果和尚が私へ密教を直接伝授するとの決心をしてもらうことです」

「言葉の修得は分かりますが、決心とは、どういうことですか」

「恵果和尚は密教の最高位にある僧です。千人以上の弟子を抱えていました。密教の伝承は口伝です。直ぐに師事しても選ばれるのは困難と考えました。また目立ちにくいと考えました。それで外部から自然と私の評判が届くような画策をしました」

「それは具体的にはどのような画策ですか」

「西明寺に先発の留学僧として大安寺の永忠和尚がおりました。その和尚が私を可愛がってくれました。六十歳を超える老和尚でしたが長安の事情などを我が子のように教えてくれました。般若三蔵を紹介してくれたのも永忠和尚です。和尚の指示で毎日のように西明寺を出て諸寺を訪ね歩きました。私は大慈恩寺、大薦福寺、大興善寺などの著名な寺で語学と大日経の理解に努め、ほぼ手中に収めることが出来ました。そして西明寺で親しくなった志明や談勝らと交流を深め私のことが恵果和尚の耳に届くように努力をしました。そのような努力を重ねた結果、志明たちが私を恵果和尚に会えるように算段をしてくれました」

「その時、うまく恵果和尚に会えたのですか」

「運よく会うことが出来ました。ですが恵果和尚の体調があまり好いようには見えませんでした。和尚から『君が長安に来ているのは知っていたよ。いつ来るのか待っていたよ』と突然言われました」

「なぜ、そこまで恵果和尚が空海さんを知っていたのですか」

「サンスクリット語の師である般若三蔵が私を評価してくれていました。恵果和尚に正式な後継者候補の一人として私の推薦をしてくれていたようです。私と面談した恵果和尚も納得してくれたようでした」

「それで多くの弟子のいる中、恵果和尚の後継者に指名されたのですね。ところで恵果和尚とは、どのような人物ですか」

「密教の祖と言われるインド僧の不空三蔵の六人の高弟の一人です。密教伝承の第七祖です。当時の唐の密教の最高僧です。内外から千人を超える弟子を抱えていました。そこで私は半年、師事することになります。私は第八祖になりました」

「恵果和尚からは直ぐに密教の伝授を受けたそうですが」

「そうです。即座に灌頂《かんじょう》を授けようと言ってくれました。大安寺の勤操和尚から虚空蔵求聞持法を伝授され多くの経典を読破しているのを認めてくれました。中国語とサンスクリット語も修得していました。恵果和尚は、私が既に過酷な修行を積んでいることを見抜き即座に密教の奥義伝授を始めてくれました」

「空海さんが、恵果和尚に初めて会った時に印象深い言葉を受けたと聞いています。教えて頂けますか」

「分かりました。それは『空海さん、長い間待っていましたよ。会うことが出来てうれしい。私の寿命が尽きようとしています。今まで伝授すべき人がいなかった。早速あなたに密教の全てを伝えましょう』という言葉です」

「空海さんの努力の結晶ですね。直ぐにそこから一対一の口伝が始まったのですか」

「そうです。即座に恵果和尚からの口伝が始まりました」

「その様子を、ある弟子が『ある瓶の水を、もう一つの瓶に注ぐように、一滴も残さず、言葉の障害もなく、心から心に全てを授けていた』と表現しています。口伝はどれくらいの期間続いたのですか」

「三カ月間続きました」

「驚異的な短期間ですね。事前準備の成果ですね。最後に恵果和尚から空海さんにある指示がなされたと聞いていますが」

「ジーンさんも事前準備が好いですね。『空海よ、一刻も早く日本に帰り、この教えを国中に広め人々の幸せが増すように祈りなさい。そうすれば世の中は平和になり、全ての人が心安らかに過ごせるでしょう』と言われました」

「空海さん、それが渡唐を決心した時に目標としていたものですか」

「そうです。渡唐以前から目標としていたものを得ることが出来ました。そして恵果和尚はこの世の一切を遍く照らす最上の者＝大日如来を意味する遍照金剛《へんじょうこんごう》の灌頂名を私に与えてくれましたよ」

「灌頂とは何ですか」

「密教で行う儀式です。頭上に香水を掛けて諸仏や曼荼羅と縁を結び、戒律や資格を授けて正統な後継者と認定する儀式です」

「灌頂の儀式に投華得仏《とうけとくぶつ》という本尊となってもらう仏を決める儀式があると聞いたことがあるのですが」

「それは目隠しをして曼荼羅の上に華《はな》を投げ、華の落ちたところの仏と仏縁を結ぶ儀式です。私は胎蔵界灌頂と金剛界灌頂の投華の二回とも、曼荼羅中央の大日如来に落ちました。それは恵果和尚と同じであったようです」

「遍照金剛という法号は、漢語聖書マタイ伝の『あなたがたの光を人々の前で輝かせ』から取ったものと聞いたことがあります。灌頂の儀式は三度水滴をかけると聞きました。それはキリスト教の洗礼そのものであると思うのですが」

「よく調べていますね。その通りです。私は唐に行く前に秦氏から原始キリスト教を学んでいたから問題はありませんでした。秦氏は景教を信じていますからね。それと恵果和尚に会えたのも秦氏の尽力もあります。景教徒の景浄にも会い景教を学びましたよ」

「景教はどのような宗教ですか」

「キリスト教ネストリウス派でイスラエル人が持ち込んだものです。長安に大秦寺と呼ぶ景教寺院があります。景浄は大秦景教流行中国碑の碑文を書いたペルシャ人の僧です。私は盤若三蔵と創造神の議論もしましたが景教に帰依することはありませんでした。しかし多くのことを真言密教には取り入れました。代表例が宇宙の根本仏である大日如来です」

「大日如来について詳しく教えてください。それと空海さんはご存じないでしょうが、大秦景教流行中国碑の模造碑が高野山に今では置かれていますよ」

「そうですか、うれしいですね。大日如来は何も妨げるものがなく、全てのものが存在する場所、すなわち虚空にあまねく存在する真言密教の教主のことです。元は太陽の光照のことで後に宇宙の根本の仏の呼称となります。三世（過去・現在・未来）にわたって常に説法している存在です。神仏習合の世界では天照大神と同一視されます」

「その他では、どのような成果を上げられたのですか」

「恵果和尚は私に密教の全てを伝授した四カ月後に抜け殻のようになって入滅しました。その時、私が弟子を代表して和尚を顕彰する碑文を起草しました。その後、越州に渡り土木技術や薬学なども学びました。帰国時に『新約聖書』を持ち帰りました。高野山に所蔵されていますよ。膨大な経典と両部曼荼羅、法具、阿闍梨付属物なども持ち帰ってきました。とにかく日本にない物を持ち帰ることにしました」

「ところで空海さん、朝廷からの指示は確か二十年の長期留学だったはずです。何故、二年で帰国されたのですか？」

「二年で渡唐前に計画していた成果を上げることが出来たからです」

「えっ、本当ですか。何故、短期間で修得できたのですか」

「既にお話ししたように渡唐以前から各種経典を読破し、中国語とサンスクリット語の勉強をしていました。密教に関連する大日経も不完全ですが予備知識を持っていました。そして母方の関係で秦氏の中国での人脈も利用させてもらいました。交流費用も貰っていました。そのお陰です。膨大な経典などを持ち帰る資金も援助を受けていました。二十年分の滞在費用も経典などの購入費用に使いました。偶然も重なりました。日本から大使として高階遠成がたまたま長安に来ていました。そのおかげで奇跡的に帰国できました。その後二十年以上遣唐使は途絶えています。その時を逃すと帰国が出来ていたかどうか分かりません」

「空海さん、帰国後数年間、九州に留め置かれ、直ぐに入京できなかったようですが、どうしてですか」

「表向きは、二十年間の留学を二年の短期間で無断帰国したことが、影響していると思われます。しかし実態は、既に帰国していた最澄さんに朝廷の期待が集まっていて、私には無関心だったためです。仏教界のエリートであった最澄さんは、桓武天皇から既に比叡山延暦寺を賜っていました。朝廷も最澄さんが密教を持ち帰ったことを非常に喜んだようです。従って私には全く興味を示しませんでした。その為に長期間上京が叶いませんでした」

「それで、数年間上京できなかったのですね。帰国された時、桓武天皇は既に崩御されていたようですね。早良親王の怨霊に苦しんでいたと言われていたようですが」

「そうです。同母弟の早良親王が失脚し流罪され絶食死します。その怨霊に桓武天皇は苦しめられていました。桓武天皇が待ち望んだのは加持祈禱で病を治したり、悪霊を追い払ったりする密教でした。しかし願い叶わず崩御し平城天皇が即位されていました」

「空海さんの上京が叶ったのは、最澄さんが密教の知識を必要としたからと聞いていますが」

「その通りです。朝廷は最澄さんに密教の加持祈禱を期待したようです。しかし最澄さんが密教を学んだのは帰国前の一カ月程度であったようです。密教に対する知識は不十分なものでした。それで私を京に迎える必要があったようです」

「何故、最澄さんは空海さんの密教の知識を知っていたのですか」

「私が朝廷に提出した御請来目録を見たからだと思います。最澄さんは私の持ち帰った密教関連の経典に触れる必要に迫られていたのです。それが私の幸運に繋がります。私の入京には最澄さんも尽力してくれたようです」

「それで、空海さんの入京が実現したのですね」

「そうです。お陰で私の入京に対する朝廷の期待も大きく、最終的には最澄さんは密教の弟子になることを私に申し出ることになります」

「すごいですね」

超エリートの高僧最澄が一介の無名の僧に弟子入りすることで帰京後の空海は、無名の僧から最高度に著名な僧に変身を遂げ、真言宗の開祖への道を歩み始めます。桓武天皇が亡くなり即位した平城天皇もわずか三年程度で退位します。

八〇九年の嵯峨天皇の即位が空海のその後を大きく飛躍させることになります。密教を持ち込んだ空海は自身の目的と秦氏の悲願成就の為に大活躍をすることになります。

八幡神と神仏習合

日本土着の神は自然崇拝です。そこに渡来人によって西洋の一神教の神が持ち込まれます。そして普遍性のある仏教が伝来してきました。仏教の浸透が無視できない状態になると神道が仏教に歩み寄っていきます。一番手が八幡神です。八幡神は「本当は仏教の仏ですが日本では神道の神です」と歩み寄り共存を図りました。

東大寺は宇佐八幡宮を勧請し鎮守とします。手向山八幡宮です。平安時代に神仏習合が進み神前読経や神宮寺の建設が広まります。神仏習合は秦氏一族が創建に関わった宇佐八幡宮が最初と言われています。その後、延暦寺は日吉大社、金剛峯寺は丹生都比売神社、東寺は伏見稲荷大社などと神仏習合します。

いずれも秦氏一族が関係する寺社で神仏習合が行われます。平安末期には伊勢神宮の本地が大日如来、白山神社が十一面観音、出雲大社が大黒天など、様々の「本地仏」「垂迹神」が出ました。日本独特の宗教観が明治維新まで続くことになります。秦氏は神仏習合を作り出した影の主人公なのです。

秦氏は戦いを好まず、お互いの価値観を尊重する一族とジーンは考えています。彼らもＹＡＰ遺伝子を持ちます。秦氏は総仕上げのために空海を支援しロマンの実現を目指したとジーンは考えています。再度空海に登場願います。

「ところで、空海さん、随所で秦氏一族との関係が見えますが、再度、その関係について話していただけますか」

「秦氏一族は渡来人です。彼らの祖先は西方の遠い国からシルクロードを長い年月をかけて東の国を目指して移動してきました。そして中国・朝鮮半島を経由して九州の筑前から日本に入ったと考えられています。その後、四国の伊予・讃岐、中国の長門・周防・安芸・備前・播磨を経て畿内に入り、摂津・河内から山城に至り太秦に秦氏の拠点を構えました。さらに北陸の越前・越中や東海の尾張・伊勢・美濃そして東国まで進出します」

「そうすると、秦氏一族が空海さんの生まれ故郷である讃岐地方にも進出してきていると考えても良いわけですね」

「そうです。私は讃岐国多度郡の佐伯家の出身です。既にその地で秦氏は八幡神を土地の神、お産の神として定着させておりました。私の母は、多度津町にある八幡社で子宝祈願をして私を授かったと聞いています」

「空海さんが仏教に一生を捧げると決心した時、秦氏一族の僧が関係していたと聞いていますが」

「私に大きな影響を与えたのは大安寺の勤操和尚です。和尚の父親は秦氏一族と聞いています。和尚は和泉国の槇尾山で剃髪をしてくれました。渡来人の一大居住地である大和国高市郡の出身です。大日経を知った久米寺の東塔も高市郡にあります。元興寺の護命和尚、私の弟子の道昌、観賢も秦氏一族です」

「神仏習合を最初に推し進めたのは、秦氏一族の関係する八幡神と私は考えていますが、秦氏と八幡神にはどのような関係があるのですか」

「秦氏は各地で経済的な成功を収めますが政治的な野望を持たない氏族です。先祖はシルクロードを東に進んできた西方の人々です。中国や朝鮮では馴染めず日本に渡り定住したようです。当初、九州に入り豊前地方に定住していました。秦氏系の辛嶋氏によって奉じられた渡来系の神が八幡神となります」

「空海さん、何故、八幡神が渡来系の神になるのですか」

「海神、鍛冶神などの外来系の神が集合したのが八幡神です。由来には諸説あります。歴史上の出来事は時の権力者や土地の権力者に大きく影響されます。受け入れ難いかもしれませんが現在も一部の人が支持する伝承を披露します。後はジーンさんが考えてください。当初、八幡は『ハチマン』ではなく『ヤハタ』と呼ばれていました。ヤハタのハタは秦氏のハタです。『八』には『多くの』の意味を持ちます。従ってヤハタは、『多くの秦氏』のことです。八幡神は秦氏全ての氏神となります。更に荒唐無稽な説とも言われている話をします。勿論、判断はジーンさんに任せます。ヤーはヘブライ語でヤハウェ＝神となります。従ってヤーハタは秦氏の神・ヤハウェとなります。如何ですか。八幡神にはユダヤの神も習合していることになります。ヤハウェの神が関わりますので原始キリスト教の神も含まれます。それらの神と土着の神々が習合したものと考えて問題ないと思いますよ」

「う〜ん。よく考えてみます。空海さん、違う質問をさせてください。八幡神と弥勒信仰の繋がりを教えてください。接点は何処にあるのでしょうか」

「宇佐氏の時代は自然崇拝の磐座信仰でした。そこに渡来の神が習合し仏教が入り込みます。その仏教には宇佐八幡宮弥勒寺別当の法蓮の山岳信仰と弥勒信仰も入り込んだと考えられます。私自身も山岳修行の経験があります。つまり八幡神は土着の神、仏教の仏、西洋の神など様々な顔を持つ宗教の集合体と考えてください。奈良時代の宇佐地方には虚空蔵寺、法鏡寺、弥勒寺などがありました。宗教、学問、文化の中心地でした」

「なるほど、それらが、神仏習合したのが八幡大菩薩ということですね。弥勒信仰について詳しく教えて下さい」

「弥勒信仰には弥勒菩薩が住む兜率天に往生する上生信仰と五六億七〇〇〇万年後に人々を救済する弥

勒に会う下生信仰の二つがあります。死と再生を願う常世信仰でもあります。弥勒菩薩は仏陀の次に仏になると言われている最高位の菩薩です。釈迦が後継者に指名したと言われていますよ。また秦氏が持ち込んだ養蚕のカイコは、幼虫・繭・蛾と三度変態します。蚕は死と再生のシンボルで常世信仰を象徴するものです。これが仏教と習合し弥勒信仰となります。どこかで、お互いが影響し合っているのです」

「今度は空海さんと神仏習合そして弥勒信仰との関わりを少し詳しく教えて下さい。切っても切れない関係にあるようですが」

「弥勒菩薩は神社にも祀られていますので神仏習合の所産であることは間違いありません。私が仏教に憧れたのは悟りを得た如来ではなく修行中の菩薩に理想が具現されていると考えたからです。釈迦如来や大日如来になることが目的ではないのです。自らも苦悩を抱え衆生の救済を担うために修行をしている菩薩に憧れるのです」

「なかでも未来での救済を目指した弥勒菩薩を信仰の対象にしました。如来、菩薩、天部、明王など種類・姿・形は異なりますが本質は全て同じということです。神も仏も違いがないのです。日本人にはそういう宗教感覚が芽生えると考えていました。私は全ての人々が受け入れ可能な信仰と考えています」

空海からこの話を聞きジーンは満足感が湧いてきました。更に違う切り口から考えを聞くことにしました。

「弥勒信仰はペルシャのミトラ教を起源に持つと聞いています。その後、中央アジアから中国・朝鮮を経由して日本には仏教として伝えられたとの説がありますが」

「そのことは否定できません。ミトラという名前が転訛し最終的にミロクと呼ばれます。漢字に翻訳されて弥勒となりサンスクリット語でマイトレーヤとなります。弥勒菩薩は仏教では救世主、メシアです」

「この考え方は、中国で流行した景教の救世主であるキリストに繋がりますね」

「関連性はあるでしょうね」

「秦河勝さんは京都の太秦に広隆寺を創建します。聖徳太子信仰の寺院でもあります。空海さんゆかりの寺ともされています。弥勒信仰や聖徳太子信仰が空海さんにも影響を及ぼしていると考えていいのですか」

「あると思います。私が学んだ虚空蔵求聞持法は秦氏系の僧や修行者が主導していました。虚空蔵とは無限の力で生ある全てを救う菩薩のことです。従って虚空蔵信仰は山岳信仰や弥勒信仰にも繋がります。求聞持法は単に記憶力を増進するだけではありません。鍛冶・鋳造の修法や錬金術に似た神薬の製造伝授法とも言われています」

「ちょっと、失礼な質問を許してください。求聞持法を修得した空海さんが水銀を用いた呪法や仙薬・神薬の製造で皮膚病を患っていたとの伝承もあります。それが原因で寿命を縮めた可能性もあるかもしれませんね」

「それは分かりません。とにかく虚空蔵信仰は鍛冶・鋳造にも結び付き山岳信仰や弥勒信仰にも繋がります。虚空蔵菩薩といえば山背国法輪寺が有名です。その寺は漆器業や工芸職人の守護仏です。これは秦氏との繋がりも示しますよ」

「そうすると虚空蔵信仰と弥勒信仰には秦氏一族の先祖からの強い思いがあると考えても間違いないようですね」

「そのようですね。私が虚空蔵求聞持法を学んだ大安寺は、当時、雑密《ぞうみつ》化した寺でした。その寺も八幡神と繋がります。宇佐八幡神を石清水に勧請したのは大安寺の僧の行教《ぎょうきょう》です。行教も秦氏出身と言われています」

「雑密とは、どのような思想ですか」

「断片的に請来され信仰されていた密教のことです。特に経典もありませんでした。唯一、大日経がありましたが理解できる僧がおりませんでした。私はその修得のために唐に行きました。簡単に言えば大日如来出現以前を雑密と呼び、その後を純密と言います。真言密教や天台密教は純密です」

「それでは空海さんが雑密を純密に変えたと考えても良いわけですね。こうしてみると空海さんの密教は自力の虚空蔵信仰と他力の弥勒信仰の二つの要素から出来上がっていると考えられますね」

「私の密教は雑密化の究極形と言っても良いかもしれません。虚空蔵信仰と弥勒信仰に限定する必要はありません。シャーマニズム、アニミズム、道教、仏教、神道などの神仏習合なのです。宗教の坩堝と言っても良いかもしれません。私は二十四歳の時、『三教指帰』を書きました。その中で自らを託した仮名乞児という乞食僧を弥勒菩薩の住む兜率天に行く姿と述べました。亡くなった母が弥勒菩薩になっている夢も見たことがあります。終生、私は弥勒信仰を意識していたのは間違いないと思います」

「ここで疑問点があります。空海さんは再生を述べるなど弥勒信仰に偏っているように感じます。これだと修行で生きたまま悟りを開き即身成仏となり大日如来と一体化する虚空蔵信仰の教えと、衆生救済の未来仏の弥勒信仰が矛盾することになりませんか」

「矛盾はしません。私の密教は、大日如来、弥勒信仰、虚空蔵信仰の異なる思想や考え方が同居していると考えてもらっても良いと思います。矛盾ではありません。私は密教を肯定の宗教と考えています。あらゆる信仰を肯定する立場を取ります。分かりやすく、少し汚い言葉で言えば何でもありの宗教です。多様性のある宗教です。その中から自分で道を選べば良いのです。これが今を生きる全ての人々が共存できる社会を作る条件になるのです」

「そうすると社会的な才能、現実的な才能を発揮する自力と大自然に身を寄せる孤独な世界、瞑想的な世界である他力の二つの要素が一つとなって世界を構成すると考えても大きな間違いではないですか。矛盾の中に人生があるということですね」

「私は、あらゆる考え方を提供したいと考えています。しかし私の信じるところは曲げていません。ジーンさんには、ジーンさんの考える人生があるのです。また信じる存在があるのです。それを自力と他力を使い納得できればよいのです」

「空海さんの中での東寺と高野山がそのような位置づけになるかもしれませんね。東寺が現実の社会が渦巻く世界で高野山が大自然であり瞑想的な世界になりますね」

「なるほど結果的にはそうなるかもしれませんね。それと高野山は私自身が求めたもので自力です。東寺は偶然与えられたもので他力です。偶然を他力と考え努力を自力と考え人生を自分なりに作ろうとしたのかもしれませんね。ジーンさん」

空海の密教は、結果として多くの宗教の要素を取り入れた為に難解な教えとなりました。そして全ての宗教の根源は同じとする肯定的な捉え方もしています。その理論付けもされています。真言密教は、ある意味完成されたものでした。従って門下からは新しい宗派は生まれませんでした。

空海自身を信仰の対象とする「弘法大師信仰」が生まれることになります。そして大師を讃え念仏を唱える高野聖によって諸国に広まり民衆化していくことになります。一方、最澄も法華経を通じて弥勒を信仰していました。しかし最澄の天台宗は未完成でした。その為に弟子によって多くの宗派、分派を生むことになります。

日本において神と仏が共存する独特な宗教観を根付かせた僧侶は何といっても空海です。日本の宗教体系の根本である「神さま仏さま」を作り上げました。その過程を詳しく空海に聞くことにしました。

「空海さんが帰国した時、既に神仏習合の考えが広まっていました。私はそれを更に定着させたのが空海さんであると考えています。きっかけはどのようなものですか」

「唐から戻り嵯峨天皇に密教を伝えました。その際に天皇から神代の時代から伝わる神祇の作法を教えられました。私はそれを密教の考えと繋がりが深いと感じました。密教は森羅万象の全てに神が宿るとする汎神論的宗教です。神道との融合に違和感はありません。私は神仏習合から更に融合した本地垂迹説を考えました」

「それは、神仏習合とどう違うのですか。私には同じように感じるのですが」

「仏教が到来した時、国内が混乱に陥りました。鎮めるために神と仏が共存する柔軟な考えが模索されました。奈良時代に妥協の産物として生まれたのが神仏習合の考えです。理論的な説明がないままでした。そこで私は本地垂迹説を主張しました。日本の八百万の神々は仏や菩薩・天部などが化身して日本に現れた権現とする考えです」

「なるほど、神仏習合を理論として述べたのが本地垂迹説ということですね。本地垂迹説をもう少し詳しく教えてください」

「この説は神の本地（真実の身）は仏であり、仏が人々を救うために神となって垂迹（仮の身）したとする理論です。つまり仏が衆生を救済するために神に姿を変えて現れたとします。世界は大日如来の顕現で虚空に存在する万物の慈悲とします。大日如来を中心に金剛界曼荼羅と胎蔵界曼荼羅で世界は構成されているとします。分かりますか。少し難しいと思いますが」

「う〜ん。直ぐに理解するのは困難ですが、頑張って聞きます」

「仏教では、宇宙を構成している要素を空・風・火・水・地の五大と考えます。密教ではこれに識《しき》（認識作用）を加えて六大とします。どうですか」

「難しいですね。もう少し具体的に話してください」

「分かりました。金剛界曼荼羅は識を説いたものです。真理を論理的側面、精神世界のものと捉え智の曼荼羅と呼びます。胎蔵界曼荼羅は五大を説いたものです。真理を実践的な側面、物質世界のものと捉え理《ことわり》の曼荼羅と呼びます。二つの世界は対照的な部分もありますが、本来は金胎理智不仁《こんたいりちふに》の一体です。片方だけでは成立しません。それが両部曼荼羅の思想です。直ぐには分からないと思いますが続けますよ、ジーンさん。二つは系統の違う経典です。違う時期にインドで生まれ中国へも別々に伝わったものです。同時に成立したものではありませんので相矛盾する部分もあります。二系統の経典群を両部曼荼羅という形に纏めたのが恵果和尚です。真言密教の神髄で思想と実践が結びついた壮大な体系です」

「難しい体系ですね。ところで曼荼羅とは？」

「サンスクリット語を漢字に音訳したもので漢字自体には意味はありません。ヒンズー教では円輪、中心あるいは宇宙の意味に似た解釈がされます。密教の悟りの境地、世界観を言葉だけで表すのは難しいと考え、仏や菩薩を体系的に配置し視覚的に図示した絵画のことです。恵果和尚が宮廷絵師に書かせたものです。実際の曼荼羅を見れば分かりますよ」

「後でそうします。続けてください」

「密教では除災招福などの現世利益を目的にした儀礼や呪法に大乗仏教の思想も加えられ、信仰の中心がそれまでの釈迦如来から大日如来に変わります。金剛界と胎蔵界の両部の曼荼羅に書かれた大日如来を本地とします」

「密教の立場からなされた神仏習合を両部神道と呼び、その代表例が伊勢神宮に現れていると聞いていますが、空海さん、それについて教えてください」

「日本の神々を垂迹とする神道を両部神道と言います。両部神道では伊勢内宮のアマテラスが胎蔵界の大日如来であり、伊勢外宮のトヨウケタイシンを金剛界の大日如来とします。両部が一体となって大日如来を顕現し伊勢神宮を形成しているとします。伊勢神宮が地上に現れた曼荼羅世界とされます」

「う〜ん。難しいですね。両部神道とは神道の八百万の神と仏教の諸仏が神仏習合して国家及び人々を守ってくれていると我々は考えても間違いではありませんか」

「取り敢えず、その程度で良いと思いますが奥は深いものです。偉大な最澄さんも理解に苦しみました。簡単に修得されると困ります。本当に理解したいのであれば更に勉強してください」

「もう一つ質問です。神は仮の姿で仏が本物の姿とするのが本地垂迹説とすれば、神と仏に格差があることになります。考えとして、その逆があってもよいのですか」

「上下関係を述べているのではありません。どちらが本物かも重要ではありません。大切なのは本質を知ることです」

「分かりました。空海さん、ありがとうございました」

空海の密教で日本の宗教体系は確立します。明治以降、神仏は分離されますが精神面ではしっかりと今日まで残っています。日本宗教は、神道、ユダヤ教、キリスト教、仏教、儒教、道教が「和して同居する」究極の多神教的平和宗教なのです。

その宗教観を作り上げた功労者が物部氏、秦氏達の渡来人であり天才空海であると考えています。空海は日本文化にも多くの足跡を残しています。

空海と日本文化

空海に纏わる伝説は数千以上あると言われています。寺院の建立や仏像の彫刻、あるいは聖水、岩石、動植物など多岐にわたります。一番多いのが「この湧き水や温泉の開祖は、空海だ」という話です。弘法水として有名です。実際には高野聖たちが見つけた湧き水も空海の名を使ったと思われます。

空海は宗教だけでなく地質学や鉱山学などに通じた知識人であったことが伝説の元になったと考えられます。日本独自の技術とされる燃料の炭も空海が伝えたと言われています。中国から炭焼きの技術を持ち帰り仏教の布教時に伝えたと言われています。

炭焼き技術から江戸時代には備長炭を生み出します。備長炭は非常に硬く、火力も強く、火持ちが良いと珍重されています。また、その多孔質構造から空気や水を清浄化でき、ミネラル成分の供給が出来るなど健康材として注目されています。

讃岐うどんも唐菓子の「こんとん」が元で空海が関係すると言われています。こんとんとは小麦粉を加工して作られたあん入りの団子のようなものです。こんとんを温かい汁に入れて食べるようになり、温飩《おんとん》と呼ばれ転じてうどんになったそうです。今でも讃岐のお雑煮は、あん入りの団子を入れる風習があるそうです。

空海は書の達人でした。嵯峨天皇と留学仲間の橘逸勢と共に三筆と言われます。中国では五筆和尚と呼ばれました。

最澄に宛てた格調高い筆跡の風信帖は有名です。空海は詩文も残しています。折に触れ作ったものを編集した『性霊集《しょうりょうしゅう》』があります。『遍照発揮性霊集』とも言われます。空海の詩・碑文・願文を集めたものです。

　空海は不純な思想を持ち込んだと批判されたこともあります。今では外来の思想や文化を日本流に換骨奪胎して日本文化発展の一役を担った人物として評価されています。日本文化の基本設計者の一人です。彼の思想、人間観、世界観が隅々まで浸透しています。三種類の文字から成る日本語と空海とのつながりについて質問をしてみました。

「空海さん、日本の文字体系は、漢字、平仮名、片仮名の三種類から成り立っています。その他では、アルファベット（ラテン文字）を用いて日本語を表記したものをローマ字と呼びます。その中で空海さんが平仮名を創作したと言われていますが」

「日本語の源流は、中国の古典文語の漢文が伝えられた四世紀頃に見られます。それ以前には神代文字と言われる古い表記法がありました。平仮名は漢字の草書体から出来たと考えてください。出来たのは平安時代に入ってからです。私も関係しているのは事実です」

「片仮名は吉備真備さんが作ったという説があります。あるいは九世紀に学僧の間で漢字の字画を省略して書いたのが始まりとも言われています。究極の説としては古代ヘブライ語が片仮名の語源説もあります。空海さんどう思われますか」

「よく分かりませんが名前の挙がっている人は全て関係しているかもしれません。特定の人に決めるのは難しいかもしれませんね。複合的な要素が関連し合っています」

「これも確認できませんが、全ての平仮名を重複させずに作られた誦文《ずもん》に『いろは歌』があります。仏教の無常を語ったとも解釈されています。空海さんが作ったとの説もありますが」

「何故そのように言われているのですか」

「『いろは歌』には様々なメッセージが隠されています。空海さんでなければ作れないとも言われています。その宗教観には景教の影響があり空海さんしか思い浮かばないからです。更に仏教にも精通し秦河勝の怨霊説が関わってくると、空海さんの作とした方がすっきりするような気がします。柿本人麻呂説もあります。真相はどうですか」

「よく調べていますね。後世の人たちが、そこまで私を評価してくださっているのには感謝します。今後とも大いに議論してください。謎のままでいきましょう。参考までに、私の作とした根拠を教えてください」

「分かりました。まず『いろは歌』と『涅槃経無常偈』を併記した文章を載せます」

いろはにほへと　ちりぬるを　わかよたれそ　つねならむ
（色は匂へど）　（散りぬるを）　（我が世誰そ）　（常ならむ）
（諸行）　（無常）　（是生）　（滅法）

うゐのおくやま　けふこえて　あさきゆめみし　ゑひもせす
（有為の奥山）　（今日越えて）　（浅き夢見じ）　（酔ひもせず）
（生滅）　（滅已）　（寂滅）　（為楽）

「空海さん、歌の中には仏教の『無常』の思想が含まれています。文中の『有為』は仏教用語で因縁によって起きる一切の事物を指します。それが仏教の無常を語ったとされる由来です。『いろは歌』には作者が景教の暗号を入れたとの説もあります。四角（□）で囲んだ七文字ごとの言葉を繋げると『とかなくてしす』となります。その意味は『咎《とが》なくて死す』です。つまり『罪なくて死す』となります。キリストは罪を背負って十字架で死んだとの話が景教にはあります。仏教及び景教を知り、秦氏の長老的存在であった秦河勝氏の怨霊を鎮めるために空海さんがそう書いたとの説がありますが、どう判断すればよいですか」

「ジーンさん、先ほども言いましたが歴史は謎だらけです。私は真言宗の開祖です。真言密教に私の思想が反映されています。そこに焦点を当ててもらえば助かります」

「そのように努めます」

江戸時代の浄瑠璃作者の竹田出雲が『いろは歌』に隠された暗号を知っていて『仮名手本忠臣蔵』を書いたとの説もあります。浅野内匠頭と赤穂浪士四十七士の無念を表現するために仮名手本という題名を付け、暗に幕府を批判したとも言われています。忠臣蔵のゆかりの地である赤穂市には秦河勝を祀る「大避神社」があります。

歴史は面白いですね。断片的に見れば荒唐無稽な話でも繋がりを辿ると信憑性が増します。もう一つ気になる物語があります。あまり突拍子もない説を紹介するのもどうかと思いますが、不思議と古代の歴史に当てはめると辻褄の合う物語がまだあります。『竹取物語』です。平仮名によって書かれた日本最古の物語と言われています。

作者は不詳です。漢学、仏教、貴族社会などに精通し反体制的要素が見られます。紀貫之、菅原道真などの説があります。空海説もあります。作者が色々と取り沙汰される理由には、物語に多くの謎が含まれているからです。

「空海さん、『竹取物語』の謎について聞かせてください。内容は当時の権力者である藤原氏を批判的に描いているように感じます。また物語に登場する五人の貴公子は皇位継承をめぐる内乱である壬申の乱で活躍した実在の人物です。そしてかぐや姫の罪と誕生場面、五人の貴公子に対する難題などの描写から物語を書くことが出来る人材が限られてきます。いずれの貴公子も求婚に失敗する駄目な男性として揶揄されています。最も卑劣な人物として登場するのが車持《くらもち》皇子です。『心にたばかりある人』と書かれています。蓬萊の玉の枝の献上を求められますが偽物を作ります。ばれると部下に血の粛清をします。多くの政敵に血の粛清をした藤原不比等と重なります。空海さんどうですか」

「確かに『竹取物語』は壬申の乱の関係者を登場させています。そして皇位継承争いを批判的に描いています。その首謀者として藤原氏を批判的に作者は述べたかったのだと思いますよ。その事は否定しません。ジーンさん」

「空海さん、かぐや姫は竹から誕生するという荒唐無稽な場面で始まります。また前世で罪を犯し地上に落とされ罪の償いをして戻るとの発想は宗教性を感じさせるものです。キリストの復活を連想させます。また登場する貴公子はかぐや姫に求愛をします。求愛を受けたくないかぐや姫は、貴公子五人にこの世の物とも思えない宝物を要求します。阿倍御主人には火鼠の衣（焼いても燃えない布）、大伴御行には龍の首の珠、石上麻呂には燕の生んだ子安貝、石作皇子には仏の御石の鉢など入手不可能なものです。その噂は帝にも届くことになります。かぐや姫は帝とは心を通じて文通をする仲となります。しかし三年程経った頃から、かぐや姫は月を見て涙を流すようになります。姫は月の人であり月に戻ることを帝に告げ天の羽衣と不老不死の薬を渡します。帝は姫がいなければ不死の薬は必要ないと天に近い駿河の山で燃やします。その山は火山活動をしていた富士（不死）山と言われています。帝は不詳ですが嵯峨天皇説や夭折した文武天皇説があります。大まかな筋は以上です。五人の貴公子に要求した宝物は中国の古典やインドの経典に由来するものです。これらを勘案すると作者には次の条件が必要になります。①教養があり身分が高い、②漢文の読み書きができる、③神仙思想を知っている、④航海経験がある、⑤複数の宗教に精通している、⑥反体制的である、などです。そうすると、私には空海さんしか思い浮かばないのです。日本人の誰もが知り馴染みの深い物語に空海さんの影を感じるのには興奮を覚えざるを得ません。歴史の楽しさを感じます。空海さん、如何ですか」

「なかなか、説得力のある説明ですね。それが歴史の面白いところです。興味のある人は更に真相を探ってください。謎が満載です。それを答えとしましょう」

「それでは質問を変えます。文化と言うには語弊もありますが四国の八十八カ所の霊場巡りに関することについて教えてください。今では遍路と呼ばれています。遍路する人は同行二人《どうぎょうににん》と書かれた菅笠を被り、途中で行き倒れて死ぬことが少なくないため白い死装束をまとっていると言われています。実は、さすが空海さん、ここにも面白い伝承があります。空海さんは地質学や鉱山学の知識も持っておられます。貴重な資源である鉱物や水銀鉱脈が四国八十八カ所の寺院と重なるとも言われています。空海さんが山岳修行をするのと並行して鉱物資源の探索もしていたとの言い伝えです。考えを教えてください」

「確かに仏像などを作るには水銀は貴重な材料でした。修行経路と鉱山資源とは重なる部分はあると思います。しかし水銀の鉱脈は四国だけではありません。九州や高野山にもありましたよ。結論は出さないでおきましょう」

「分かりました。後は私自身が考えます。もう一つ興味がある質問です。徳島県の剣山にまつわる話です。ユダヤの聖櫃（アーク）を剣山に隠し、四国八十八カ所の霊場はアークを守るように配置され、霊場から剣山が見えないと聞いています。またアークは祭りのお神輿の原型になったとも言われています。空海さんの考えはどうですか」

「私が秦氏の出自だとか、イスラエル人の末裔のような話がありますので色々なことに興味を持たれるのはよく分かります。またそれも的が外れていないと思います。しかし慎重に判断してください。後世の人が作った伝承かもしれません。それが私の考えです。ジーンさん、一言だけ言いたいのですが私は日本人です。日本は古代から多様な民族国家であり混血国家であることは間違いありません。確かに私にはイスラエルの血が流れているかもしれませんがイスラエル人ではありません。多様な信仰を持つ日本人であり日本民族の民であるということです。また神仏習合を人々が仲良く暮らしていく上で、一番ふさわしい宗教の在り方だと思っています。その為に神仏習合を更に推し進めた本地垂迹説を作り、宗教の多様化を進めました。それで色々な伝承と重なる部分が出てくるのでしょうね。それがジーンさんの一連の質問に対する私の答えです」

「空海さん、私にはその答えで十分です。後は、私が信じることを多くの人に正確に伝えるよう努力をします」

空海は曜日の導入にも関わっています。空海が翻訳した宿曜経をもとに弟子たちが宿曜占星術を取り入れます。一般的にはインドで生まれた占星術と言われていますが古くはバビロニアに起源があるとの説もあります。道教の概念も入っています。一週間の曜日の語源になったとされています。この占星術を宿曜道《すくようどう》と呼びます。

空海が真言密教と共に日本に持ち込みます。既に中国で陰陽五行説の影響を受けていますので陰陽道と大きな違いが無いものでした。従事者は宿曜師と呼ばれ陰陽師とは区別され、陰陽道と勢力を二分することになります。平安時代には多くの天文の記録が残っています。そこにも空海は安倍晴明、藤原定家と共に天文家として名を連ねています。

空海と陰陽道

空海の約一世紀後に活躍した陰陽師の安倍晴明との関係を調べてみます。ここにも空海の影がありま す。修験道に役小角、密教に弘法大師そして陰陽道に安倍晴明ありなのです。安倍晴明の出自には空海と同様に渡来人の影があります。

三人の時代は異なりますが非科学的な伝承が多いことから「三大胡散臭い人物」とも言われています。ですが科学が発達していない時代を知る上で貴重な情報を後世に残してくれています。ジーンは安倍晴明に会いに行くことにしました。

「晴明さん、ジーンと申します。歴史の真実を調べています。今まで空海さんに会ってきました。晴明さんは陰陽師として有名です。空海さんからも影響を受けていると私は思っています。色々質問させてください。まず出身は何処ですか」

「実は、私自身もよく分かりません。摂津国、奈良桜井、讃岐生まれ等聞いています。どれも確信がありません。小さい頃から陰陽道を伝える賀茂家に師事していました。師匠の賀茂氏には渡来人説もありました。私の先祖も渡来人の可能性があります」

「晴明さんの出自に関して興味深い伝承があります。有名人だからこそ伝えられている物語と思います。責任を持てませんが披露しましょうか。お母さんの物語です」

「興味がありますね。是非お願いします」

「文学・歌舞伎にも出てくる『葛の葉物語』です。晴明さんのお母さんを祀る葛葉稲荷神社に伝わる信《しの》太《だ》の白狐物語です。神社は大阪府和泉市の信太山にあります。今でも語られている有名な伝説です。ある日、晴明さんのお父さんが、信太の森で衰弱した女狐を見つけ介抱をして助けてやります。後日、その白狐は美しい女性『葛葉《くずは》姫』となって現れ、二人は結婚をします。そして晴明さんが生まれました。どうですか、この話は」

「いや、楽しい話ですね。有難うございます。参考にします」

「ところで晴明さん、この物語から伏見稲荷大社のダキニ天の白狐と秦氏、賀茂氏の繋がりが見えてきます。そして単なる伝説で済ましてもよいのですが、不思議と空海さんとのかすかな接点も垣間見えます」

「確かに私の陰陽道は、空海の高野山の密教的な考え方と宿曜師の影響を受けているのは間違いありません。秦氏一族との関わりがあるのも間違いありません」

「もう少し、空海さんとの関わりを教えて頂きたいのですが」

「伝説は別にして私の生まれは讃岐との説もあります。空海さんと同じ出身地の可能性があります。また空海さんには宿曜師の顔もありました。その為に空海さんと私と藤原定家は平安時代の三大天文家と言われています」

「晴明さんは高野山で密教を学んだと言われていますが、密教の修行で陰陽道に反映されている考えを教えてください」

「密教では『身《しん》・口《く》・意《い》』と呼ばれる仏の身体と言葉と心の三つの行為が人間の理解を超えた不思議なものであるために三密と呼ばれます。また人間の場合には三業《さんごう》とも言われます。業とはサンスクリット語のカルマの訳です。人間の三業は仏と同一との考えからです。身に印を結び口に真言を唱え、意に本尊を観じる場合の三業は、仏の三密そのもので理想的な境地にあるとされます。空海さんは心に大日如来の姿を観じ、手に仏の印を結び、口に真言を唱えると大日如来の力が同時に働いて応じ合い、即身成仏が可能になると説いています」

「それが空海さんは高野山奥の院で三密の状態で生きたままで仏になっていると信じられている所以ですね。晴明さん」

「その通りです。空海さんは入定していると言われています。即身成仏の思想は真言密教の教義です。比叡山の千日回峰行や禅宗の只管打坐《しかんたざ》に通じるものです。天台宗・日蓮宗では法華経で説かれています。私が密教の影響を受けているのは間違いありません。陰陽道の随所に密教の考えを反映させています」

「ところで即身仏と即身成仏の違いがよく分からないのですが」

「即身仏とは修行者が瞑想を続け絶命しミイラになることです。つまり来世で仏になることです。即身成仏はこの世で仏になることです。全く違います」

「晴明さん、密教では人間の脳も身・口・意の要素によって働いているとします。例えば不安、恐れ、苦しみも三つの要素で構成されています。陰陽道では、縛り、名、呪の三つの要素にたとえているように思いますが、間違いですか」

「関連性はあると思います。身とは身体感覚で『縛り』です。口は言葉で『名』です。意はイメージで『呪』です。修験道では密は隠すのではなく高度な状態にシフトさせ加持によって気を与え能力を覚醒させるとします」

「う〜ん、難しくてよく分からないですね」

「直ぐに理解されると、こちらが困りますよ。例えば不幸とは不快になることです。人間は最終的には身体感覚が不快な状態になります。不快を快に変化させるにはプラスの気の力が必要です。つまり三つの密で感じる不快を加持で一掃できれば、不幸は消滅するとする考えです。どうですか」

「それは、空海さんが唱えた即身成仏の悟りを得る究極の方法である三密加持と同じですか。加持とは密教で仏の大慈の力が衆生に与えられ、衆生がそれを受け入れ一体化することと言われています。そういうことですか。晴明さん」

「私には、空海さんの考えを全て理解できているわけでもありませんが、大きな違いがないように感じますよ。陰陽道と共通する所が多くあります」

「晴明さん、もう少し私にも分かるように教えて頂きたいのですが」

「ジーンさんにも分かるように努力してみましょう。陰陽道で一番大事なのは呪《しゅ》です。この世で一番短い呪は名です。山とか、海とか、虫とかの名も呪の一つです」

「名が呪ですか？　ますます分からなくなりました」

「呪とは要するに、ものを縛ることです。例えば、あなたはジーン、私は晴明という名の呪を掛けられています。もし名をつけることが出来ないものがあるとすれば、それは存在していないとも言えます」

「そうするとジーンという名がなければ、この世に私はいないということですか」

「いや、そうではありません。あなたはいます。ジーンさんがいなくなるのです」

「ジーンは私です。ジーンがいなくなれば私もいなくなるのではないですか」

「世の中には眼に見えぬものがあります。その眼に見えぬものでさえも名という呪で人を縛ることが出来るということです」

「よく分からないたとえですが、おぼろげながら理解できます。陰陽道では呪《しゅ》がポイントのようですね。一種の言霊信仰ですか」

「誤解されては困りますが、よく言われている呪《のろい》とは違います。自己暗示に掛けられている状態という方が相応しいかもしれません。または心理操作されている状態にあるということです。もう少し例をあげてみましょう。仕事上の肩書などがそうかもしれません。人間は肩書が高ければ高いほど責任が大きくなり縛られます。人間は肩書という名の呪に縛られた行動をしようとします。例えば、神官という肩書を持てば呪に縛られた責任のある行動を心がけます。しかし一旦、その肩書から離れた時には責任は小さくなります。神官もいなくなりますが肩書から離れた私はいます。その眼に見えぬ名に縛られて人間は生きているのです」

「もう少しで分かるような気がしますが、もう少し考えてみます」

空海と安倍晴明を同じジャンルで述べるのは問題なしとは言えませんが、空海も晴明も真理というものを初めは学問で捉えようとして必死に学びました。ひたすら頭で考えようとしましたが最終的には自然から学んだとジーンは考えます。

敢えて空海と安倍晴明との関係を結びつけるとすれば反骨の思想にあると言えるかもしれません。空海は朝廷を牛耳る藤原氏から密教に呪術的な要素を取り込むことを求められていきます。空海には貴族への反発があります。高野山で修行した安倍晴明も朝廷から同じような影響を受けたと考えられます。

陰陽道の発祥は中国の陰陽五行説です。万物は陰と陽の二気が支配するとする説と、万物は火・水・木・金・土の五要素から成るとする二つの説が統合します。そして天文学、暦学、易学などの自然哲学を使えば全ての出来事が自然との因果関係で説明できるとします。

更に神道・仏教・修験道と合わさり朝廷の指示で占術・呪術などが取り入れられたのが陰陽道です。様々な占いにも応用されました。後世では呪術的な面が強調されていますが天文学、自然科学分野の学問とする方が相応しいかもしれません。安倍晴明は賀茂忠行親子に陰陽道を学んだ優れた天文博士です。決して妖術師ではありません。太政官のれっきとした官僚です。天皇家や摂関家の信頼を得てその子孫が土御門家を創設します。安倍晴明以前の陰陽道は賀茂氏が独占していました。その後賀茂氏は断絶し土御門家の独占となります。江戸時代に入り活動を統制され明治政府は陰陽道を迷信として廃止します。

最澄と空海

「空海さん、最澄さんのことを知りたいと思います。後世では常に二人は比較して述べられています。僧侶としての出発点は、かなり違うように思いますが」

「そうです。最澄さんは十九歳で年間十人しか選ばれない朝廷の正式な僧侶に選ばれます。私は七歳年下で大学を退学し仏教の修行の道に入った無名の僧でした」

「二人は、同時期の遣唐使ですが立場や待遇は大きく違いますね」

「全く違います。最澄さんは一年の短期留学、費用は全て官費、通訳付きであるのに対し、私は二十年間の長期留学、費用は私費、通訳なしで比較にならない格差のあるものでした」

「帰国時もかなり違うようですね」

「最澄さんは一年で任務完了の帰国です。私は二十年を二年に短縮した無断帰国と認定されます。その為に大宰府に三年間ほど留め置かれることになります」

「しかし帰京は、最澄さんが助けを出してくれたようですね」

「朝廷は帰国した最澄さんに密教を期待していたようです。しかし最澄さんの密教の知識は不十分でした。私の帰国報告書である御請来目録を目にした最澄さんが、私の必要性を感じ朝廷に働きかけてくれたようです」

「最澄さんも多くの密教経典を持ち帰っています。それだけでは不十分だったのですか」

「密教は顕教と異なり口伝の伝承が主体になります。サンスクリット語と中国語の能力も必要とされます。私は入唐前から密教の事前知識、語学力を備えての出発でした。そして密教の権威である青龍寺の恵果和尚からの直伝です。

最澄さんの場合は朝廷の期待に応えるのが難しかったのだと思います。密教を学んだ僧も本流ではなかったようです。入唐後も直ぐに天台山に向かい天台宗を中心に学んだようです。密教は帰国までの時間を利用した一時的な取り組みであったようです」

「桓武天皇が亡くなり嵯峨天皇が即位した後に、十分な密教を学べなかった最澄さんはプライドを捨て空海さんの元を訪れたと聞いていますが、本当ですか」

「事実です。恵果和尚から愛弟子として直伝を受けた私との、密教に対する知識の差はあったと思います」

「空海さん、この時点でエリートの最澄さんと並ぶことになりますね。すごいことですね。その後、仲たがいをしたと聞いていますが、何が原因ですか」

「私が真言密教を開く一方、最澄さんも天台密教を開こうとしますが経典や資料が不足していたようです。その為に度々、経典の借覧を申し出てきました。私も応じていましたが最澄さんは密教の神髄を示す最高経典の『理趣経』の貸与を申し出てきました。私は密教を学ぶのは経典だけでは無理であると考えていました。しかし最澄さんはその姿勢を崩そうとしませんでした。さすがに私も『理趣経』の借覧の申し出には、密教は経典だけで学ぶものではないとの理由で拒否しました」

「なるほど、密教は口伝・直伝であるということですね。それで従来の大乗仏教を顕教と呼ぶのに対して密教と呼ぶのですね。それと弟子の問題もあったようですね」

「よく知っていますね。最澄さんの高弟に泰範がいました。最澄さんは後継者として考えていたようです。泰範は私の元に修行に来て以来比叡山に戻っていません。私が泰範を引き留め手元に置いたと最澄さんは考えたようです。泰範の気持ちを代筆して手紙を送ったことなどもあり最澄さんとの関係が無くなりました」

このような経緯を経て、嵯峨天皇は、密教をマスターした空海に国家を密教で鎮護する役目を任せます。空海の地位は盤石なものになる一方、天台宗は顕教の代表的な宗派として発展し庶民に浸透していきます。

最澄の教えは未完成のために様々な解釈がなされ逆に発展します。比叡山からはスーパースターが出ます。浄土宗の法然、浄土真宗の親鸞、日蓮宗の日蓮たちです。一方、真言宗は完成されたもので新しい思想が生まれなかったと言われています。

最澄の弟子の慈覚大師円仁のように唐に渡り密教だけを本格的に学ぶ僧も出てきます。彼は天台密教の確立に努め、園城寺いわゆる三井寺を中心に密教の色合いを残していきます。一方、延暦寺が顕教の総合大学として発展します。

空海の方は、カリスマ性から空海自らが信仰の対象になっていきます。川崎大師、西新井大師、佐野厄除け大師などは空海が信仰の対象です。空海は五十七歳の時、『秘密曼荼羅十住心論《じゅうじゅうしんろん》』で密教思想の総仕上げをします。

日本の宗教史に偉大な足跡を残した二人です。空海は天才肌で外交的、最澄は秀才肌で理知的と称せられています。空海の影響は仏教だけには留まりません。神仏習合というその後の日本人の宗教観に大きな影響を与えます。ジーンは、これが空海の一番大きな足跡であると考えています。神さまと仏さまの合体です。

神仏を、世界にあまねく存在する人々、生き物の幸福、つまり「蒼生《そうせい》の福」を運ぶ象徴にした多神教世界の構築が空海の一番の仕事です。密教には現世肯定の思想があります。従って「今を如何に生きるか」が一番大事だと言っています。答えは全ての生き物の心の中にあるとします。無限の宝を秘めていると説いています。

その宝を自ら発見しろと教えています。小さなことにとらわれ、悩み苦しんでいる心の執着を絶ち宝探しをしなさい。それが見つかると人間は限りなく自由になり楽しくなると説いています。その中で守らなければならないものは他人を尊重することであり、違うものを受け入れる寛容性なのです。

密教というと狭い世界のような印象を受けますが、空海の密教はそうではなく実に多様性に富んだ世界を物語っているのです。大晦日にお寺の除夜の鐘を聞き、お正月には神社に初詣に行き、十月末にはハロウィン、十二月にはクリスマスと様々な文化も楽しみます。異文化が共存するのが日本の文化です。これには秦氏と空海の影響が大きいと考えています。元々日本にあった神様と大陸から伝来してきた仏教が共存する仕組みを整えた人が空海なのです。多様化の時代をより豊かに生きるヒントは身近なお寺や仏教と、神社や神道とが共存する日本文化にあるのです。

空海が基礎作りした神仏習合の体系は今日に至るまで失われることなく日本人に浸透しています。空海は密教がインド、中国でも完成していないとし、旧来密教を現世重視の日本流の密教に変貌させました。空海の密教は全ての顕教の本質をも包含する究極の思想としました。それが空海流の神仏習合でありました。

日本の伝統文化

仏教・儒教と同じ五世紀から六世紀に日本には暦法などと行事の風習も伝わりました。古代から日本には様々な暦があります。世界各地の暦も多種多様です。その暦には宗教や王権が大きく関与しています。日本の場合は皇室や幕府そして神道がその役割を担っていました。

日本には暦に基づく年中行事があります。当たり前のようではありますが、何故？と言われるとよく分からない行事があります。筆頭が節句かもしれません。ジーンもよく分かりません。調べましたので伝言します。

節句とは中国の陰陽五行説に由来し定着した、日本の暦において、季節の節目となる日です。平安時代に宮廷で節会と呼ばれる宮中行事が開かれていました。江戸幕府が公的な行事として定めた五節句があります。明治六年に廃止されましたが年中行事として定着しています。

明治政府は、千年以上も使用してきた太陰太陽暦（二十四節気七十二候）を廃止し太陽暦を採用しました。時刻法も従来の一日十二辰刻制から一日二十四時間に変更しました。草木も眠る丑三つ時とは今の真夜中、午前二時ごろのことです。

五節句とは一月七日の人日《じんじつ》の節句、三月三日の上巳《じょうし》の節句、五月五日の端午《たんご》の節句、七月七日の七夕《しちせき》の節句、九月九日の重陽《ちょうよう》のことです。陰陽では奇数（陽）が重なると偶数（陰）になります。それを避けるための避邪《ひじゃ》の行事が節句になります。

一月一日の元旦を別格とし一月七日にしました。人日の節句は七草の節句というほうが親しみやすいと思います。古代中国では正月一日に鶏、二日に犬、三日に猪、四日に羊、五日に牛、六日に馬、七日に人で吉凶を占ったと言われています。

節句には季節に応じた食べ物を食する風習もあります。一月七日に一年の無事を祈るために七草の入った粥を食べる風習があります。春の訪れを予感させる若菜を粥に入れて食べ、無病息災を祈る行事です。

三月三日は、古代中国の川辺で不浄を流すために水で祓いをした風習と、穢れを祓うために身代わりの人形を川や海に流す日本の風習が合体したと言われます。江戸時代に「雛祭り」「桃の節句」として女子の祭りとなりました。ヨモギを食べます。

五月五日は、季節の変わり目で、よく体調を崩す頃とされ薬草摘みの日とされています。薬草として菖蒲《しょうぶ》が「尚武」に通じ、男子の立身出世を願う行事ともされてきました。菖蒲の節句とも言われ、ちまき、柏餅を食べます。

七月七日は、おり姫（織女星）とひこ星（牽牛星）の伝説が中国にあり、日本の古来の棚機つ女《たなばたつめ》と結びついて七夕の節句となりました。笹の節句とも言われます。江戸時代以降は素麺を食べます。女子が裁縫や手芸、書道の上達を願う行事でもあります。素麺は天の川を指すのでしょうか？

九月九日は、易によれば「九」は「陽数の極」で、これが重なるため非常に目出度い日となります。邪気を祓って長寿を祈る宮中行事が行われました。日本では、「九」は「苦」に繋がるとみられ庶民にはあまり馴染みがないのかもしれません。菊の節句と言われ菊酒が有名です。現在では菊の品評会を開く程度です。

節句の由来を見れば分かるように、中国の暦法と日本の風土や農耕を行う生活の風習が合わさり平安時代の宮中行事となったのが始まりです。日付は全てが奇数です。一月を除き月と日も同じ奇数となっています。節とは季節の変わり目です。

節分とは前の季節が終わり次の季節に変わることです。年四回あります。立春、立夏、立秋、立冬の前日です。立春の節分が行事として残っているだけです。古来は溜まった穢れを祓うために行われていました。神にお供えした白米でお祓いをしていました。

中国から追儺《ついな》の風習が入り室町時代頃から豆をまく風習が定着したと言われています。豆や桃の硬い実は、陰陽五行説で悪いものを退ける性質を持つと言われます。追儺とは大晦日の宮中行事で平安時代の初期から行われています。

本来の暦の話に戻ります。古代から江戸時代初期までは中国暦（太陰太陽暦）が使われていました。一六八五年になって西洋暦なども取り入れた暦が作られ始めました。初めて日本人により編纂された暦が貞享暦《じょうきょうれき》です。その後「宝暦暦」「寛政暦」「天保暦」が採用されました。

明治に太陽暦であるグレゴリオ暦に改暦され現在に至っています。それ以前を旧暦と呼びます。日本独自の紀年法に和暦があります。独自の元号を用いています。六四五年に制定された大化が始まりです。今日でも西暦と共に使用され今は平成です。

日時や方位などの吉凶を暦に記載する「六曜」があります。六曜は暦注で、先勝・友引・先負・仏滅・大安・赤口の六種です。中国から鎌倉時代に伝来したと言われ科学的根拠のないものです。当初は大安、留連《りゅうれん》、速喜《そくき》、赤口、将吉《しょうきち》、空亡《くうぼう》といわれていました。

江戸時代に入り名称、順序が変わり現在の形になり民間に広まりました。明治政府は迷信であるとして使用を禁止しましたが、その慣習は現在でも根付いており、冠婚葬祭の日程を決める際には六曜を意識する人が多くいます。仏滅や友引など仏事との関連を感じさせる言葉がありますが当て字で仏教とは全く関係ありません。

日本の伝統文化には流儀の最高権威者や家系を指す家元制度があります。家元の根幹の一つに秘儀秘伝を相伝する家芸の独占化があります。密教の伝来に発端があると考えられています。密教の印信《いんじん》と言われる秘法伝授の証しが弟子に与える流派の相伝書の手本です。

平安時代から華道や雅楽の分野に家元が形成されます。江戸時代に多くの芸道分野に制度が広まり今日に至っています。浄土真宗本願寺派の法主、一家衆、末寺、門徒の構造が原型で宗家とも言われます。日本の伝統を少し紹介します。

歌道は和歌《やまとうた》を作る方法のことで作法と呼びます。七世紀後半から八世紀後半の『万葉集』が最古の和歌集です。題詠《だいえい》による百首歌を中心として宮廷社会に和歌が重んじられ歌道が成立しました。十一世紀中期以後、師弟制度が生まれます。六条源家、六条藤家、御子左家が形成され歌道の秘伝化、神秘化に至りました。正岡子規や与謝野鉄幹らによる自我や個性を重視する和歌改革論によって歌道の価値が否定され歴史に幕を閉じました。

雅楽は中国や朝鮮半島を経て花開いた伝統的音楽の一つで世界最古のオーケストラと言われています。日本古来の歌謡を元に平安期に成立しました。神道や皇室に深い関わりを持ちます。現在の雅楽は皇室の保護の下に伝承されてきました。千年以上かけて変貌を遂げてきたものです。現在でも皇室行事の際には演奏しています。

日本と朝鮮において独自の発展をしています。宮内庁の所管で笙《しょう》奏者の東儀氏は有名です。笙は管楽器で竹から作られパイプオルガンと原理は同じです。雅楽にまつわる多くの言葉があります。篳篥《ひちりき》の音程を息で変化させるのを塩梅《えんばい》と言います。それが具合の良いことや味が良いことに繋がります。八多羅滅多羅《やたらめったら》は拍子でリズムが合わない状態のことを指します。打ち合わせとは打楽器を用いた最後のリハーサルのことを指します。呂律《ろれつ》の呂と律は曲調の分類で音の調子が合わないことを指します。二の句が継げないとは、一の句から二の句に移る時、急に高音になるために歌えないことを指します。

華道の発祥は仏教の供花に由来する説があります。採取した植物が動物と異なり適切な処理で生命を保つ神秘性を感じる一種の自然信仰との説もあります。命の尊さを表現し鑑賞する芸術です。発祥は室町時代中期、京都六角堂との説があります。

僧侶は代々、池のほとりに居住していたので「池坊《いけのぼう》」と呼ばれていました。江戸中期以降、庶民が手軽に生けられる「生け花」が広まり多くの流派が生まれました。現在流派は華道家元である池坊を中心に二千～三千程あるそうです。

歌舞伎の元祖は、お国という女性が創始した「かぶき踊り」と言われます。出雲阿国とも言われ安土桃山時代の女性です。かぶき者とは江戸や京都で威風を好み、派手な身なりをして常軌を逸した行動に走る者のことを言います。能、人間浄瑠璃とともに三大古典劇とされます。江戸元禄時代に庶民の芸能として誕生しました。

荒事芸の市川團十郎、和事芸の坂田藤十郎が有名です。芝居小屋として中村座、市村座、森田座があります。三大歌舞伎は菅原伝授手習鑑、義経千本桜、仮名手本忠臣蔵です。名跡は代々受け継がれます。屋号も持ちます。尾上菊五郎の音羽屋、市川猿之助の澤瀉屋《おもだかや》、中村勘三郎の中村屋、市川團十郎の成田屋が有名です。

茶道は茶を振る舞う日本伝統の儀式です。日本で生まれたと考えられています。茶を飲む習慣と茶の製法は平安時代に遣唐使によってもたらされたものです。空海と最澄も中国から茶を持ち帰りましたが広まりませんでした。茶道は禅宗との関係が深く「わび・さび」という精神文化を生み出しました。

鎌倉時代の禅宗と共に広まりました。室町時代の東山文化のもと「茶の湯」が成立します。その後、千利休が「侘茶」を完成させ、現代の茶道の原型になりました。利休の死後、子孫に受け継がれ、表千家、裏千家、武者小路千家の三千家の流派が現れ、日本のみならず海外からも注目される日本の伝統になりました。

千利休の教えに「四規七則」があります。四規は和敬清寂の精神を言います。仲良くする「和」、敬いあう「敬」、清らかな心「清」、動じない心「寂」を指します。「七則」は他人に接する時の心構えです。「心をこめる、本質を見極め、季節感を大切にし、命を尊び、柔らかい心を持ち、ゆとりを持ち、互いに尊重し合う」との意味だそうです。

囲碁の起源は、はっきりしませんが発祥は中国で少なくとも二千年以上前から親しまれていたと思われます。『論語』や『孟子』の中に碁の話題が出てきます。日本には七世紀頃に伝わったとされています。平安時代から親しまれていたようです。貴族を中心に遊ばれ正倉院に碁石と碁盤が納められています。

江戸時代には幕府から家禄を受ける家元四家も出来ました。家元の棋士による将軍の御前での対局を御城碁《おしろご》と呼びました。江戸城火災で御城碁はその歴史を閉じました。その後も日本のみならず、韓国、中国、台湾、アメリカ、欧州でも囲碁人口は増えています。碁会所もあり庶民の娯楽として定着しています。

将棋の起源は、チェスと同じく古代インドのチャトランガ説が有力です。囲碁の碁盤は正倉院にありますが、将棋はないために渡来年代を確定するのは難しそうです。現在の将棋の形ではありませんが平安時代には既にあったとの説が有力です。

江戸時代に入ると将棋が庶民に普及、愛好されていた事実が見つかります。囲碁同様、幕府の公認となり家元もいました。御城将棋も行われました。明治以降は家元の三家は途絶えました。将棋は日本で独自の発展を遂げます。駒が漢字で書かれているなどで国外普及の妨げになっています。中国の将棋人口は増えています。

落語は江戸時代に成立した伝統的な話芸の一種です。元祖は浄土宗の説教師の安楽庵策伝と言われています。策伝は落とし噺の名手だけでなく文人であり茶人でもありました。策伝の『醒睡笑《せいすいしょう》』は庶民に流行した話を集めた笑話集として有名です。落語噺のひな形と言われています。

実際には京都、江戸、浪花の三都において人前で辻噺をしたのが職業落語家の始まりとされています。大坂の米沢彦八、江戸の鹿野武左衛門、京都の露の五郎兵衛の三人が噺家の祖とされています。落語家には亭号《ていごう》があります。落語家の芸名の苗字に当たるものです。

江戸後期に大工だった立川焉馬《たてかわえんば》が料理屋で落とし噺をしたのが寄席の始まりです。亭号も用いました。門下から三遊亭圓生や三笑亭可楽が出ました。古い歴史を持つ亭号の主なものは三笑亭、三遊亭、古今亭、金原亭などです。林屋正蔵らも出ました。一方、上方でも桂文治が出て現在に繋がっています。

以上、ジーンの独断で日本独自の伝統文化の主要なものの由来を述べてきました。結果、日本が発祥と考えてきた文化の中に多くの外来文化があることが分かりました。日本に浸透する過程で独自性を持ってきたこともわかりました。

その発展過程で平安時代と江戸時代の影響の大きさを感じさせられました。日本の伝統と自覚する多くの文化は江戸時代に確立したと考えても過言ではないと思われます。伝統文化は娯楽面では大きな存在ですが日常生活に直接の影響は多くありません。

しかし冠婚葬祭は日常生活に直結する無視できない慣習、風習です。その儀式も江戸時代の影響を受けているのは間違いないとジーンは考えています。それは江戸時代の宗教を検証する時に伝言することにして、時代を鎌倉時代に戻します。

鎌倉時代

平安時代に仏が仮に神の姿となって日本に現れたとする本地垂迹説が確立されます。鎌倉時代に入り更に真言宗による「両部神道」、天台宗による「山王神道」などの神仏習合理論として体系化したものが現れます。本地垂迹説は仏が主体ですが日本では神様です。姿は違えども主体そのものは変わらないというものです。

そして神と仏の関係が特定されるに至ります。天照大神の本地を大日如来、日吉《ひえ》の神は釈迦如来、八幡神は阿弥陀如来、賀茂神は正観音菩薩と具体的に定められるようになっていきました。その後、両部神道からは法華神道、山王神道から三輪流神道、御流神道、雲伝神道などが生まれます。

本地垂迹説は神の側にとっても仏の側にとっても、庶民の信仰を集める上で有効な手段となります。当時、大日如来の方が「本物」で神の姿は「仮の姿」という概念が強く、まだ仏様の方が上だという印象は拭えないものでありました。

神道は既に繁栄・救済・守護を目的とした現世利益的な部分を理解されていました。一方仏教は悟りを開くのが目的でしたが仏に救っていただくという思想も生まれます。一層神と仏が結びつくきっかけとなります。在来の神と新来の仏が対立する宗教ではなく同じ働きを持つものとして融合していきました。複数の宗教が共存していきました。

その思想を作り上げたのが空海であるとジーンは考えています。世界に通用する多神教信仰です。日本仏教には本覚思想があります。山川草木全て仏性を持つという思想です。人間自身も仏性を持っていると考えます。仏様に同化するとの概念で考えられています。

この思想は「人間が神になれる」という神道の思想に共通するものです。例えば菅原道真が天神様になります。不遇の中で死んだ人物はその祟りを恐れられて「神」になります。「神化」と「成仏」の思想が一致した結果です。

鎌倉時代は仏教の最も繁栄した時代です。政権が貴族から武家へと移り変わる時代の幕開けでした。公務員である僧侶が遁世僧、私度僧として仏教の布教をします。人々の救済を目的とする僧も現れます。国家仏教から大衆仏教へと移り変わっていきました。

平安末期から民衆に大きな広まりを見せた仏教は急速な発展を見せます。新興の武士や農民の求めに応じて新しい宗派である浄土宗、浄土真宗、時宗、日蓮宗、臨済宗、曹洞宗が生まれました。保元・平治の乱から続く国家の荒廃で世の中に厭世観（末法思想）が強まります。その救済を仏教が担いました。

天台宗は全ての衆生は成仏できると説きました。それまで庶民は自分たちの村にある産土神を信仰の対象としてきました。一方仏教側は鎮護国家の地位を自ら降り人を仏にするとの本来の目的に返ります。逆に神道が国家宗教に戻り立場が逆転します。

旧仏教は貴族仏教でしたが新仏教は教義も分かりやすく修行も容易で庶民の救済を重視します。死後の救いも与えてくれるものでした。庶民の葬送に関与するキッカケが出来ます。鎌倉仏教は主に比叡山で修行した天台宗の僧侶が大衆化させました。

旧仏教（南都六宗と天台宗）から浄土宗、浄土真宗、時宗、日蓮宗が生まれ、臨済宗、曹洞宗は中国から新たに持ち込まれました。新仏教の宗派は旧仏教が要求する厳しい戒律や寄進を必要とはせず「ひたすら信仰することで在家のままで救いに預かることができる」と説く点で大衆にも受け入れやすい教えでした。

浄土系仏教は念仏を重視し「他力易行門」と称し、禅宗の実践する座禅を「自力」では難行であると批判しました。日蓮宗は浄土系に反発し、人々を救う釈迦の教えは法華経にあるとして「南無妙法蓮華経」の題目を唱えることを専修としました。

浄土宗は天台宗の法然が始めたものです。法然は阿弥陀仏が唱える多くの行の中から最も平易な念仏行を選びます。人はただひたすらに「南無阿弥陀仏」の念仏を唱えれば救済されると説きました。「南無」とは「帰依いたします」との意味です。『選択本願念仏集』は法然の教えを弟子に記させた著作です。末法の世において他力本願が如何に優れているかを説いています。総本山として知恩院を創建しました。弟子の親鸞は稲田の地（茨城県笠間市）で絶対他力を唱え、阿弥陀仏を信じる心さえあれば良いとしました。罪を自覚する煩悩の深い者（悪人）こそ仏が救おうとする「悪人正機説」を説き浄土真宗を開きました。

浄土真宗は東国の武士や農民に受け入れられました。総本山は本願寺です。九十歳で没した親鸞は自らの生涯を罪業深き一生であったとし「遺体は灰にして鴨川に捨てよ」と遺言を残しました。公に妻帯、肉食を実践した最初の僧侶です。

時宗は、遊行上人と呼ばれた一遍が開祖です。一遍は浄土宗を学び、平安時代の口述念仏の祖と称される空也を先師とし、念仏聖の活動を受け継ぎます。一遍は寺を作らず場に居合わせた人が作る集団内で説教をしました。

禅宗は座禅を中心に置く宗派です。言葉では意思は伝わらないという立場をとります。始祖は南インドの達磨《だるま》です。主な宗派は臨済宗と曹洞宗です。達磨は九年間座禅を続けたために足を失ったとされています。

臨済宗は唐の臨済義玄を宗祖とし栄西に始まります。祖師が複数の清規（禅宗の集団規則）を伝えたため分派が多くあります。妙心寺派が最大で本山は妙心寺です。曹洞宗は道元に始まります。「只管打坐」で、ひたすら座禅を組み瞑想にふけることの重要性を強調しました。

第三番目の禅宗の宗派として黄檗宗があります。中国僧の隠元が日本に帰化し、禅を広めました。インゲン豆は隠元禅師が中国から持ってきたことで有名です。

五時八教の最後にくる法華経が、最も大切で釈迦の考えに近いとした宗派として日蓮宗があります。日蓮法華宗とも称しました。開祖は日蓮で身延山久遠寺を本山とします。法華経を唯一の正法で時間と空間を超越した絶対の真理とするものです。日蓮宗では、他の教義や信仰は否定されます。

題目の「南無妙法蓮華経」は真理そのもので全宇宙をあらわす曼荼羅とされます。中央に題目を記して周囲に諸仏・諸神を配した法華曼荼羅を本尊としました。日蓮宗は異端で排他性があります。法華経のみを重視し他の経典を無視しました。一種、日本仏教の中の一神教的性格を持ちます。独断的であり寛容さに欠け狂信的な信者がいました。

仏教の大衆化が進む一方で神道も武士にすり寄ります。源氏の氏神である鶴岡八幡宮は、幕府の守護社に位置付けられ幕府との関係が強まります。武家政権は地下に潜っていた神道の復活を図ったとも言えると思われます。

元寇などの外来襲来を経験し民族的自覚が強まり、日本は神国であるとの「神国思想」も生まれました。「反本地垂迹説」と呼ばれ神本仏従の習合思想です。その代表が伊勢神宮外宮の神官の度会《わたらい》家行による伊勢神道です。

鎌倉時代に国家仏教が庶民化し産土神が武家政権で地位を引き上げられます。空海・最澄らが本格化させた神仏習合で神と仏は同格になります。空海の密教は原始宗教と国家宗教と普遍宗教の三者の統合です。あらゆる時代、あらゆる人々に通ずるものでした。鎌倉時代以降の空海は個人崇拝の対象となっていきます。

空海にまつわる伝説は全国に五千以上あると言われています。日本全国に空海が生きているのです。高野山には、皇族や貴族・将軍・大名の墓から法然・親鸞の多宗派の墓まであります。一見無節操に見える場所ですが日本人の信仰の特徴を表しているのです。空海の影響力かもしれません。

鎌倉時代の後半から半世紀にわたり皇統が南朝と北朝に分裂抗争した時代がありました。足利尊氏が光明天皇を擁立した北朝の持明院統、後醍醐天皇が吉野に移り開いた南朝の大覚寺統です。国家の統一力も失われ荒廃する社寺も多かったようですが、神社信仰は盛んになり伊勢講や熊野講などの神社の「講」の組織が出来ます。

伊勢神道は南朝と結びつくことで勢力を失います。この頃北畠親房が『神皇正統記』で万世一系の神国日本を唱えます。この背景に南北朝の騒乱があります。三種の神器を正直、慈悲、知恵に対応させ日本建国の由来や神聖さによって南朝の正統性を主張します。

室町時代の末期になると伊勢神道に代わって明確に反本地垂迹説の神本仏迹《しんぽんぶつじゃく》説を唱える吉田神道が現れます。神道のもとに仏教、儒教、道教を融合します。いつしか伊勢を圧倒し幕府に取り入って幕末まで影響を与えました。

神本仏迹説も決して神仏習合を否定するものではありませんでした。相変わらず神様と仏様の本質は同じとの精神的な神仏習合は継続しました。吉田神道は仏教を「花実」、儒教を「枝葉」、神道を「根」と位置付け「陰陽道」も習合させました。極めて作為的な宗教でありましたが融合性に富み近世まで広く長期に浸透し続けました。

吉田神道は権現より明神を尊び地方神社に大明神授与を行いました。神社の総元締めになります。京都吉田神社が総本山です。豊臣秀吉は死後祀られるにあたり吉田神道に従い「豊国大明神」の号が与えられました。家康は死後、秀吉の大明神は縁起が悪いとして「東照大権現」になります。

日本での仏教各派が出揃った時代には信者の獲得が大きな目標となります。巨大化とともに時の政権に歩みより権力者との関係にも変化が出てきます。下剋上の時代には各地の武将は領地拡大に走り寺院と手を結ぶようになっていきました。一向俊聖が始めた一向宗が大きく勢力を伸ばしました。

一向宗は世が荒廃する中で信者間の結束を強め一種の新興宗教のような様相を見せていました。農民の領主に対する不満を集め各地で一揆を起こしました。戦国大名以上の武力を持っていました。織田信長は、拡大を続ける寺院（一向宗）を恐れ徹底的に弾圧します。比叡山も焼き討ちし寺院を排除します。

豊臣秀吉は紀州根来寺の壊滅や刀狩りを行うなど僧兵を排除する一方で、本願寺や比叡山、高野山、興福寺の復興を援助します。方広寺大仏を京都東山に建立するなどの懐柔策を取り寺院勢力との関係修復も図っています。

室町時代の後期にフランシスコ・ザビエルが、キリスト教を持ち込みます。ザビエルの来日は、宗教改革に起因します。プロテスタントの台頭を危惧したカトリック教会が、「教皇の精鋭部隊」と呼ばれるイエズス会を派遣したのが始まりです。

ザビエルの布教がキリスト教の日本伝来時期とされています。しかしジーンは秦氏によって原始キリスト教は既に日本に入っていると考えています。歴史として認知されていませんが秦一族が大きな役割を果たしていると確信しています。

日本人は古代から神仏習合や本地垂迹の思想確立の過程で世界の主要宗教を受け入れ認知し浸透させていました。時の権力者によって盛衰はありましたが縄文時代の多神教の精神は失われずに残り続けています。柔軟性かつ寛容性のある日本人の気質は江戸時代に入り更に変化を遂げ世界に類いまれなる宗教観を作り上げることになります。

江戸時代

体制の基礎づくりに時の権力者は色々な施策に打って出ます。家康は寺院の軍事力、僧侶の脅威を削ぐため、各宗派、大寺院などの仏教教団に対して寺院諸法度を制定します。寺院・僧侶の統制政策の基本としました。

一六三五年には寺社奉行が設けられ寺院の管掌を取り仕切り、僧侶の権限は更に縮小されます。個人に対してはいずれかの寺院に登録させる寺請制度を作りキリシタン禁制を徹底します。仏教の布教活動も実質的に封じました。更に最大の仏教勢力であった浄土真宗に対しては真宗内のお家騒動を理由に東西に分裂させ弱体化を図ります。

一方、幕府は権力の維持のために仏教の思想も都合よく変化させます。法事、葬祭、風習として庶民の生活に浸透させます。仏教を利用した政治が仏教の思想的衰退に止めを刺す結果を招きました。仏教は釈迦仏教からは更に乖離したものとなりました。

幕府が仏教を政治利用して導入したのは、本末制度と檀家制度です。本末制度とは総本山↓大本山↓末寺の体制を作り上げ各寺院を上下関係の中に組み込む制度です。総本山に人事権などを与え末寺を支配させる寺院間の制度を作ります。制度によって幕府は末寺までを管理下に置きました。

檀家制度とは人々を寺院に檀家として登録させ、宗旨人別帳という戸籍制度を作り管理する体制です。キリシタン把握、土着の小作農の定着化を促し、年貢の取り立て・管理に寺院を利用して幕府の治世の基本としました。庶民も幕府の管理下に置きました。

これにより全ての国民は形式的には仏教徒にされ仏教は国教となります。寺院・僧侶に掛かる費用は檀家が負担します。幕府は一切の費用を負担することなく全ての僧侶を官僧とするシステムを作ります。檀家の他宗派への変更も制限されます。

幕府の管理統制で仏教徒となることを強制したことが、人々には崇高なる純粋な信仰を見失わせるきっかけにもなります。その為に善光寺、高野山、四国八十八カ所への参拝信仰が一般民衆にも流行するようになります。寺院は仏教を広め実践する姿勢を失い、思想、道徳としての機能を果たすことはなくなりました。

寺院は死者の弔いと儀式だけで安定した経済的地盤を確保できるようになります。檀家の葬祭のみで仕事が済み、本来の役割から逸脱することになります。葬式仏教と揶揄される結果となります。ですが庶民が無教育だった時代の僧侶は読み書きのできる知識人でありました。身近なインテリとして重要な役割を果たす寺院もあったようです。

一方、神道は天皇が祭祀の頂点です。建前上、将軍は天皇の臣下であるために、幕府、庶民とも、神道を否定することはありませんでした。徳川家康は死後、東照大権現と神格化され日光東照宮が建立されました。東照大権現は薬師如来を本地仏とする神仏習合で祀られています。

徳川家の菩提寺は上野寛永寺や増上寺です。浄土宗を宗旨とするために京都の知恩院を京都の拠点とする二条城とともに重要視しました。幕府の姿勢もあり神仏習合は江戸時代にも衰えることなく続きました。

江戸の経済は米がベースです。大名の大小、給料の多寡も全て米をもとにした社会です。百姓を多く抱える必要があり移動を極力抑えなければなりません。宗旨人別帳と冠婚葬祭で農民を管理し定着させる方法を取っていました。

寺院側は制度のお陰で住職の世襲制度を作り、富の蓄積が可能となると共に寺院の腐敗が始まりました。僧侶は仏教を十分に学ばずとも住職になることが可能になりました。世襲と檀家制度が葬式仏教のみで寺院を維持できる体制を作り上げました。

日本に伝わった仏教は大乗仏教です。釈迦の思想を正確に反映したものではありません。釈迦は死後の世界を語っていません。葬祭儀式を唱えたわけでもありません。浄土真宗の始祖親鸞は「自分が死んだら灰にして鴨川に捨てろ」とも言っています。しかし寺院は宗教を都合よく解釈します。人為的な冠婚葬祭が一貫した根拠もなく残りました。

お坊さんは「人々はお葬式をしてほしいと思い、死んだら迷わず成仏するため供養をするもの」と教えました。更に寺院側は経営上の思惑に反映させます。葬式の高額化、戒名や法名の乱発、法事の回数増加を生み出しました。今の時代に葬儀、法事の意味を正しく説明できる僧侶、寺院がいくつあるだろうかとジーンは心配します。

先祖のためとか、死後の世界とか、未知の恐怖を道具に金儲けをする寺院の姿勢に気が付くことが必要です。ジーンは釈迦の教えとは違う状況にある現在の宗教を見直すべきであると提言します。宗教とは何かをよく考える必要があります。

幕府は武士の教育のために儒学を思想の中心に据えます。それでも神道と仏教が混ざり合った神仏習合が実質的な国家の宗教であり続けたのは間違いありません。神社の本殿に仏像や神像を安置したり境内に堂塔伽藍を建立する宮寺が出現します。神職と並んで僧侶が祭祀や社領を管理するなどの神仏習合体制は江戸時代の終わりまで続きます。

石清水八幡宮、金毘羅宮、水天宮などでも江戸時代は、僧侶により神前読経が日常的に行われていたようです。江戸時代には庶民が神様も仏様も区別しない社会となります。実質、同義語としての使い方をされるようになります。「神様仏様〇〇様」と呼ばれる何とも不思議な信仰形態が出来上がります。

奇妙な形態ですが神仏習合が本格的に始まった平安時代と信仰が定着した江戸時代に共通点がありま す。それは国内で小さな争いを経験していますが長い平和な国家を築いた時代ということです。平安時代の三百五十年と江戸時代の二百五十年です。特色は神仏習合と天皇制による政教分離が機能していた時代であったとジーンは考えています。

江戸の二百五十年は、現在に住む私達の深層に根付く文化・思想を作り上げます。現在も続く習慣を作り上げた時代です。国学など過去を振り返る学問も起こりますが大半が過去の文化・思想を継承したものです。江戸では神様と仏様の区別が従来以上に無くなります。良い所取りの日本独自の文化が定着しました。極めて柔軟な国民性です。

ルーツが違えども時代に合えば受け入れ、必要があれば変化させる器用な民族性を作りだしました。それが多様性を要求される現在の世の中に適合する考え方かもしれません。その民族性を作り上げた人物の一人が空海であるとジーンは考えています。日本の民族性は素晴らしいものですが使い方を誤ると問題が起こります。

回避するためには歴史上の事実を正確に把握し正しく判断する必要があります。風習や習慣の背景をよく知り受け入れ判断をすることが大事です。日本の風習・文化にも曖昧なものが多くあります。歴史・背景を正確に把握し受け入れなければなりません。現在の宗教の一貫性の無さの一部を伝えます。

葬儀の「清めの塩」の作法も浄土真宗とその他では異なります。真宗では遺体を穢れたものとは見ません。従ってお葬式では「清めの塩」を渡しません。元々、穢れは神道の考えです。戒名も浄土真宗では法名と呼びます。葬儀で焼香する回数も宗派により異なります。仏壇の形式も異なります。位牌がある宗派もあれば過去帳を用いる宗派もあります。

線香は一本、三本、寝かして使うなどバラバラです。神社の参拝の仕方も異なります。私達が背景を知り理解し気持ちを込めれば形、作法は大きな問題ではありません。釈迦は葬儀無用と教えています。根拠のない作法にこだわる必要はありません。要は相手を思う心が正しいものであれば問題ないと思います。

日本人の一年間の行動を見てみます。初詣に多くの人が神社に行きます。二月の節分は神道、バレンタインデーはキリスト教、盆踊り・お盆は仏教と儒教が混在、十月のハロウィンは古代ケルト人の習慣、クリスマスはキリスト教に由来します。結婚はキリスト教で、お葬式は仏教が大半、還暦は陰陽道の考えです。

世界的にもユニークな宗教文化を持ちます。近くに神社があれば知らないうちに氏子に入れられ、先祖の墓がお寺にあるなど人の一生も統一性がありません。節目、節目で神が見え仏も見えます。どの教えによるものかも判断できません。時の組織・権力者がお金儲けに様々なしきたりを都合よく作っているのが随所に垣間見られます。

冠婚葬祭とは人が生まれてから死ぬまで、そして死んだ後に家族や親族の間で行われる行事一般を指します。人生における通過儀礼の慣習、風習です。由来をよく知り、振り回されることなく人間関係の潤滑油として行えばよいとジーンは考えています。

冠とは成人式を指し元服に冠を頂くことに由来します。言葉だけが残りました。婚は結婚式です。様々な風習・宗教的要素もありましたが形骸化しています。従って現在では「葬祭」と呼ぶ方が相応しい慣習です。人間の死から始まり、死後の世界を取り扱う慣習、行事のことを言います。

葬は人の死であり葬式のことを指します。その日から起算して死後の祭が決まります。祭とは先祖の霊を祀ることを指します。法事でありお盆などです。葬祭の形式には、神葬祭、仏葬、儒葬があります。

儒教では魂（精神）は天に上り陽に従い、魄（白骨）は地に下り陰に従うとされます。

現在の葬儀は仏葬が大半です。仏葬が定着したのは江戸時代の宗旨人別帳と寺請制度の強制があったためと考えられます。檀家として墓を持つのもこの頃です。ここでも曖昧さが出ます。仏葬に儒教の法事を持ち込みます。儒教の土葬を火葬に変えます。

儒教は先祖の供養であり親孝行の教えです。それがお盆の行事に繋がります。日本の仏教も釈迦仏教ではなく中国で儒教・道教の教えと混合した大乗仏教が伝来してきたものです。釈迦の教えには法事に関するものはありません。

その背景を知っておく必要があります。葬祭の儀式が定着する過程で矛盾が随所に出ますが大きな反発は起こりませんでした。ここが神仏習合、多神教信仰の良い所かもしれません。日本人は合理性で冠婚葬祭の形式を選んでいるのです。ジーンはそれでいいと思います。しかし歴史をよく知るべきです。

日本人は他文化、異民族の慣習を受容する寛容さを持つ稀有な民族であり、それが日本の特徴です。この文化が科学と共存していければ、世界から戦争や紛争が無くなるような気がします。日本はそれが出来る立ち位置にいると確信しています。そもそも生粋の日本人と言われる民族が日本に存在するかどうかも極めて疑わしいことです。

色々な文化、風習を持った民族が共存するのが今の日本です。陸地が繋がっていた旧石器時代、島国になった時代も日本は東の果てです。その先は太平洋の大海原です。行き場所のない土地です。地の果て、人種の坩堝《るつぼ》が日本です。土地の文化、民族に溶け込まなければ生きていけない土地が日本です。

それが寛容性、柔軟性を持つ日本人が生まれた要因であるとジーンは考えています。しかし日本人のルーツを判断するのが困難でした。今までは考古学上の発見と歴史書しかありませんでした。考古学は偶然に頼る部分が多くあります。歴史書は貴重ですが強者・勝者に都合の良い歴史に改竄されているものです。

真実を語っているかを見極める必要がありました。現在では遺伝子研究が進みＤＮＡの分析で人類のルーツが明らかにされ、日本人のルーツも信頼に足る情報が提供されています。人間もホモ・サピエンスの一種しかいないことが確認されています。

肌の色が違おうが、言葉が異なろうが、髪の毛の色が違おうが、全ての人間は親戚であり血が繋がっているのです。この事実を変えるような一切の情報や教えはありません。これは変わることはないでしょう。

親切遺伝子であるＹＡＰ遺伝子も信じるに足る事実になっています。その遺伝子を多く持つ日本人は平和主義者です。そのジーンの独断で日本の歴史の一部を述べてきました。その過程での空海と江戸時代の影響の大きさを感じさせられます。

現在、私達が日本の伝統と自覚する多くの文化は、江戸時代に確立したと言っても過言ではありません。中でも冠婚葬祭の慣習、風習が出来上がりました。そして空海が創り上げた神仏習合を更に定着させたのが江戸時代の人々です。空海もお大師さんとして親しまれていました。

しかし空海は、国学者から仏教に外来の不純な思想を持ち込んだとして批判されます。また幕府にも反発する動きが起こってきます。それは富を謳歌し堕落の始まった仏教界に向けられました。一部の古典研究者から儒教・仏教渡来以前の日本固有の文化を究明しようとする学派が現れます。

『古事記』や『万葉集』の研究をする学問で国学と呼ばれました。当初、国学は日本古来の道を説く学問として出発しました。幕府の仏教優遇策に不満を抱く人々の間で広まります。国学の原点は契沖と言われています。武家の出身ですが空海を慕い出家して真言宗の求道僧になります。

契沖は高野山で阿闍梨の位を得、大坂の曼荼羅院の住持になります。しかし寺院生活に飽き出奔し古典学者として国学の基礎を築きます。契沖を祖として荷田春満、賀茂真淵を経て本居宣長が国学を完成させ平田篤胤らに引き継がれます。

荷田春満は伏見稲荷神社の神官です。出自が空海の母方と繋がり東寺執行職の阿刀氏と姻戚関係にある豪族です。秦氏との関係もあるようです。その弟子が賀茂真淵です。真淵の本家は賀茂神社の神職で上賀茂神社の社家に繋がります。

真淵の門下生に本居宣長がいます。伊勢出身の医師で医業の傍ら真淵の門人となり古典研究に励みます。このように本来の国学は、『古事記』や『万葉集』の研究を通じて古代日本人の心象風景を探る学問でした。ですが徐々に国学者の主張は変化します。

「日本古来の思想は、仏教・儒教の伝来で破壊された。そして異国の宗教によって歪められた」と主張するようになっていきます。その背景には檀家制度に端を発した仏教界の堕落がありました。その動きに感激した平田篤胤は本居宣長の没後、門人と自称します。平田は若干オカルト的な人物でした。

仏教によって神道が歪められたとし、神道を仏教伝来以前の姿に戻すべしとして平田は復古神道を唱えます。単なる古典文学研究に過ぎなかった国学という学問をある種の宗教に変貌させていきます。平田の唱えた排他的・排外的な国学は、神社の神主には熱烈に支持されます。地方の神官・村役人層や一般庶民にも信奉されます。

幕末思想に大きな影響を与えました。武士の学問である儒教も批判し尊王攘夷運動にも影響を与えます。その流れを受け誕生した明治政府は、国学者たちを神祇官に登用します。靖国神社を建てたのも平田哲学を信奉する人物でした。それが日本宗教史上、最大の悪法と言われる神仏分離、廃仏《はいぶつ》毀釈《きしゃく》令に繋がります。

明治以降

明治の新政府は大きな宗教政策の転換を図りました。神仏分離政策です。神道と仏教、神と仏、神社と寺院を分離させました。神仏習合の慣習廃止です。僧侶を還俗させます。神に仏具を供えたり御神体を仏像にすることも禁じました。この政策をきっかけに廃仏毀釈運動が起こりました。

寺院・仏像・仏具などの破壊運動が起こります。地方の神官や国学者が先導します。寺請制度に反感を持った民衆も動きました。江戸時代中期以降の国学の高まりに伴うものです。特に平田派国学者の復古神道が大きな影響を与えました。神仏習合による神社と寺院の共存が分離され、仏教寺院が大打撃を受け寺院数も大きく減少しました。

新政府が復古神道派の人物を神祇官に登用したことで事態を拡大させます。修験道、陰陽道の廃止と連動し修験者・陰陽師・世襲神職などの宗教者も打撃を受けます。藤原氏の氏神を祀る春日大社でそれを象徴することが起こりました。興福寺に管理されていた祭神の春日権現が神仏分離で廃止されたのです。

僧侶の多くは還俗し春日大社の神職に移りました。寺領は没収され堂塔の敷地のみが残されるという惨状に陥りました。興福寺の五重の塔が二十五円で売りに出されたそうです。国宝級仏像の三分の二が失われたそうです。日本各地で多くの寺院も破壊されました。時の権力者が方向性を間違えると取り返しのつかない事態をもたらします。

昨日まで僧侶であった人が神官になります。一部の僧侶は寺院の土地や宝物を売却しました。兵士になった者もいたようです。一時的に仏教界は大打撃を受けますが檀家制度の廃止、宗旨人別帳の廃止など生活上の制約は軽減されます。そのために宗教上の混乱はあまりなく浸透した多神教に基づく信仰は変化しませんでした。

庶民の宗教は政府の政策に抵抗しつつも、その居場所を探し出したのです。明治以降も、日本の宗教は神道と仏教という二つの宗教が渾然一体となった信仰が、無くなることなく続いていると考えるのが自然なのです。

出産祝い、七五三、成人式や祈願事などの行事は神道が担い、葬儀、お盆、供養などの死にまつわる行事は仏教が担う機能分化が続いていきます。神道と仏教を合わせた一つの宗教観が構築されています。精神的な神仏習合はなくなりませんでした。政治利用され葬式仏教化した慣習は衰えることなく浸透し今日まで至っているのです。

その後、政府は神道は宗教ではないとの立場を取ります。神道・神社を他宗教の上に置き国家神道として国民統合の柱とします。神道国教化政策です。しかし明治の大日本帝国憲法では信教の自由も明記されました。神道を国教化しても依然として仏教は信者数、僧侶の数においては神道を上回るものでした。

その為に仏教の影響力は残り、名目的な位置づけと実際の力関係には食い違いがあったようです。その矛盾が表面化し政府は神祇官を降格し神祇省とします。更に神祇省を廃止し教部省を設置し組織の格下げと権限の縮小を図りました。同時に国民教化運動に神道だけでなく仏教も取り入れるなどの政策転換をすることになります。

急速な西洋化と国際化に対処するために政府は、天皇を「現人神」として国家の頂点に据え一種の一神教的コスモロジーを作り上げようとします。過去の良き伝統を失い宗教を政治と国民の一体化に利用しました。政府の焦りもあったのかもしれません。迫りくる欧米対策に腐心しました。後の日本に大きな禍根を残すことになります。

欧米の脅威に苦慮した時の軍部に国家神道が利用されました。「統帥権」を生みだし他国との戦いを起こした不幸な時期がありました。欧米の侵略阻止の側面もありましたが近隣諸国に対する侵略と支配の野望も否定できません。第二次世界大戦でその付けは払わされました。

極めて大きい代償です。しかし戦後七十年、悲劇を克服し平和な国家を構築できています。今の日本は特定の考えに文明・文化・国策が染まっていません。完全ではありませんが、他の宗教、文明、文化、慣習を受け入れる素地と寛容性もあります。日本は世界に誇れる平和国家と考えます。

第二次世界大戦後、戦争をしていない国は、国連加盟国一九三カ国のうち八カ国しかありません。アジアでは、日本とブータンだけです。あとは、アイスランド、フィンランド、スウェーデン、ノルウェー、デンマーク、スイスです。しかし残念ながら、直面する危機を認識できていない若者が多くいるように思えてなりません。

日本が平和な状態にあるのはほんの戦後数十年のことです。若者たちはこの状態がいつまでも続くと勘違いしています。危機感がありません。今こそ日本発の平和行動を期待したいと考えます。日本は様々な文化、宗教が渦巻く国です。世界的に一流の経済、政治、教育を誇る国の一つです。それでも行動指針となる確たる道徳観を持たない国です。

戦後の平和国家への歩みから普遍的な道徳観を構築し根付かせる必要があります。神仏習合を成し遂げた多神教国家日本が、その特徴を生かした平和活動の先頭に立つ必要性を感じます。これからの若者に期待したいことです。

高野山は天皇家・貴族・他宗派の法然や親鸞の墓があるなど無節操な霊場です。しかし日本人には何ら違和感を覚えない光景です。これが平和宗教のもとになる多神教の世界です。寛容性のある霊場です。日本の強さです。空海がここまでの姿を想像したかどうか分かりませんが、これでいいのです。誰もが心休まる場所なのです。

世界に目を向ければ、このような場所があります。人類存続の一番の危険因子である一神教の聖地が混在する場所、エルサレムです。ユダヤ教の聖地「嘆きの壁」、キリスト教の聖地「聖墳墓教会」、イスラム教の聖地「岩のドーム」があります。争いの絶えない一神教が集まる場所です。そこが一体化すれば人類の滅亡が延びる可能性があります。

空海が成し遂げた多神教世界を作る条件の整う聖地がエルサレムです。元はヤハウェという同じ神を信じる宗教です。お互いが受け入れる姿勢さえ見せれば統一することが出来ます。信じる宗教によって呼び名が違うだけなのです。教育者によって同じものを違うように教えられているだけなのです。空海はそれを千二百年前に実現させています。

真実を知り科学を知った人々に出来ないはずがありません。先頭に日本が立つべきかもしれません。それがジーンの結論です。空海は御請来目録の中で「釈迦の教えは自分の利益を求めることと他人の利益を願うことに尽きる」と言っています。相反するようですが自利と利他を一致させるのが密教の目的と言っています。

密教には宗教には珍しい多様性とそれを統合させる包摂性があります。その多様性は対立するものや矛盾するものを引き込んでしまうという特徴があります。インドで起こった密教はヒンズー教の宗教儀礼や宗教哲学そしてゾロアスター教の儀礼までも引き込んでいます。中国に渡ってもキリスト教の景教を引きずり込んでいたと考えられます。

道教や儒教なども当然です。空海を通じて日本に渡った後も流れは変わりませんでした。陰陽道をも引き込みの対象にしています。空海の築き上げた神仏習合ほど究極の宗教はありません。人間の住む環境や権力者そして教育によって異なる神が作られただけです。

ホモ・サピエンスという一種しかいない人間には共通の概念が構築できるはずです。たとえ違ったとしてもお互いが受け入れることは少なくとも可能です。それしか人間の未来はありません。

万灯会は日本各地で行われています。高野山の万灯会は特に有名です。空海は死の三年前の「万灯会願文」で次のように述べています。

「虚空尽き　衆生尽き　涅槃尽きなば　我が願いも尽きなん」

この言葉に空海の究極の思いが詰まっています。「今生の命を終えても、生きとし生ける全てのものが幸せになるまで私の願いは尽きない」との意味と言われています。虚空は世界であり宇宙のことです。衆生は人種を超えた全ての命のことです。涅槃は人類が平和を獲得している状態のことです。空海はこの願いを伝えたかったのです。

空海の言葉に「他人の利益を図るように努めていると苦しみの世界に行く因縁が消える」があります。釈迦の言葉「人生は苦である。人間の欲を小さくすれば苦しみが小さくなり人生が楽になる」に繋がります。ジーンは決して宗教的な存在ではありません。来世も信じていませんが何故か釈迦と空海の言葉に惹かれます。

この本は宗教論を述べたものではありません。皆さんに生き方を考えて頂きたいから書いたものです。空海は異国から来た民族の出身と思われます。しかし決して民族主義的な存在ではありませんでした。人類的な存在でありました。

ジーンは人類の存続のためには東洋的な思想や教えが必要であると感じます。ですが拡大した世界で東洋思想のみの検証では不十分です。少し西洋に目を向けてみたいと思います。キリスト教に翻弄された中世の哲学、宗教を整理してみます。

西洋哲学の変遷

中世哲学は一神教に毒されています。神の摂理の上に思想・哲学を展開しているためにジーンには興味の湧かない時代です。注目すべき思想家はいません。神の代弁者になった中世哲学を無視すべきですが中立・公平さを欠きますので少し紹介します。

四世紀にキリスト教がローマ帝国の国教となるとギリシャ哲学は衰えます。キリスト教しか許されない時代に入っていきました。「精神の暗黒時代」や「哲学はキリスト教神学の女奴隷」などと揶揄されました。カトリックの教義体系の整備の下敷きに使われたのがキリスト教と結びついた「プラトン・アウグスティヌス主義」です。

十三世紀まで正当教義とされました。本格的な一神教の始まりです。キリスト教の拡大とともに、カトリック教会が世俗政治への介入を始めました。介入が始まると教会や聖職者が腐敗堕落していきます。教会と国家の関係に不都合が生じることになります。新しい教義体系の整備の必要性に迫られることになります。

それに応えたのがトマス・アクィナス（一二二五―一二七四）です。彼はキリスト教神学の歴史上、非常に重要な人物です。神学のみならず哲学、倫理学、自然学にわたり知のあらゆる領域を網羅し、カトリック的世界観に大きな影響を与えました。スコラ哲学の象徴的人物です。

スコラとはラテン語の「学校に属するもの」を意味する言葉に由来します。中世ヨーロッパの教会・修道院付属の学校や大学を中心とした学問の総称です。トマスはキリスト教神学をアリストテレス哲学で解釈し信仰と理性の一致を目指し、あらゆる事柄は神への言及なしでは進まないとします。「哲学は神の婢《はしため》」と述べました。

神学を全ての学問の上に置きました。神への信仰が絶対的な基礎になっています。思想はローマカトリック教会に好都合なものでした。ルネサンスに至るまで正当教義として認められることになりました。キリスト教の教義史はプラトン主義とアリストテレス主義の交代の歴史です。トマスは哲学の軸足をプラトンからアリストテレスに移しました。

トマスの時代は十字軍をきっかけにアラブ社会との広汎な交流が始まり商業も発展しました。繁栄による豊かさの中で大衆が堕落する風潮とそれに対する反感が渦巻く時代でした。トマスは東ローマ帝国の禁教政策でアラブ社会に逃げたギリシャ哲学、特にアリストテレスの思想を全面に押し出しました。

アラブ社会の哲学者・神学者の学説・教説の受け入れも躊躇しませんでした。神秘主義的なキリスト教神学と理性的なアリストテレス哲学を統合させ、神の存在・本質を証明するスコラ哲学を完成させました。後世の存在論に多大な影響を残しました。それ以降は一気にルネサンスが西洋の歴史を画する時代に飛びます。

ルネサンス期は古代ギリシャ・ローマ時代の学問・知識の復興を目指しました。カトリック教会を刷新し自由な精神を取り戻そうとする運動がイタリアで興ります。ルター（一四八三―一五四六）の宗教改革は、西洋の精神史上においては、ルネサンス以上の意義を持つ出来事でした。アウグスティヌス派の修道僧です。

ルターは「予定説」を主張します。救われる者と救われない者とが神の意志により定められているとしました。カトリック教会にとり我慢がならないものでした。カトリック派とルター派の対立が始まりプロテスタントが生まれます。宗教組織を作りませんでした。個人の内面重視で直接神に向き合わせる態度は共通でした。

グーテンベルクの活版印刷術の発明はプロテスタント派の拡大に寄与しました。中世哲学とは五世紀から十六世紀にルネサンスが起こるまでの時期の哲学のことです。特色は、思想家たちが誰も自分を哲学者と考えていなかったことです。哲学者とはプラトンやアリストテレスなどの古代の著述家のことでした。

教父時代は直観的・神秘的傾向がありキリスト教徒が中心となって特にプラトンの教義を重視しました。代表がアウグスティヌスです。彼の死後は創造的な哲学は生まれませんでした。トマス・アクィナスはキリスト教神学の価値を証明しようと試みました。ルネサンスまでの哲学界はキリスト教を中心とした思想の展開です。

近代哲学の始祖と言われるデカルトの「自我、理性」は、プラトンが「イデア」と呼び、アリストテレスが「純粋形相」と呼び、キリスト教神学が「神」と呼んだ超越的な存在としての「神」の概念を抜きにしては成り立たないものでした。

相次ぐ科学分野の発見は、哲学界に対して思想転換を迫ります。神の存在が科学に脅かされてきました。天文学者、司祭であったコペルニクス（一四七三－一五四三）は「地動説」を唱えます。当時、プトレマイオスの「天動説」の世界でしたが彼自身も宇宙が神によって作られたとする敬虔な神学者でした。

地動説の主張も確信に満ちたものではありませんでした。宇宙の神秘を神の御業で証明しようとする試みが逆に神を追い込んでいきました。地動説の影響を恐れ、主著『天体の回転について』の販売を一五四三年の死期を迎えるまで許しませんでした。

ガリレオ・ガリレイ（一五六四－一六四二）はイタリアの物理学者・天文学者で天体観測に望遠鏡を

用います。地動説に賛同しました。地球が自転することによる問題点を、力学の分野で慣性の法則を発見して解決し、地動説に確信を与えました。

当時の科学者は神学者、哲学者の顔も持っていました。神の存在証明が逆に神を陥れる皮肉な結果が待っていました。公然と神を否定するヴォルテールなどの無神論者が出てきます。彼の言葉に「不条理なものを信じていると悪事を犯す」があります。パスカルは神を冷静に捉えていました。

パスカルの言葉に「宗教のために行われる罪でなければ、人間があれほど完全に楽しそうに悪事を行わない」があります。ジーンは、如何なる超自然的な存在をも信じたくない立場です。ここまでの哲学史、宗教史に科学の発見が加わると、益々その観が強くなるのを感じています。

神との離脱

十八世紀には科学による謎の解明に伴い神を否定する主張がなされてきます。無神論者のフランス人哲学者ディドロは「野蛮な人々が文明へと一歩進むよりも、進化し開明の人間が野蛮へと逆戻りするほうがはるかにたやすい」と述べています。

ドイツの哲学者アルトゥル・ショーペンハウアー（一七八八―一八六〇）は仏教思想とインド哲学の精髄を語り尽くした思想家です。ニーチェへの影響が大きく、「ブッダ、エックハルト、そして私は、本質的には同じことを考えている」と述べています。

ショーペンハウアーの主張に「生の苦痛から解脱するには意思の否定によって無私の行為へと向かい、梵我一如の境地、涅槃の境地へ達するという倫理の次元こそが真に求められる」があります。ジーンにはワクワクするような主張が現れてきます。

同時代に、現在でも人気が高く哲学研究の対象となるデカルトやカントも現れますが、ジーンには興味の無い哲学者です。神の影響を随所に感じるからです。その後に真の意味で人間、人生を考察し始めた哲学者が現れたと個人的には考えています。

この時代の神は二種類あります。一つは全能の神である宗教神や人格神の存在を信じる考え方です。もう一つは世の不思議、解決できない事柄の背後に感じる理神論的な存在です。神の定義が変化していることを痛切にジーンは感じています。

ジーンは神の定義が変わりつつある時代の代表的人物に直接話を聞くことにしました。最初の人物がニーチェです。一神教が支配する西洋思想界で真正面から神と向き合い否定していた人物とジーンが理解している哲学者です。

フリードリヒ・ニーチェ（一八四四－一九〇〇）はドイツの古典文献学者、哲学者です。人間を哲学の中心におく実存主義者です。ソクラテス以前のギリシャ哲学に終生憧れ『ツァラトゥストラ』の中で「神は死んだ」と宣言しソクラテス以降の哲学・道徳・科学を支え続けた思想の死を告げました。

反キリスト教主義者でキリスト教とは「弱者によるルサンチマンの反逆である」と主張しました。ジーンはドイツを離れスイスのサンモリッツに移住していたニーチェに会いに行きました。眼光鋭く豊富な口髭を蓄え神経質そうな人物でした。

「ニーチェさん、あなたは牧師の家庭に生まれ、宗教的な環境で育ったと聞いています。少年時代には『神は全てに過ちを犯さないよう、私を導いて下さった。だから、私は一生を神への奉仕に捧げよう』と言っていたことを聞いていますが、その後、『神は死んだ』と宣言し神を否定しました。何故ですか」

「私は大学で神学と古典文献学を専攻しました。しかし研究対象はキリスト教の神の存在を前提にした世界や理性を探求するだけで失望を覚えました。今を生きる人間自身の探求に切り替えるべきであると考えました。キリスト教の偽善の愛や平等の思想が人間を卑小化し画一化し人間本来の生き方を喪失させてしまったとの考えに至りました。キリスト教に基づく既存の道徳が私たちの生を駄目にすると確信し神を否定しました」

「キリスト教を『弱者によるルサンチマンの反逆である』とも述べていますが、分かりやすく教えてください」

「キリスト教はイエスという弱者、敗者を崇められて作られたものです。底流には強い者に対する嫉妬とルサンチマン（怨念）が流れています。キリスト教的な道徳はルサンチマンを巧妙に隠すための価値観に立脚しています。その道徳が苦悩の原因となりました。キリスト教はユダヤ人のルサンチマンに基づく歪んだ価値評価にあります」

更にニーチェは続けました。

「従って、ルサンチマンは生から人間を遠ざける結果となります。それが『貧しき者こそ幸いなり』という現実の生を否定することが善いとの価値観が生まれ『信仰とは真実を知りたくないという意味である』との言葉に繋がります。その信仰によって人間は骨抜きにされ、自分の欲望を直視できず、自分という主体がなく群れでしか生きられない弱虫に陥ると私は判断しています。それがルサンチマンの反逆です」

とニーチェは力説しました。

「その他、ニーチェさんの有名な言葉に『ツァラトゥストラはかく語りき』の序章の『超人』という言葉があります。超人とは、キリスト教道徳が教える望ましい人間像の対極にある『悪人』と言われていますが、どういうことですか」

「超人とは時代や環境に左右されることなく、自分で価値観を作ることが出来、神が死のうが既存の価値観が崩壊しようが迷わず、真っ直ぐ生きることの出来る人のことを指します。人間があらゆる可能性の極限にまで到達した存在です。生き方が神に背き、反道徳で反宗教な存在のためにキリスト教徒から悪人と呼ばれます」

「ニーチェさんの後期思想の根幹をなす『永遠回帰』の思想は、キリスト教的世界観が依拠する既存の価値観に真正面から対立すると言われていますが？」

「私の思想の前提には『時間は無限であり、物質は有限である』との思想があります。この世は永遠に循環運動を行っていて来世や前世というものは考えず今の生を肯定して一瞬を大切にして生きるべきであるということです。いまここにある瞬間がかくあることを望むとの『生』への強い肯定の考えです。同時に『一回性の連続』という生の概念を認識すべきです。転生思想のように生まれ変わるものではありません。キリスト教の言う真の世界、『現世は仮の世界であり、本当の生は死後にやってくる』などもルサンチマンに由来するものです」

ニーチェは自身の中に生存の価値を持ち、全ての結果を受け入れ、現にある生を肯定し続けることを目標にするものです。この影響を受けた思想家に、ハイデガー、ユンガー、フーコーなどがいます。キェルケゴールと並んで実存哲学の先駆者とされます。

ジーンは釈迦・空海以来、人間、人生を真剣に考える哲学者（宗教者）に触れた気がしました。キリスト教や道徳を批判するだけではありません。「生と世界は苦悩に満ちたもので人生をどうすれば肯定的に生きることが出来るか」、「良い人生とはなにか」を問い続けました。ジーンには釈迦・空海らの偉人と同じ匂いを感じます。

「ニーチェさん、著書『人間的、あまりに人間的な』に漂泊者というくだりがあります。その中に『山と森と孤独に住み慣れ、漂泊者たり哲学者たる、あの全ての自由になる精神』との言葉は出家後の釈迦に繋がるものを感じるのですが」

「私は、バーゼルの大学にいる時に、『ブッダの言葉――スッタニパータ』を読み、共感しました。『人間たちのあいだで暮らせば、かえって人間が分からなくなる』との考えで大学を退職後、私は住所不定の漂泊者となり仏陀の出家と同じような暮らしをしました」

ニーチェはバーゼル大学退職後に永遠回帰などの観念を生みます。釈迦・空海から千年以上経て初めて信頼できる思想家に遭遇したような気持ちになりました。影響を大きく受けたハイデガーが次に会いたい哲学者との印象を強くしました。

ニーチェは若い頃から病弱であることに悩まされていました。主張がキリスト教社会では極めて過激で圧力もかなり受けます。住む場所も転々とし私生活も波乱に富んだものでした。主張は一貫しています。彼なりに誠実さに溢れた人生でした。精神的な病に侵され不幸に生涯を閉じました。決して長い人生ではありませんが大きな足跡を残しています。

ここでハイデガーに会う前に、どうしても会わなければならない人物が浮かんできました。『種の起源』のダーウィンです。宗教界に決定的なダメージを与えました。チャールズ・ダーウィン（一八〇九―一八八二）はイギリスの生物学者です。医者の家庭に育ち医学部に入るも退学します。牧師となるためにケンブリッジ大学に再入学しました。

そこで神学の権威ウィリアム・ペイリーのデザイン説に納得し信じます。しかし一八三一年から五年にわたる英海軍のビーグル号での航海に加わり、動植物や地質を調査する機会を得、『種の起源』をまとめました。デザイン説を真正面から否定する自然選択説を提唱しました。社会思想にも影響を与える結果となります。

ダーウィンは、眼光鋭く、もみあげを長くし、あご鬚を蓄えていました。頭頂部の毛は薄く、若干神経質そうでした。

「ダーウィンさん、『種の起源』は後世に大変な影響を与えましたが、当時の関心は薄かったと聞いています。『種の起源』の生まれたきっかけを少し詳しく教えてください」

「ジーンさんが知っておられる『種の起源』の正式名は『自然淘汰による種の起源、すなわち生存闘争において有利である種族が保存されることについて』です。ビーグル号で立ち寄ったガラパゴス諸島でゾウガメの甲羅の形が違うことに着目した結果です。キリスト教社会での発表には躊躇しました。着想から二十年以上を経た一八五八年に生物学者ウォレスと共同で論文を発表しました。着想から発表まで長期間を要しています」

「神の生物創造説に対立する生物の進化説を教えてください」

「進化は下等なものから高等なものへの直線的な変化ではなく、共通の祖先から系統が枝分かれして多様な生物を生む歴史が事実と論証しました。生物は自然淘汰によって適者が生存し蓄積されて進化すると考えました。自然淘汰とは環境により適した変異をもつ個体だけが生存して子孫を残すことです。それは『最も強い者が生き残るのではなく、最も賢い者が生き残るのでもない、唯一生き残ることが出来るのは変化出来る者である』との私の言葉に繋がります」

「牧師になるためケンブリッジ大学の神学部に入ったと聞いています。いつ、その宗教観が大きく変わったのですか？」

「一時はデザイン説を信じ、神学を否定したわけではありません。しかし長女アン・エリザベスを介護の末亡くしました。死は神や罪とは関係なく自然現象の一つであることを確信しました。道徳に聖書を引用したこともありましたが聖書の述べる歴史にも否定的でした。アンの死後にはキリスト教の信仰を失いました」

ダーウィンは一八七〇年代の家族への手紙や自伝のなかでキリスト教と信仰を痛烈に批判しています。痛みや苦しみを神の干渉と考えるのではなく自然法則の結果と考えていたようです。敵対者からの批判に疲れ信仰と科学の間でかなり揺れ動いていたようです。寄り道をしましたが哲学の世界に戻ります。

マルティン・ハイデガー（一八八九－一九七六）は、カント、ヘーゲルのドイツ観念論そしてキェルケゴール、ニーチェらの実存主義に強い影響を受け、独自の哲学理論を発展させました。二十世紀大陸哲学の重要な哲学者の一人とされます。

ハイデガーは神なき時代に「人間が存在する」とは如何なることかを追究しました。デカルトの批判と現存在についてが彼の主な思想です。人間の実存は「世界＝内＝存在」であると主張しました。眼光鋭く、髪をオールバックにし口髭を蓄えていました。

「ハイデガーさんは、カトリック教会の敬虔な職人の長男として生まれ、大学の神学部で学んでいたと理解していましたが、何故、哲学に専攻を変更したのですか」

「私は小さい頃から病弱でした。度々心臓発作を起こしていました。十九歳のときに修道院に入りましたが再び心臓の疾患で悩みました。ドイツは第一次世界大戦への渦中にあり病気や戦争経験を通じて『死を通じて生へ』という思考に傾いていきました。フライブルグ大学に転じ哲学を専攻することになりました」

「ハイデガーさんは『人間が存在する』とは如何なることか、人間の存在の意味を明らかにしようとされたようですが、もう少し分かりやすく教えてください。そして、『現存在』と『世界＝内＝存在』の概念について教えてください」

「時代はニーチェによって神の死が宣告され、知識人たちは、それでは神に代わるものは何であろうかと悩んでいました。私は人間しか残らないと考えました。その人間を現存在と呼びます。人間は存在するとは何かを問いかける特異な存在者です。そして自分が存在していることを理解していると考えました。今までは自分という主観があって自分と世界は別々との考えでした。しかし人間＝現存在と認識すれば自分が生きれば世界が現れます。自分が生きるから世界があり世界がなければ自分もないことになります。それを世界＝内＝存在と呼びました。プラトン以来の合理主義では、現実の人間は『何であるか』という問題について永遠、普遍的観点では十分に理解出来ません。人間はどのように存在しているかとの現実の存在に即して理解する必要があると考えました。人間が永遠に何であるか（本質存在）よりも事実としていかにあるべきか（現実存在）のほうが問題と考えました」

「ハイデガーさんの神なき時代の人間観と神を排除した存在を説明してください」

「哲学者は神については関知しない。だから永遠についても関知しないとします。つまり人間の存在を考える場合に、神を引き合いに出すと死の問題に関し、肉体は有限だが魂は永遠であることになり、死の重大さがぼやけてしまいます。ありのままの人間、事実だけを分析しました。人間は人間に即して理解されなければならない。神などは必要ない。人間はどこから何のためにここへきて、これからどこに行くのか、全く分からぬ不条理な存在であるというのが私の人間観です。一口で言えば、人間が必ず死ぬという自己の有限性を自覚して自分に与えられた状況（人生）を決断と責任を持って生きる。これが人間の本来的な生き方です。この世には確実なものは無い、それはどこにも正解は無いのと同じです。答えは各人が見つければ良いと考えています」

「二十世紀最大の哲学者と言われるハイデガーさんは、日記に仏教に興味を持ったと書いておられるそうですが、本当ですか」

「本当です。私は仏教の思想に興味を持ちました。日記には『十年前に、仏教を知ったならば、ギリシャ語やラテン語の勉強などしなかった。日本語を学び仏教を世界中に広めることを生き甲斐にしただろう』と書きました」

このハイデガーの言葉は、親鸞の『歎異抄』のドイツ語訳を読んだ時のものとされていますが、ジーンは勝手に釈迦仏教のことを言っているのであろうと考えています。彼はニーチェが「神の死」を宣言した後に「神不在」の時代をいかに生きるかの指針を我々に与えてくれました。その思想を変更するに相応しい考えは現れていません。

二十世紀最大の哲学者と言われるハイデガーですが思想的欠陥も指摘されています。欠陥とは与えられた状況（人生）を受容した後の考え方です。「積極的に受け入れる決断」か「積極的に拒否する決断」

かの二者択一の倫理的基準がないとの指摘です。例えば、戦争で人を殺さなければならない状況での判断基準がないとされます。

ハイデガーがナチスを支持したのは、倫理的基準がなかったからだと言われています。ジーンには戦時下における自分自身の判断には自信を持てません。人間は争いを避ける行動を重視すべきです。ハイデガーに対する指摘も的確ではないと考えます。

次に避けては通れない人物がいます。サルトルです。実存主義はキェルケゴールが先駆者と見られていますが神を明確には否定していません。ニーチェが神を否定した実存主義の先駆者とみる見方もあります。それに繋がるのがハイデガーでありサルトルです。ジャン＝ポール・サルトル（一九〇五－一九八〇）はフランスの哲学者です。

思想は、今生きている自分自身の存在である実存を中心とするものです。サルトルの実存主義は無神論的実存主義と呼ばれます。「実存は本質に先立つ」と主張し「人間は自由という刑に処せられている」と言っています。また「人間は自由であり、つねに自分自身の選択によって行動すべきである」とも述べています。

更に「全ての答えはもうすでにある。あなたがどう生きるかを除いては」「人間は自らの行動の中で自らを定義する」「ひとは各々の道を創り出さなくてはいけない」「人間の運命は人間の手中にある」「金持ちが戦争を起こし貧乏人が死ぬ」とも言っています。

サルトルは第二次世界大戦後に活躍しました。ジーンは、パリのカフェにいるサルトルに会いました。フランス人にしては小柄です。目が悪そうでした。

「サルトルさん、あなたは日本では大変な人気者です。哲学では竹内芳郎、文学では野間宏や大江健三郎などの著名人にも大きな影響を与えています。『実存は本質に先立つ』との言葉は有名です。我々、凡人にも分かるように説明してください」

「私も日本には行ったことがあります。好きな国です。私の実存主義は無神論的実存主義に立脚するものです。それは人間の本質は予め決められておらず現実に存在することが先行した存在であることを意味します。世界内に不意に姿を現し世界内で出会い、その後で定義されるものだということを意味します。人間の定義は不可能です。人間は最初、何もない存在です。後になって初めて人間になるのであって、それも人間自らつくったところのものになるのです。そこには人間の本質は存在しないし神も存在しません。人間は自ら考えるものであり、自ら望むものであり、自らつくるもの以外の何ものでもありません。人間は未来に向かって自らを投げるものであり、未来の中に自らを『とうき』することを意識するものです」

「待ってください。『とうき』するとは、どういうことですか?」

「未来に向かって主体的に生きることを『とうき』と言います。英語で言えば、『projet』でしょうか。ある日本人は『投企』と訳していました。意志よりも更に根源的な自発的な選択の現れです。人間は自らの存在に対して責任があることを意味します」

「サルトルさんは、アンガジェやアンガージュマンという言葉を使っていますが、どのように理解すればよいのですか?」

「人間は、常に外部から拘束されているとみなすべきではありません。自由の立場にある人間は主体的に変化することが出来ます。つまり、ある状況から自己を解放し、新たな状況のうちに自己を置くことをアンガージュマンと言います。英語で言えば『engagement』です。日本語では『社会参加』とされています。社会参加することによって自分の選ぶ人間像を作り上げることです。例えば、私が結婚することを選べば社会にアンガジェ（engage：参加）することになります。従って自分自身だけでなく、人類全体について責任を負う人間像を作り上げることになります。分かりますか」

「サルトルさんは、その状況を『人間は自由という刑に処せられていると』と表現されています。ドストエフスキーが『もし神が存在しないとしたら全てが許されるだろう』と言っていますが、その言葉と近い関係がありますか」

「そう考えてもよいと思います。実存主義の原点かもしれません。人間は自由そのものです。だが神がいないとすれば自分の行いを正当化する価値や命令を見出すことが出来ません。自由であることは孤独であり逃げ口上もないものです。私はそれを『人間は自由という刑に処せられている』と表現しました」

サルトルの話す内容を完全に理解することはジーンには難しいと感じます。しかしサルトルの言う「自由という刑」に対処する人間の行動基盤は教育であり、教育から生まれる道徳心であるとの観を強くしました。

西洋社会では、神の概念が大きく変化しているのが分かります。当然ながら全ての人を紹介出来ません。かつて神の存在を肯定し、人々を混乱させてきた哲学者、科学者などの大半は無神論に舵を切ったと断言できます。一方、巨大な組織を作り上げ維持しなければならない聖職者たちは頑なに神の存在を主張しています。

科学が大きく進歩し多くの謎が解明されましたが、宇宙の中には未だ解決できない、あるいは人間の英知が及ばず解決の目途すら立たない事柄が存在するからです。宗教界にとって、その分野はいまでも神の関与する部分であるとします。

宗教は生きていく中で、ある種の精神的な役割を担っているのも間違いのない事実です。ジーンには、それは弱者に逃げ場を与えるという隠れ蓑を被ったビジネスの展開に過ぎないとしか思えないのは偏見でしょうか。

バートランド・ラッセルの哲学

ここからは「神」・「宗教」と「科学」との関係を考えていきたいと思います。参考意見として哲学界からは、バートランド・ラッセル、科学界からは、リチャード・ドーキンス、アインシュタインに聞いてみたいと考えています。彼等の共通点は無神論者です。科学の進歩で謎が解明され生活の快適さを得ました。

一方資源の枯渇、汚染などで人間を破滅に導きかねない懸念が指摘されています。医学分野でもクローン技術など倫理に抵触する、人間の本質を揺るがす問題も懸念されています。その問題の解決をどこに求めるのでしょうか。ジーンは従来の宗教のように超越者に求めたくありません。

ラッセルが指摘する人間の理性と普遍性のある道徳に求めるべきであると思います。そして教育の重要性です。数ある先人の中で共感を得、「人生観」の参考にしたいと考えた人物の一人がラッセルです。ラッセルが述べる、理性的に生きるためには「事実から導き出される真実のみを考慮しなさい」との考えをここから検証したいと思います。

歴史の常ですが新事実が生まれれば過去の知識は崩壊し差し替えられるべきです。そして人々はその真実を共有するように努めるべきです。ダーウィンの「進化論」、マックス・プランクの「量子論」、アインシュタインの「相対性理論」などが解明してきた事実を積みかさねた結果、二十一世紀に入り多くの見直しを余儀なくされています。

それでも解明できない謎に「人間はどこから来て、どこに行くのだろうか」、「人間は何をなすべきか」があります。人間が一日でも長く生き残るためには、宗教と科学の対決など呑気なことを言っていられません。究極的には宗教はなくすべきと考えていますが当面はそれらと共存・共生を模索する以外に道は無いのです。

共存する道は社会的原理としての倫理の追求と人間が守るべき規律、道徳などを通じて人間が一体となりうる価値観の構築です。立ちはだかるのが一神教の神です。一神教の絶対性、排他性、非寛容性が問題です。

ジーンは神を信じていません。来世も信じていません。科学の未発達の状況下で、如何に優秀な天才であっても直面する「不思議な問題」や「何故だろう」との問いかけに対して「神」を介在させ、解決の手がかりを得ようとした哲学者・宗教者を信頼するわけにはいきません。

従って「神」・「超越者」の概念から抜け切れていないアリストテレス、プラトン、デカルト、カント等の主張を採用できません。ダーウィン、アインシュタイン、マックス・プランク以前の哲学者・宗教にも頼りたくありません。ニーチェ以後の教えを参考にしたいと考えます。予期せず、この世に生まれ必然性の無い人生において主体的に生きる方向性を自ら決断すべきです。

そのために信頼できる天才の力を借りることをジーンは決心しました。宗教界からは釈迦と空海に登場願いました。科学界からはアインシュタイン、リチャード・ドーキンス、哲学界からはラッセル、サルトル、ハイデガーに協力をお願いすることにしました。これから残りの三人に会いに行くことにします。まずラッセルです。

バートランド・ラッセル（一八七二－一九七〇）はイギリスの哲学者、論理学者、数学者です。一九五〇年には、「人道的思想や思想の自由を尊重する、彼の多様で顕著な著作群を表彰して」という理由でノーベル文学賞を受賞しています。核廃絶の思いからアインシュタインと「ラッセル＝アインシュタイン宣言」を発表しました。

ベトナム戦争もサルトルと批判しました。「両親の愛に勝る偉大な愛を知らない」、「幸福になる一番簡単な方法は他人の幸せを願うことです」の言葉が有名です。教育に力を注ぎます。特に幼児期の教育の重要性を説きました。神の不可知論を提唱する点で無神論者の一人です。宗教を信じる根拠を死や神秘的なものへの恐怖にあるとしました。

貴族階級出身のお坊ちゃんタイプで、世間知らずとも言われていました。人生で四度の結婚をしました。最後は八十歳の時でした。自由な発想の持ち主で富も名誉も求めない浮世離れした人物と言われています。

多彩な才能を発揮しましたが専門家からの評価はまちまちです。彼はイギリス紳士の風貌を持つ痩身で高い鼻が印象に残る人物です。ジーンはロンドンに行きました。

「ラッセルさん、お兄さんの影響で数学に興味を持ち、ケンブリッジ大学に入学したと理解していますが、哲学者への道を進みだしたきっかけは何ですか？」

「私は最初の結婚後、ドイツに渡りマルクス主義に出合い傾倒しました。ですが共産主義はキリスト教と同じで迫害を正当化するために用いられる宗教であると考えました。そのため再び数学の世界に戻り、数学によって哲学を研究する試みを始めました」

「数学と哲学との繋がりがよく分かりません。接点は何処にあるのですか」

「私は、戦争批判、政府批判のため獄中生活をおくりました。その時に数理哲学序説などの構想を持ちました。そこで数学の基礎を哲学的、論理的に考察するヒントを得ました。推論の構造、過程に記号論理学の手法を用いて問題を解決するスタイルです。それはのちに私の中心思想となる、『中立一元論』です。従来の主流は精神と物質を二つに分ける『物心二元論』の考えでした。世界とは精神とも物質ともつかない中立的存在であり、それはあくまで構成材料に過ぎないというのが私の主張です」

「う〜ん、ちょっと難解ですね。少し違う言葉で教えてください」

「世界は出来事からなっていると考えます。全ての物質は単独では存在せず他と連結し合っています。そして絶えず変化しているものと考えます。出来事は全て過程の部分であり断続的で時間的に隣接しています。同様に精神も出来事から構成されると考えました。精神と物質ともに実体ではなく出来事の側面と考えます。これが中立一元論です」

「ラッセルさん、これは釈迦の諸行無常、すなわち『この世の一切の諸行は他の現象との相互関係の上に成り立つ縁であり一定の状態に留まることはない無常である』の言葉に繋がります。釈迦の言葉と近いと考えていいですか」

「そのように理解して結構です。私は釈迦を評価しています。もしニーチェと釈迦が対話すればニーチェの方が論理的に正しいと判定されるでしょうが、私は自分の生命を賭けて釈迦を支持します。釈迦とニーチェの時代は情報量が異なります。それにもかかわらず両者の達した思想には敬意を表します。納得性のある言葉です」

「仏教国である日本に育った私としては、うれしいお言葉ですね。次に科学と哲学との繋がりについて教えてください」

「科学は目的の実現に手段を示すことが出来ますが目的の正しさを証明できません。目的の正しさを決めるのは人間の主体的な価値判断だと考えています。そこで哲学に繋がります。世界を理解するために必要なのは科学です。正しい判断を下すためには科学をよく知らなければなりません。科学認識の確実さや妥当性を問うのが哲学です」

「ラッセルさんは幸福・愛についても考察されています。教えて頂けますか」

「幸福の秘訣は興味を出来るだけ広くすることです。興味をそそる人や物に対する反応を出来るだけ敵対的でなく友好的にすることです。己の関心を外に向け活動的に生きることです。自我から脱皮して客観的に生きることとです。幸福な人間とは自己に固執せず自由な愛情と広い興味を持つ人間です。それが哲学にも通じます。愛についてですが人間は孤独に耐えられず、他人との協力がなければ生きていけません。特に文明人は愛の媒介なしに本能を満足させられません。目的の正しさも見失います。人間同士の深い親愛感や強い連帯感を理解出来ない人間は人生で最も大切な物の一つである愛をも見失います。愛を恐れることは人生を恐れることです。人生を恐れるものは既にほとんど死んだも同然だと考えています」

ラッセルは実に多彩な才能を持ち実践した人物です。教育についても深い洞察があると聞いていました。

「私は教育問題について多くの問題を感じています。教育に対する考えを教えてください。自らの教育論を実践するために学校まで作られたと聞いていますが」

「私は、現代の科学的政治支配においては、『メディア』と『教育』は最重要課題であると考えています。支配層が、その分野を管理することで大衆心理を簡単に操作できます。特に教育による洗脳効果が重要な役割を果たすと思います」

ラッセルの言葉に力が入ってきました。よほど教育の重要性を痛感しているのでしょう。更に教育について考えを述べてきました。

「教育現場では幼児期の教育が特に重要です。階級意識と競争意識が大きな壁になっていると考え学校を作りました。しかし理想と現実のギャップには悩まされました。ですが競争をあおる現在の教育システムではなく、協力を重要視する教育システムへの転換が必要であると今でも考えています」

ラッセルは反社会的、反体制的な思想の持ち主と見られたようです。特にキリスト教関係者から宗教や道徳を破壊する人物であると認定され教育界から排斥されました。そのために以前から関心をもっていた平和運動、特に核兵器廃絶に没頭するようになります。一九五五年に「ラッセル＝アインシュタイン宣言」を発信します。

核廃絶の機関として世界政府の設立を提唱しました。彼の平和理論において平和を妨げる三つの事柄があります。それは国民と国民、人種と人種、民族と民族の間に生まれる偏見の元となる「狂信」、「ナショナリズム」「誤った教育」であると語っています。

「もう一度、ラッセルさんの哲学について、教えてください」

「哲学とは知識の獲得を第一の目標とするものです。一連の科学を統一し体系化する知識を求め、我々の確信、偏見、信念の根拠を批判することで得る知識を目指すものです。知識と確定した成果が得られると哲学ではなく個別の分野となります。明確に答えられる問題の居場所は他にあり未解決の問題だけが哲学に属すると考えています。哲学は知識を批判することから始まります。批判は知覚経験や常識的知識そして物理学などの経験科学や数学などの総体を受け入れることから出発します。そこに含まれる知識間の矛盾、ギャップ、つまり思い上がり、曖昧さを取り除く作業です。そうして分析された知識を統合して体系化された世界観を作る営みが哲学なのです。誰もが満たされて貧困や病気が少なくなったとしても、良い社会にするために哲学がなすべきことは沢山残っています。哲学は問いに明確な解答を得るために学ぶのではありません。問いそのものを目的とします。問いは『何がありうるか』に関する考えを広げ、想像力を豊かにし多面的な考察から心を閉ざす独断的な考えを減らすからです」

「う～ん、難しい定義ですが、少し違う言葉でお願いします」

「定義は哲学者の数だけあります。一言では無理です。私の哲学はラッセルの哲学です。確信のない事柄が哲学です。真の姿を捉えようと観想することで宇宙の偉大さを通じて心も偉大になり心にとって最もよい宇宙と一つに哲学はしてくれます。伝統的に哲学の問題とされてきた中には認識能力を超え、知性の手には負えないものがあります。典型的な分野は神学です。哲学は一気呵成に完成出来るものではなく持続的な活動です。哲学は神学との関係から悪しき影響を受けています。神学上の教義は確定しており絶対で改善の余地なきものとみなされています。つまり偏見に満ちた確信を人間に盲目的に信じることを強要するのが神学であり宗教です。人間の知的能力が全く異なるレベルに到達しない限り解決できない問題は存在します。人間は誤るものです。危険性が残るのは仕方ありません。哲学が正当性を主張できるのは誤りの危険性を減少させ無視出来るまで小さく出来ると考えられているからです」

「ラッセルさんは、『人間の不死性』の伝統的な考えについて問題を提起されています。詳しく教えてください」

「啓示宗教、超越者の教えに基づく宗教によって不死性を信じる人がいます。以前であれば魂は実体であり実体は破壊不可能との哲学的根拠で不死性を信じていました。この問題は哲学の丸ごと外にあるものです。科学か啓示宗教の分野です」

「う〜ん、難しいですね。もう一度違う観点から教えてください」

「魂と肉体の区別はないと考えるべきです。科学では魂や心は精神性を失い物質は堅牢さを失いました。不死性は科学的な裏付けを全く得られません。科学に基づく哲学が提示する世界は過去に事実とされていた物質の世界に比べると様々な点で不可知ではなくなっています。科学で伝統的な形而上学的概念の見直しがなされているからです。物理的世界は因果法則によって厳密に決定されていません。自分を強大な力に縛られた卑小な存在と見る必要はありません。世界と関わるとき必要となるのは知識です。人間だけが環境を支配するのに必要な知識を持てることを示しました。将来の危険は自然からではなく人間自身から来るものと考えるべきです」

「ラッセルさんの目指す哲学はどのようなものですか」

「論理を重視します。想像力の解放です。仮説で常識や科学を統一して新たな世界像を築くことが哲学の仕事です。哲学とは科学を裁くのではなく科学に傅くのでもなく共に世界を探求する極めて創造力に満ちた試みです。私の目標は最新の科学的根拠を踏まえ心と物の二元論を超えた統一的世界像を作ることです。それが中立一元論です。簡単に言えば、哲学は信念から余計な混ざりものを削ぎ落とす作業と言えます。そして信念は衝突せず信念に基づかない知識も成立しません。また信念を拒否すれば後には何も残らないと考えます」

「先ほどもお聞きしましたが哲学と科学との関係を大変重視されているように感じます。違う視点からのお話を私にもわかるように教えてほしいのですが」

「哲学と科学が本質的に異なる活動であると見なしません。両者は本能的信念と証拠から出発すべきものです。それらを発展させ世界観へと仕立てあげなければならないと考えています。違いは哲学が証拠よりも批判に携わるということです。本能的信念と科学的仮説の批判的分析として哲学を捉えています。哲学的知識と科学的知識は本質的には異ならないものです。哲学によって得られる成果は科学が辿り着く成果と違わないと考えます」

ラッセルの手法は認識論です。それは「何を知っている」と言えるか、「何を信じる」ことが合理的であるかを探求するものです。そして「存在しているのはどのようなものか」が最も根本的な認識になります。そのラッセルの定義から神に関する思考については哲学の分野と見なされなかったのです。

その心情を述べた晩年のビデオがあります。内容は「神について」のインタビューで女性司会者からの質問に答える形で成されています。全文を紹介します。

「なぜ、クリスチャンじゃないの」

「キリスト教的ドグマに何のエビデンスも見当たらないからだよ。神の実在を示す数多くの議論を精査したが、どれも論理的根拠に欠けるものばかりだった」

「多くの人々が信仰を持つことに実践的理由があると思いますか」

「真実でないことを信じるのに実践的な理由はあり得ない。物事は真か偽かであり、真なら信じるべきで、偽なら信じるべきでないということだ。真偽が不明であれば、判断を留保する他ない。私が思うに知的誠実さに対する裏切りはそれが真理であるからでなく、有益だから信じるという態度だよ」

「宗教的規範に従って、生後の判断を下す人々もいると思うのだけど」

「それは全くの誤りで百害あって一利なしだ。彼等だって理性的な道徳観念をもつことが出来るはずだよ、彼らが野蛮な時代の迷信を捨てることが出来さえすれば」

「でも普通のひとは自分自身で倫理を確立するほど強くなくて、外部からの圧力を必要とするのじゃないですか」

「私はそうは思わない、外部から来る何かなど何の価値もない」

「あなたもクリスチャンとして育ったと思うけど、いつ信仰を捨てたのかしら」

「十五歳から十八歳までの間、私はずっとキリスト教のドグマについて考え続けた、そこに何らかの理由があるかどうかと、十八歳までにそれもやめてしまった」

「それはあなたに生きるための力を与えたの」

「それが、益になったか害になったかは判らない。しかし知の追求に携わるようになったのは間違いないね」

「人生の終わりが近づくにつれ、来世の存在を感じたりしません？」

「いやいや、それはナンセンスだよ」

「来世はないと」

「ないよ」

「死を前にして無神論者や不可知論者が信仰の道へ転向するという可能性はないかしら」

「信仰に生きる人々が思うほど、それは頻繁に起きることではない。宗教人たちは不可知論については嘘を言うことが高潔なことだとおもっているからね、それは、そう頻繁に起きることではないよ」

「あなたが死んで気が付いたら、神の前に立っていて、なぜ神を信じなかったのか理由を聞かれたら何と答えますか」

「証拠が十分でなかったからですよ、神様、信ずるに十分な証拠がなかったからですよ、と答えるね」

問答は極めて簡潔で小気味よいものです。ジーンにとっては、この問答でラッセルの考え方に対して更に信頼感が増しました。哲学に対し次のようにも述べています。

「人間に解決できない問題は数多く存在します。その中には『宇宙のあり方は、霊とは、神とは』等の人間の精神生活に深く及ぶものがあります。多くの哲学者が根本的な問題に対し、宗教的信念によって特定の解答が正しいことを立証できると信じています」

「しかし宗教的信念によって哲学的証明をする希望は捨てるべきです。宗教的問いに対する解答を哲学の価値に含めるわけにはいきません。従って哲学は『どんなものが存在するか』の確信の度合いを減らしますが『どんなものが存在しうるか』の知識を増大させます」

ラッセルは次のような言葉も残している。

「知的な意味で著名な人々の圧倒的多数はキリスト教を信じていないが大衆に対してその事を隠している。何故なら彼らは自らの収入が減ることを怖れているからだ」

「幸福になる一番簡単な方法は、他人の幸せを願うことだ」

「幸福な生活とは、静かな生活であることにかかっている。なぜならその静かな雰囲気のなかでだけ真の喜びは生き続けられるからだ」

「金銭を崇拝する人間は、自分の努力を通してあるいは自分の活動の中に幸福を得ようとする望みを捨てた人間である」

「次に起こる戦争は勝利に終わるのではなく相互の全滅に終わる」

「大衆心理の操作に教育の洗脳効果が重要な役割を果たした。人格は六歳までに形成される。大事なのは子供の本能を正しく訓練して調和のとれた性格を作り出すことである」

教育に警告を発しています。特に幼児期教育を重要視しています。人格形成は幼年期教育、家庭教育が大事であることを主張しています。更に自然界で起きる出来事は、何らかの秩序、同条件で同じ現象が繰り返す「自然の斉一性」について述べています。

「斉一性は幼児期に体験する生活の規律や秩序から生まれます。日課のない生活、食事も就寝も定まっていない生活や社会では自然の秩序や法則性の信念は育ちません」

ラッセルの哲学の根底には、ラッセルの「人生最後の質問、子孫に残したい二つの言葉」と題してのインタビューに集約されていると考えます。参考までに引用します。

「私たちの子孫に語り残しておくことは何ですか」

「二つあります。理性的な事と道徳的な事です。理性的な事は何かを研究したり哲学的な考察をする時、ただ事実が何であるか、事実から導き出される真実がなんであるかのみを考慮しなさい。決して自分がそうあって欲しいと望むものや社会的効果の如何によって目をそらされてはいけません。事実が何であるかだけを徹底して観察しなさい」

「道徳的な事は単純です。『愛は賢明、憎しみは愚か』の相互の繋がりがますます緊密になっています。私たちは、お互いに寛容であることを学ばなければなりません。誰かが気に入らないことを言う場合にも耐えることを学ぶ必要があります。もし私たちが共に生きることを望むのならば『慈悲と寛容の精神』を身に付けなければなりません。これは人類がこの惑星で存在し続けるために極めて重要なことです」

ラッセルは九十七歳まで生きました。映像からの想像ですが恐らく九十歳を過ぎてからのインタビューと思われます。従ってラッセルの集大成のような考えだと判断します。ラッセルとの会話を終え満足感と共に、ジーンは皆さんへの伝言を仕上げる方向性が見えてきたような気がしました。

アインシュタインとドーキンス

科学界からの意見も聞きます。代表としてアインシュタインとドーキンスから彼らの信じることを教えてもらうことにします。アルベルト・アインシュタイン（一八七九－一九五五）は、相対性理論の創始者で二十世紀最大の物理学者と言われています。ドイツでユダヤ人の長男として生まれました。

一九〇五年には特殊相対性理論で光速度不変の原理を発表しました。一九一五年には一般相対性理論を発表し「時空の物質性」「時空の歪み」を示しました。一九二一年にノーベル物理学賞を受けます。受賞事由は「光量子仮説に基づく光電効果の理論的解明」です。一般相対性理論は物理学会だけでなく哲学、宗教界等にとっても大きな意義を持つものです。

ジーンには物理学は難しいために触れずに、哲学及び宗教との観点から話を進めたいと思います。アインシュタインはスイスのベルンにいました。ユダヤ系ドイツ人にしてはそれほど大柄ではありません。口髭を蓄え髪はカールがかかっています。目が垂れ目で愛嬌があります。見るからに好奇心の旺盛なやんちゃ坊主の雰囲気を持つ人物です。

「アインシュタインさん、後世に大きな影響を与えた理論を発表していますが、きっかけとなった出来事でもあったのですか」

「ある晴れた日に大学の裏の丘で寝転んでいる時にね、居眠りをし夢を見たんですよ。自分が光の速さで光を追いかける夢を見たの。直ぐに思考実験を繰り返すことになったんですよ。それが相対性理論を生み出すきっかけになったね」

「後世の人が、アインシュタインさんが宗教を述べた言葉について色々な議論をしています。例えば『宗教なき科学は不完全であり、科学なき宗教は盲目である』との所見です。この言葉からあなたが宗教の側に立つと主張したがる聖職者がいます。しかし、一方で『私は人格神を信じておらず、その事実を決して否定したこともないし明確にそう表明してきた。もし宗教と呼べるものがあるとすれば、科学が解明出来る限りにおいての世界の構造に対する限りない賛美である』とも述べています。私たちはどのように受け取れば良いのですか」

「私の言葉は伝統的な宗教ではなく物理学に基づく宇宙観から生まれた思想についてですよ。宇宙を単純であると考え統一理論を求めました。宇宙の秩序を単純で美しいと思ってしまうと世俗的苦悩から解放され、自ずから宇宙の法則にのっとった生き方を選ぶようになると思います。確かに単純という言葉には異論もありましたよ。複雑系の科学が必要であり統一理論を構築するのも難しいとも言われました。でも科学が明らかにした事実でより解放された生き方が出来るし宗教からは学べないと確信を持っていましたね」

「まだ、よく理解できません。少し簡単にお願いします」

「分かりました。まず組織化された宗教に反対する。宗教と科学は調和する。真の宗教人とは盲目的な信仰を持たず自分の良心だけを信じる人のことを言う。人間の運命や行動に関わる人格神は信じない。宗教は子供じみた迷信に過ぎない。私にとって神は人間の弱さの産物という以上の何ものをも意味しないということです」

極めて明確な回答を得ました。アインシュタインにとっての「神」あるいは「宗教」とは、壮大な宇宙、謎多き世界に抱く畏敬の念であろうとジーンは自己判断をしました。更に宗教について次のように述べてくれました。

「私はすこぶる宗教的な不信心者です。これは多少とも新しい種類の宗教です。自然のなかに見ているものは一つの壮大な構造であり、極めて不完全にしか理解できず、物を考える人間を謙遜の感情で満たすに違いないものです。これは神秘主義とは関係のない真の意味での宗教的感情というものです。私は人格神を想像しようとは思いません。世界の構造が私たちの不完全な五感で察知することを許してくれる範囲で、その前に立ち畏怖の念に打たれるだけ十分です。体験することの背後に私たちが捉えることの出来ないものがあります。その美しさや壮厳さは間接的にしか我々に到達しえないものです。これが宗教性です。この意味で私は宗教的であるといえます」

アインシュタインの死後、多くの宗教者達は彼を仲間としました。その為にローマ・カトリックの司教は『旧約聖書』とその教えを守る人種の出身である一人の男が、その人種の偉大な伝統を否定するのは悲しい」と発言しました。

ニューヨークのラビは「アインシュタインは疑問の余地なく偉大な科学者であるが、彼の宗教観はユダヤ教に真っ向から反するものである」として批判をしました。逆に、アインシュタインは宗教者たちを驚かせる次の発言もしています。

「科学に欠けているものを埋め合わせてくれるものがあるとすれば仏教である。仏教はとても知性的な宗教である。若手の物理学者に盛んに仏典が読まれている。諸行無常、諸法無我が科学と矛盾しないばかりか科学の目指す真理を先取りしている感がある」

一般的には宗教の範疇に入る仏教ですが超自然的な存在を語る宗教とは異なり、アインシュタイン的宗教、つまり尊崇の念を抱かせるものと言っています。この日の収穫は大きいものでした。宗教者でも哲学者でもない科学者からこれからの「人生とは何か」を決めるに当たってのとてつもない指針を得ることが出来たように感じました。

次も科学者の意見です。生物学者です。一神教世界において一番強力な無神論者と言われている学者です。『神は妄想である』の著者のリチャード・ドーキンスです。まず、キリスト教信者がドーキンスに質問した会話を紹介します。

「ドーキンス教授、キリストによって生きる理由と法を与えられた人々、生を受け神と共に歩んだ人々、聖なる魂を受け取り使徒と同じ道を進む人々に、あなたはどのような言葉を掛けるのですか、私は自分の生が妄想でなかったことを確信しているのですから」

「あなたがインドに生まれたならクリシュナ神やシバ神に対して同じことを言ったでしょう。アフガンで生まれたらアラーに、ノルウェーでヴァイキングとして生まれていたらオーディンに、古代ギリシャに生まれたならゼウスとアポロンについて同じことを言ったでしょう。ヒトの心は、とても幻影に影響されやすいのです」

「私は自分の人生を幻影の上に築くことは出来ません。キリストという岩の上にこそ、人生はあるのです。だからあなたに答えてほしいのです」

「あなたの信仰は間違いなく誠実なものです。しかし私はあなたの信仰を共有することが出来ません。私は、あなたが幻想状態にあると思います。それ以外に言葉はありません。しかし同時に、あなたの信仰の誠実さを疑うことは出来ません」

会話には、ラッセルと同じ考えが見出されます。「自然の斉一性についての信念は、幼児期に体験する生活の規律や秩序から生まれる」との言葉です。如何に幼児期の家庭環境、教育が大事かを物語っています。

ラッセルもドーキンスも幼児期に宗教的な家庭、教育を体験しています。その後、自らの努力と体験で信念を変えました。彼らだから出来たのかもしれません。一般的には幼児教育と環境に影響されます。真実を知ることと教育機会の大切さを痛感します。

ドーキンスは幼少時代は英国国教会の信徒として育てられました。九歳頃から「神の存在は嘘である」と考え始めました。その後、インテリジェント・デザイン説に納得させられ信仰に戻ります。しかし「国教会の習慣は不条理で、神を利用した道徳の押しつけである」と成人後、再び信仰を捨てています。

無神論は進化を理解することの必然的延長であるとします。「宗教と科学は両立し得ない」とも言っています。宗教と科学は両立しないとの主張には、ジーンは少し異論があります。ドーキンスの宗教とは一神教のことを言っているのであろうと判断します。創造神、人格神のことを意味しているとジーンは考えています。

ジーンは、宗教が無くなれば良いと考えます。しかし世界の人々が直面する課題を考えれば今、人間から信仰をとることは困難です。当面はお互いの信仰に対して寛容な精神を持つことが必要だと考えます。この件は後で検討します。

ドーキンスは自然選択説に十分な説得力を感じ超自然的造物主の存在を不要と考えています。著書『神は妄想である』では一神教を徹底的に攻撃しています。極めて小気味よいタッチです。

「ドーキンス教授、ジーンと言います。趣味で哲学を学んでいます。無神論者です。教授の著書の愛読者です。なぜ、それほどまでに神を否定されるのですか。ご自身の身に危険が及びませんか」

「あなたは、米国の作家であるゴア・ヴィダルの言葉を知っていますか。それをまず教えましょう。『文化の中心にあって、口に出すのがはばかられる最大の悪は一神教である。旧約聖書と呼ばれる野蛮な教典から三つの非人道的な宗教が進化してきた。ユダヤ教、キリスト教、イスラム教である。これらの神は全能の父として崇められ二千年にわたって理不尽な悲劇が続いている』との言葉です」

それに続きドーキンスは一神教の批判を話し始めた。

「ユダヤ教の神は、少し汚い言葉で言えば性的偏見、焼け焦げた肉の匂い、他の神々に対する自らの優越、選ばれた砂漠の民の排他的権利にとりつかれた宗教だと言えます。そしてパウロによってユダヤ教ほど無慈悲ではないキリスト教が興されました」

「数世紀後にイスラム教が興りました。その一神教は信仰を広めるために軍事的に相手国を征服するという強力なイデオロギーを付け加えました。キリスト教も対抗するように剣の力で広められました。その後も十字軍、宣教師を引き連れた侵略者や植民地主義者を使い信仰を広めた歴史を持っています」

アブラハムを起源とする一神教を露骨かつ的確に批判しています。ジーンは東洋の宗教について質問をしました。

「東洋の思想・宗教についてはどのように考えているのですか？」

「仏教や儒教のような他の宗教については、いっさい気にしないつもりですよ。実際にはそうしたものは宗教では全くなく、むしろ倫理体系ないしは人生哲学として扱うべきだという見方をしています。人格神を語っていないので問題視しません。ジーンさん、西洋の著名人の宗教観をお伝えしましょう。まず、米大統領のトーマス・ジェファーソンは『非物質的な存在を語るのは何も語っていないことだ。神も天使も魂も存在しないと言っているのと同じだ。存在有無を証明することの出来ないことで頭を悩ませたり苦しんだりしなくとも、私は現実の事柄で満足し、それだけで心がいっぱいなのだ』と言っています。同じく米大統領ジョン・アダムスは『宗教がなければ、この世界は、考えられるあらゆる世界のなかで最善のものであっただろう』、劇作家ジョージ・バーナード・ショーは『信仰者のほうが懐疑論者よりも幸福であるという事実は、酔っ払いのほうが素面の人間よりも幸せだという以上の意味はない』と言っています。あるダーウィン主義者の『宗教は支配層が社会の底辺層を隷属させるための道具である』、心理学者のポール・ブルームの『子供は生まれつきの目的論者で二元論者の傾向にある。多くの人間は成長しても、そこから抜け出すことが出来ない。環境が与えられれば簡単に宗教に走ってしまう』等もありますよ」

と教えてくれました。最後に次のように語りました。

「このような著名人の宗教観を挙げればきりがありませんね、いずれ科学の進歩の中での宗教や虚構は取り払われると思いますよ。多くの宗教は肉体が死んでも人格は生きのびるという客観的には信じがたいが主観的には魅力のある教義を教えています。人間は信念を願望で潤色する普遍的な傾向を持つから都合の良い言葉を信じるのですよ」

「ドーキンスさんは著書の中で道徳の起源についても述べておられます。道徳とダーウィン主義に基づく利己的遺伝子や利他行動に言及されていますが」

「道徳に関連するアインシュタインの言葉をまず紹介しましょう。『私たちは、訳も知らないまま地球に滞在します。時には目的を持っているかのように思えますが、分かっていることが一つだけあります。人間は他の人々のためにいるということです。その人たちの笑みと安寧に、私たちの幸福があるのです』と述べています。この言葉にヒントがあるような気がします。一般に動物は血縁者が同じ遺伝子を共有しているので密接に血縁者の世話をします。そして資源を分かち合い危険を警告し、あるいはその他の利他的行動をとっていることをジーンさんは理解が出来ますよね。先史時代の人類は自分の所属する集団に対しては親切であっても、他の集団に対しては不親切、よそ者扱いをしました。祖先の時代は、近縁者と潜在的に仲間と考えられる者だけに向けるような暮らしをしていました。現在では、そのような制限はもはや存在しませんが経験則はまだ存続しています。これも分かりますよね」

ジーンは少し自分の考えを問い返した。

「ドーキンスさん、ということは伝統的な宗教や社会は血縁関係や同じ価値観を共有する人々の間でのみ道徳的行動をしていたと考えていいということですね」

「ジーンさん、その通りですよ。一神教が生まれた後も、その伝統が弱まるどころか強まっていると考えた方が正解です。道徳的であるために神を必要とするのがたとえ真実であったとしても、神が存在する可能性が高くなるのではなく単に望ましくなるだけのことに過ぎません。ですが結果は逆の方に進んでいます。例えば、カントは非宗教的な源泉から絶対的道徳を導こうと試みました。彼自身は、その時代の人間には、ほとんど避けがたいことですが、宗教的な人間でした。道徳の根拠を神のための義務にではなく義務のための義務に求めようとしたのも間違いです。ノーベル賞を受賞したアメリカの物理学者スティーヴン・ワインバーグの『宗教は人間の尊厳に対する侮辱である。宗教に関係なく善いことをする人はいるし、悪いことをする人もいる。しかし善人が悪事をなすには宗教が必要である』との極端な言葉もありますからね」

「パスカルの『人間は宗教的な確信を持つ時以上に完璧かつ快活に悪をなすことはない』との言葉に『ゾッ』としますね。また原理主義的な宗教は、おびただしい数の無辜の善意で熱意ある若者の心を荒廃させている気がします。分別のある宗教にしても幼いときから『疑うことのない信仰が美徳である』と教え好都合な世界をつくっていますよ」

と幼児教育の危険性を指摘しています。

「原理主義的な宗教を敵視するのは科学的な営みを積極的に堕落させるからです。今日の多くの人々の精神を支配しているイスラム世界とアメリカの神権政治はその危険性をはらんでいると思います。絶対主義は常に強力な宗教上の信念から生じる結果です。宗教が悪を促進する力になりうる危険さえ感じます」

「ドーキンスさん、その意味は穏健で中庸な宗教でさえ過激主義が自然にはびこる風土を作り上げるのに手を貸しているといと思われるからですか」

「そうです、テロリストにその事実が見られます。彼らは自分たちが正義であり宗教が語り掛けることを忠実に受け取ることに衝き動かされています。彼らは宗教的な理想主義者であり理性的なのです。生まれた時から全面的かつ疑いを抱くことのない信仰を持つように育てられた結果なのです。実は一番厄介かもしれませんね。特にイスラム教の若者です。聖戦の誓いはバイト・アル・リドワンと呼ばれ『預言者と殉教者のために天国に設けられた花園』との意味です。彼らは、もうすぐ永遠の世界に行くとの気持ちの中で聖戦に疑問を持たないように洗脳されています。宗教の教えは過激なところはなくても門を開けて過激主義を差し招いています。『死が終わりではなく、殉教者の行く天国は栄光に満ちたものである。疑問を抱かない無条件の信仰こそ美徳である』と子供たちに教えているのが現実です。ジーンさん。有害なのは、子供に信仰そのものを美徳と教えることです。将来のジハードや過去の十字軍のようになる素地をあたえることとなります。子供たちが疑問を抱くことのない信仰という美徳を教えられる代わりに、自らの信念を通じて疑問を考えるように教えられれば自爆者はきっといなくなるだろうと考えています」

ドーキンスは子供の道徳・宗教教育への警鐘を鳴らしています。

「私の両親が子供に何かについて考えるより、むしろどのように考えるかを教えるべきという主義の持ち主であったことに感謝しています。科学的証拠を公正かつ適切に教えられていれば成長してから聖書が文字通りに正しいのかどうか、星の運行が人生を支配しているかどうかを自分で判断すると思います。彼らの特権でもあるのです。小さな子供が特定の宗教に属しているのを耳にしたときに、誰もが顔をしかめるような社会であるべきでしょう。小さな子供は宇宙や生命の起源、道徳について自分の意見を決めるには幼すぎます。彼らが判断できるだけの年齢に達した時に自分で決断させればいいのです」

ドーキンスの宗教批判は徹底したものです。哲学的・科学的・聖書解釈的・社会的、その他あらゆる側面から神を信じるべき根拠をつぶし何処にも逃げ場を与えません。科学と宗教は守備範囲が違うという主張も退けます。

「ドーキンスさん、問題点は理解出来ましたが、信仰心の篤い人々を転向させる難しさも強く感じます。その現状を打破する方策として考えていることはありますか」

「それには無神論者が声をあげることのほかに子供の宗教教育からの解放があると思います。人間は幼い時に親の影響を受けて信仰を持つに至ります。特にイスラム世界では、国家の教育体制の不備を利用した、幼い子供の宗教教育が各地で行われています。そこから果てしなく殉教者が送り出されているのが現実です。公教育はともかく家庭教育まで含めれば、子供を宗教的要素から完全に切り離して育てるのは難しいことです。生後、色々な局面で宗教的な行事に取り囲まれ、日常生活を送っています。現実的には現在の宗教社会が世俗化を進めてくれることが望ましいのですが、二十一世紀初頭の状況はかなり悲観的です。原理主義者に牛耳られたイスラム教、米国のキリスト教では、まだ世俗化の見通しは暗いですね。一方で宗教教育がない日本、世俗教育がなされている一部のヨーロッパなどでは宗教の弊害は減少しています。一番問題の多いイスラム社会が世俗化しない限り軋轢の種は尽きないと思います。だが希望が無いわけではないと思いますよ」

無神論者であるドーキンスの主張は徹底したものでした。特に幼児教育に大きな警鐘を鳴らしています。ジーンにとっては極めて心地が良い説明です。しかし捉え方が違う方もおられると考えますので反対派の意見も紹介します。

ジョン・ポーキングホーンです。理論物理学者でケンブリッジ大学クイーンズカレッジ前総長の経歴を持つ科学者です。今は国教会の司祭として宣教活動を行っておりドーキンスの主張を真っ向から否定しています。彼が神を支持する主張は次のようなものです。

「宗教と科学とも信念を探求しています。両方とも絶対的に正しい知識には到達できません。論と証拠を必要としているからです。両方とも人間が世界を理解しようとする営みです。違いもあります。科学は実験が可能です。聖書に神を試してはならないとあります。科学でも宇宙論と進化論は実験出来ません」

「科学と宗教は、この世界を本当に理解するには必要なのです。科学が現代的意味で真に開花したのは十七世紀の西欧世界においてです。人間の経験の中で神を信ずるほうが世界をより理解しやすくなると感じるのは宗教経験そのものです」

「十九世紀にダーウィンが現れるまでの科学的事実は、神の計画の現れと考えられていました。本来科学的な問いに神学的に答えようとした誤りを犯していました。科学的な問いには科学的に答える方法があることを学びました」

ここまでのジョン・ポーキングホーンの考えに共感できます。しかし次の意見には、これほど偉大な先端的な科学者が何故そのような結論を持つのか到底納得できない主張があります。

「科学がうまくゆく、従って神は存在すると言っているのではありません。神が存在すると仮定したほうが世界をより深く理解することが可能であると考えています。他のいかなる説明も世界が理解可能であることを説明できないのです」

ジーンには、事実を一歩一歩地道に蓄積し、真実に到達することを営みとする科学者としての信念、矜持を捨て去ったかのような発言に聞こえるのは残念なことです。更に、ジョン・ポーキングホーンは続けます。

「この世界が斯くも合理的で、かつ美しく見えるのは神の心を見ているからです。宇宙の歴史は確固とした神の意識が開示されていく単なる過程ではありません。進化する宇宙は神学的には創造主が大幅に自由に変えることが出来るものと解されるべきです」

「世界に存在する苦悩・悪は神の弱点・過誤・無関心によるのではなく神の創造にとって不可欠な要素です。宇宙には発展する余地が残されていることを意味します。私がキリスト教信者であることの一つの理由は、キリスト教が世界の苦悩に対して最も深いレベルで答えているからです」

「我々はこの無情な宇宙にたった一人で生きている孤独な存在ではなく、宇宙は一つの家庭のようなものだと思っています。これは神の意思と絶えることのない愛のお陰です。美を経験することは創造主と喜びを分かち合うことです。科学をするとは神がこの宇宙に与えた合理的秩序を洞察することです」

「道徳的認識は神の完全な意思を直感することです。宗教は隠れている神に出会う経験です。我々は何者なのかという問いには神の被造物と答えるのが正しいと私は信じています。キリスト教に復活という奇跡があります。イエスには特別の治癒力が桁外れに与えられていました。イエスの病人を治す奇跡を理解できます。復活も理解できます」

「奇跡の意味の一貫性を探求することが神学的挑戦なのです。復活は歴史に現れた一つの前兆であり保証です。将来、我々を待っている復活を確かなものにしています。天国は退屈なところではありません。天国の生活は現世の生活より一層明らかに神の豊かさを見ることが出来ます、エキサティングで尽きることない世界です」

一連の発言は偉大な科学者であり、歴史ある教育機関の学長とは思えない内容です。この世に想像を絶する不可知な問題や解明が不可能な現実が存在する証しです。ポーキングホーンはその闘いに負け、神という幻想に考えを預け納得させたのであろうとジーンは考えています。

科学での探求を諦め神学に解答を求めてしまったのです。残念なことです。真相は闇の中であろうとも究明の努力を止めてはいけません。研究成果を一歩一歩進め積み重ねることが科学の役割です。次世代の人に解明できた真相を伝達することが肝要です。それしか人類の進む道はありません。

「ドーキンスさん、最後に進化生物学者の立場から世界について語ってください」

「はい、分かりました。見境のない物理的な力と遺伝子の複製しかない世界では、傷つく人もいれば幸運に恵まれる人もいます。そこには理由も何もなく正義などというものはありません。観察する世界の特徴は、いかなる設計も目的もなく善も悪もなくて、ただ見境のない非情な無関心しかない世界そのものなのです。生命を理解する鍵は、自分たちの実在の祖先であって超自然的な神々ではありません。遺伝子はただ伝えられるだけで、使うことで改善されるものでもありません。偶然のエラーを別とすれば全く変わらず、成功が優れた遺伝子を作ることもありません。父と母の遺伝子は交わることなくそれぞれ独立に組み立てられます。特定の遺伝子は、いずれかから伝わった遺伝子であり交わることはありません。全ての動物、植物、細菌などの遺伝子暗号は実際、文字通り同一です。分子的な観点から全ての動物は唯一の祖先から出た子孫で互いにかなり近い親戚であり、植物とさえも親戚ですが遺伝暗号は四個の記号を持つ四進法暗号だけです」

ドーキンスの見解は非常に明確で「ストン」と理解できたと同時に何か安心感を得ました。これはYAP遺伝子であるジーンのことを、そのまま語ってくれるものです。

宗教と道徳

自然の恵みの範囲内の生活、江戸時代の自給自足を全世界で実現できれば何十億年と生存できるかもしれません。現実的には人間の欲望による自然の破壊や人災で人類はいつ絶滅するかわかりません。右肩上がりを持続させ豊かさを求める限りは数百年単位でも、人間の存続を維持するのは困難と言わざるを得ません。

一説には環境悪化、資源の浪費は過去の千倍の速さで進んでいると言われています。今後の百年は過去の十万年に相当します。「動物種」の出現から絶滅までの平均期間は約三十万年との説もあります。現生人類は出現以来二十万年が経過しています。存続残存年数はあと十万年です。これからの百年に相当します。

人間が生存し続けるには事実を正しく理解し、傲慢に振る舞ってきた歩みを反省し、正しい道徳観・倫理観を共有することが必要です。日本は大きな悲劇を経験していますが克服し安定した社会を構築できています。特定の文明・文化・国策に染まっていません。寛容性もあり釈迦が言う「中道」を多少守れているように感じます。

「掃除をすると、心がきれいになる」
「トイレの掃除をすると、べっぴんさんになる」
「身の回りを綺麗にする人は、犯罪を起こさない」
昔の人が教えてくれました。これは平和や治安の安定とも無関係ではないと思われます。人間が持つべき道徳観に繋がると思います。

エミュール・デュルケームは、十九～二十世紀に生きたフランス系ユダヤ人の社会学者です。父親と祖父はラビ（ユダヤ教指導者）で宗教的環境に育ちました。道徳教育の根拠を神から社会に置き換える必要性を主張し道徳教育論を発表しました。

「デュルケームさん、道徳教育とは若い世代を組織的に社会化することと言われています。詳しく教えてください」

「分かりました。道徳教育は命令ではなく禁止の体系も兼ねるものです。個人が制定に関与するものではなく社会から与えられるものです。子供の心理特性は習慣に固執し暗示にかかりやすいものです。習慣を暗示によって獲得したならば固執します。そのため生活習慣の形成には学童期が最適です。子供が経験する最初の家族という個人的な集団と地域や国家、国際社会という大きな集団との間には落差があります。従って橋渡しとなる学校教育が必要となります。それも低学年からの教育が必要です。この意味で道徳教育は現代社会と関わりながら個人として如何に生きるべきかとの『公共性』の形成が重要です」

デュルケームは宗教に頼らない世俗教育の中で幼児期からの「道徳教育」と「社会との関わり」の必要性を強調しています。ジーンには全く異論のないことです。

日本では、第二次世界大戦で教育方針が大きく変わります。戦前、日本国の主は天皇で神とも教えられました。道徳として教育勅語があり修身教育として教えました。敗戦後、ＧＨＱの指示で廃止されます。文部省では道徳の必要性を主張し復活を考えましたが日教組の反対で実現していません。

小学校の授業の中に道徳教育の時間を設けていますが何も教えられていないのが実情です。学校生活全体が道徳教育であるとの考えからです。この考えには異論がありません。ジーンはその考えが成り立つための前提条件が不足していると考えます。それは目に見える形での言葉です。

道徳教育にも具体的な行動指針が必要です。誰にでも理解でき共有できる言葉が必要です。ジーンは教育勅語に魅力を感じます。幼児期教育に相応しいと考えています。直ぐに効果が出なくても根気よく行うことが大事です。「しつけ」とは「しつづける」ことです。教育勅語に述べられている十二の徳目を参考までに伝言します。

① 父母ニ孝ニ……(親に孝行を尽くしましょう)
② 兄弟ニ友ニ……(兄弟・姉妹は仲良くしましょう)
③ 夫婦相和シ……(夫婦は互いに分を守り仲睦まじくしましょう)
④ 朋友相信シ……(友達はお互いに信じあいましょう)
⑤ 恭儉己レヲ持シ……(自分の言動を慎みましょう)
⑥ 博愛衆ニ及ホシ……(全ての人に慈愛の手を差し伸べましょう)
⑦ 学ヲ修メ業ヲ習ヒ……(勉学に励み職業を身に付けましょう)
⑧ 以テ智能ヲ啓発シ……(知識を養い才能を伸ばしましょう)
⑨ 徳器ヲ成就シ……(人格の向上に努めましょう)
⑩ 進テ公益ヲ廣メ世務ヲ開キ……(社会に有益な仕事をしましょう)
⑪ 常ニ国憲ヲ重シ国法ニ遵ヒ……(規則を守り秩序に従いましょう)
⑫ 一旦緩急アレハ義勇公ニ奉シ以テ天壌無窮ノ皇運ヲ扶翼スヘシ……(国に危機があれば自発的に国に力を尽くし皇国を支えましょう)

明治政府は、新憲法の制定過程で西洋の制度を参考にしました。西洋における道徳教育は宗教の役割でした。それを取り入れると特定の宗教を教えることになります。そのために宗教色を排した教育勅語が明治二十三年に制定されたのです。

日本は第二次世界大戦で大きな過ちを犯しましたが、教育勅語を戦争要因の一部とする考えは決して支持しません。現在にも適合した立派な内容です。十二番目の徳目は愛国心を煽る内容ですのでジーンは不要と考えます。他の徳目は普遍性があり世界中でも使えます。平易に述べると次のように立派なものになります。

① 父母に孝行を尽くしましょう
② 兄弟は仲良くしましょう
③ 夫婦はお互いに分を守り仲睦まじくしましょう
④ 友人は互いに信じあいましょう
⑤ 自分の言動を慎みましょう
⑥ 広く全ての人に慈愛の手を差し伸べましょう
⑦ 勉学に励み職業を身に付けましょう
⑧ 知識を養い才能を伸ばしましょう
⑨ 人格の向上に努めましょう
⑩ 広く世の人々や社会の為になる仕事に励みましょう
⑪ 法律や規則を守り社会の秩序に従いましょう

十一番目の徳目には具体的内容がありません。道徳としてはマイルドな表現になっているからです。「すべきこと」を教えようとしているからです。本来、道徳は「してはいけないこと」を主体に教えるべきです。「すべきこと」は補助的なものです。従って教育勅語は過激にはほど遠い極めて常識的な教えです。

合体も可能です。例えば、①~③の徳目を「家庭内での融和」、④~⑥は「社会・集団内での融和」、⑦~⑨は「個人の人格の向上」、⑩~⑪は「個人の社会に対する責任」と四つの徳目に集約可能と考えます。そして十一番目は「してはいけないこと」を述べる部分です。法律に抵触すれば社会から罰せられる徳目で大きく次の三項目です。

① 「人を殺してはいけない」
② 「嘘をついてはいけない」
③ 「盗みをしていけない」

いずれも三大宗教の始祖が述べている戒律です。幼児期からの「すべきこと」の道徳の徹底で自然と「してはならないこと」の理解に繋がると考えます。家庭も含めた身近な環境の中で、根気よく平易な言葉で身に付けさせることが大事です。誰にでも納得のゆく平易な言葉にすることが大切です。幼児教育の線上には、当然ながら「してはならないこと」の教育も視野に入れなければなりません。「してはならないこと」は現在でも、世界各地で繰り返されている愚行です。人間は進化していないのです。動植物の頂点に立つ人間が根本的な規則を実践できていないのが現状の人間社会です。

動物は自然に自利利他の心のバランスがとれていますが、人間は強い欲望のために間違いを起こしてしまうのです。欲望を抑え社会混乱を起こさないようにするのが道徳教育の目的です。中でも「人を殺してはいけない」は最も重要なことです。「嘘をつく」「物を盗む」はその後の反省があれば取り戻すことが出来る項目です。

「人を殺す」ということは、決して取り戻せない大事な存在を強制的に永遠に失うことになります。全ての生物の中で同類殺しを繰り返しているのは人間だけなのです。子供は「親は人を殺してはいけないと言うけど牛や豚を殺して平気で食べているじゃない、僕なんか焼肉大好きだよ」と言います。それに対する答えでも容易ではありません。

人間を作る原子の組み合わせは全世界の誰一人として同じものはありません。過去も未来も唯一のものです。一瞬先は未知の世界です、誰にも分かりません。ですが生きることは個人個人が持つ最大の権利です。突然、その権利を奪うことは誰にも出来ません。

人間が生きるために他の動植物の命を頂くのは無駄な殺生をしない限り許されます。自然界の循環です。ライオンが野牛を食べます。食べた後に排泄物を出します。排泄物は植物の栄養になり植物を育てます。野牛は育った草を食べ大きくなります。生物界では自然の循環があり相互に助け合っています。『ファーブル昆虫記』の「糞コロガシ」・「ツチバチ」・「サソリ」もその循環の中で生きています。糞コロガシは、牛や羊の「糞《ふん》」に群がり球状の糞の塊を作り後ろ足で安全なところに運び食べます。特別な腸を持ち栄養分を吸収し排泄物を出します。それが植物の栄養になり牛や羊が食べます。見事な無駄のない循環です。

ツチバチは、昆虫のハナムグリの神経を針で刺し麻酔し、卵を決まった場所に産みつけます。幼虫はハナムグリを生かしたまま成長するそうです。残酷ですが卵を産む場所も食べる順番も決して間違わない共生です。奇跡の行動・本能です。死の恐怖を持たない動物では共存、自然の循環の許容範囲です。

サソリは猛毒を持ちます。攻撃するのはエサとなる生き物だけです。無用な争いはしません。ファーブルが観察した動物の生き方を人間も真似るべきです。それで大自然は保たれ、美しい自然が破壊されることなく子孫に残すことができるのです。

人間以外の動植物には「死」を認識できません。脳が発達していないからです。死後の不安も持ちません。人間は大きな脳を持ち「死」を認識します。「死後」の恐怖まで持ちます。人を苦しめる行為をしたり強制的に命を奪ったりしてはいけないのです。人を殺せば周りの人、親も悲しみのどん底に陥れます。

人間は必ず死を迎えますが強制的に行うことは決して許されません。幸せとは、平凡・普通の生き方の中にあると思います。普通とは「親死に、子死に、孫死に」です。順番が守られていれば納得する時が来ます。時が解決してくれます。

子供が重い病気になり手を尽くしたが助けられなかった場合や、不慮の事故で突然の死に遭遇した親の悲しみは大きく長く続きます。予期せず他人に命を奪われた場合や死の順番が守られない時の親の苦しみは計りしれません。時も解決してくれません。忘れられないものとなります。そのような死は絶対避けなければなりません。

世界中で戦争が起こっています。戦場に行く兵士は若者です。親がいる人、兄弟がいる人、子供がいる人もいます。戦場では死の順番が守られない不幸な出来事が起こっています。戦争では不幸な人々も大勢出ます。直ぐに止めなければならない愚行です。

道徳の根源は「利他の心」です。孟子が「道徳の根源に思いやりの心がある」と述べています。それには次の五つのことが重要と言っています。一見関連がない行動に見えますが、しつづけることで思いやりの心が出来るそうです。わがままを抑えることです。

① ハイと返事をする
② おはようございますと言う
③ 脱いだ靴のかかとをそろえる
④ 姿勢を正す
⑤ 朝寝坊しない

人生の最初の社会集団である小学校の教育は非常に大事です。子供たちの脳は乾いたスポンジのように色々な知識を吸収し、柔軟性に富み教育が効率的に機能する年代です。塾通いより大事なのは道徳教育です。このままでは日本の素晴らしい国民性が失われます。一日も早く道徳教育を復活させる必要があります。

直ぐに効果が出なくても根気よく「しつづける」ことが大事です。同時に家庭教育の大切さを訴える社会啓蒙が必要です。両輪の共同作業が必要です。日本は世界に稀にみる平和国家です。この事も十分に認識できていない若い世代が見られます。不満ばかり主張する若い世代は要りません。

知識習得の学校教育は充実しています。異なる価値観を受容する民族性も持っています。この日本だからこそ、普遍性のある道徳教育が可能です。立派な人の「道徳」に関する言葉を少し紹介します。

「ガンジーには、『最高の道徳とは他人への奉仕、人類への愛のために働くことである』・『内なる精神が変わらない限り、外界の事象を変えることはできない』・『善きことはカタツムリの速度で動く』との言葉があります」

「マザーテレサには、『人は不合理、非論理、利己的です。気にすることなく、人を愛しなさい』・『正直さと誠実さとが、あなたを傷つけるでしょう、気にすることなく正直で誠実であり続けなさい』・『善い行いをしても次の日には忘れられるでしょう、気にすることなく続けなさい』・『人間が人間を見捨てているよね。親が子を、子が親を、兄が弟を、隣人が隣人を』との言葉があります」

「梅原猛には『江戸時代、武士には、惻隠の情を道徳の根源と教え、庶民には、自分が利益し他人も利する自利利他の精神を学ばせた』・『人間の欲望は複雑である。同類を殺すという遺伝子を持ち、戦争ばかりしている。従って道徳が必要である』・『親の子に対する愛情は利他の心で報いを求めないもの』・『親の愛を受けた人間は、その愛を子供、孫、子孫に残し社会全体にも返す』との主張があります」

トルストイの『人生論』に含蓄のある言葉があります。

「理性的活動とは、重要さの順に応じて色々の配慮を自覚することである。理性的な意識は個人的な幸福の不可能さを示して別の幸福を指示することにある。理性とは、定義しえないし定義などする必要がない。理性というのは理性的な存在である人間が否応なくそれに従って生きねばならぬ法則だからである」

「幸福が叶えられる状態は一つだけある。あらゆる存在が自分よりも他を愛するようになる時だけである。自分の幸福に対する志向を他の存在に対する志向に置き換えるなら、その人の生命は不合理と不幸にかわって理性的で幸福なものになる」

「子孫から尊敬される立派な人々が、他人の幸福のために自己を犠牲にする手本を示している。個我の幸福の否定こそ生命を獲得する唯一の道との教えは、何千年にわたる精神的労苦によって真理になった」

「愛とは自己よりも他の存在を好ましく思う感情である。真の愛は常に根底に個我の否定とそこから生ずるあらゆる人に対する好意を有しているものだ」

「生命とは誕生から死の間、生きている存在の内で生ずるものである。自己を理性に従属させ愛の力を発揮した人は誰でも自己の肉体的生存の消失後も他の人々に生きつづける可能性がある。未来の生命を信じることが出来るのは、自己のうちには収まりきらぬ世界に新しい関係を人生で確立した人間だけなのである」

一言で言えば「生きるとは他人の喜びを願う思いやりの心」であろうかとジーンは考えています。目指したい生き方です。トルストイの結語のような言葉も紹介します。

「生存とは一生を誕生から死までの時間的、空間的存在として捉え、幸福の達成を一生の目的と考える生き方をいう。生命とは一生を誕生と死で区切られることのない永遠に続くものとして捉え、自己の動物的個我を理性的意識に従属させて生きることを指す。このような生命を獲得するならば、人間にとって『死』は存在しなくなり真の幸福が獲得される」

更に、著名人の言葉で印象に残ったものを紹介します。

「人間の目的は、自分の完全性を目指すことと他人の幸福を願うことである」（カント）
「生命とは幸福のために天から人々の内に下った光の伝播である」（孔子）
「生命とは幸福の涅槃に到達するためにおのれを捨てることである」（釈迦）
「生命とは、幸福を得るための謙遜と卑下の道である」（老子）

子孫、人々から崇められている立派な人々の言葉に共通するものがあります。「自己の幸福より他人の幸福を願え」との言葉です。

争いは武力では解決しません。何度も経験しています。話し合いで解決してほしい。心からそう思います。「文明の融合」が大切であり「文明衝突（宗教衝突）」を避けなければなりません。物事を公正・中立に教え信念を持たせる教育が必要です。

科学と宗教

宗教は全ての人に必要なものではありません。宗教を必要としない人、唯物論者もいてもよいのです。特定の宗教の押し付けをするべきではありません。お互いの考えを尊重し立場を重んじる必要があるのです。非宗教の奨励も良くありません。

宗教と科学は共に生命や宇宙の起源や本質に関する問いに答えるもので共通する面を持ちます。共通面はそこまでで基本的には科学的信念には証拠という支えがあり成果を生むものです。神話や信仰には証拠がなく成果を生むこともありません。

科学は過去の蓄積があり新しい事実が発見されれば修正され進化します。宗教は絶対神あるいは啓示であるため過去の蓄積もなく学習効果もなく進化もしません。宗教も科学と同じく進化する必要があります。

宗教のない世界を作るのは難しいことです。未知の事柄と人間の欲望や苦しみがある限り宗教は存在します。従って科学と宗教の共存を当面は考えるべきです。人間には宗教を必要とする人がいるのです。根拠ある自然科学を子供に教えることが出来れば宗教は自らの枠組みの中に戻っていき、科学と宗教の円満な棲み分けが可能となります。

それが本来の宗教のあり方です。科学的に色々なことが明らかになった時代でも解決できない問題は残ります。宗教に頼れば辻褄が合うとする人もいます。宗教は必要ないと断言したい気もします。しかし苦しい経験、不幸に遭遇した人々にとって宗教が解決、癒やしの一助となるのであれば存在価値はあります。必要とする人々が信じればよいのです。

否定する人を排斥し攻撃するのではなく、お互いに考え方、行動を尊重しあうことが肝要です。「人間は何故存在するのか」は人間の永遠の課題です。だが永遠の課題と言えるほど今の地球は暢気な状態ではありません。少数の偏った人が誤った行動をすれば、即、生物の存在が危うくなる危険性を孕んでいます。

国家、宗教間での無益な争いはやめる必要があります。取り組みには猶予はないのです。それまでに人間は滅亡する可能性の方が高いのです。科学は経験的知識と実証性をよりどころにします。個人を超えて社会的にも歴史的にも蓄積が可能です。新たな事実の解明があり進歩を遂げることは疑いありません。

一方、科学による環境破壊さらには人類の破滅という危険性も否定できません。宗教が当初「死の恐怖」や「自然の脅威」などに対する無知から、自然を超越した抽象的「神」を創造し死後の世界を創り出し、人間に心の安らぎを与えてきた点は否定できません。ですが科学の発展で思想基盤の脆弱さを露呈しています。

宗教の本来の教義には信頼に足る部分はあります。教義を生かした宗教と科学との共存、共生を目指すべきです。科学が宗教の支配を脱し宗教的自然観に代わり、科学的自然観が優位になった時代にニーチェは「神は死んだ」と叫びました。

アインシュタインは「宗教なき科学は不完全であり、科学なき宗教は盲目である」や「宗教のない科学はまっすぐ歩くことが出来ず、科学のない宗教は行き当たりばったりである」と述べ科学と宗教との共存、共生を示唆しています。

決定的に優位に立った科学ですが人間が生きていく上で、他の生き物との共生という理想・目標には宗教との協力が必要だとアインシュタインは言っています。「科学に欠けているものを埋め合わせくれるのが『仏教』である」とも言っています。

宗教と科学を議論する場合に度々取り上げられる人物にリチャード・ドーキンスとスティーヴン・ジェイ・グールドがいます。二人ともダーウィニストですが意見が異なっていました。グールドは「科学は事実と理論を扱い、宗教は究極的な意味と道徳的な価値を扱い、互いに干渉すべきでない」と共存可能とします。神の否定は遠慮がちです。

ドーキンスは、「科学に道徳的な判断は出来ないが、宗教にそれが出来るかも疑問である。宗教に科学の領域を尊重する気持ちはない」と宗教と科学は両立しないとします。本気度はグールドに比べ格段に強いものです。一神教国で無神論宣言をするのには勇気が必要です。場合によっては命を落とす危険もあります。

ジョン・レノンの死も宗教が影響している可能性があります。二〇一〇年のアメリカでのギャラップ調査では「神が人間を創造したと信じる人」四十%、「神の導きで進化したと思う人」三十八%、「自然に進化したと思う人」十六%との数字があります。

ドーキンスはイギリス人で無神論者、グールドはアメリカ人で不可知論者でした。お国柄の違いが主張に影響していた可能性もあります。グールドは自制的です。ドーキンスには物足りなかったのです。グールドは故人ですので溝の確認は出来ません。両者の意味する宗教は一神教です。グールドの宗教は道徳的な価値を扱うべきという意見には賛同します。

一神教の始祖の教えや釈迦の思想を学ぶ価値は十分あります。従って宗教と科学は調和し真理の追究という共通の目標を持つべきであるというのが当面の結論です。「人はどこから来て、どこに行くのか」「何故存在しているのか」に科学はまだ答えを出していません。宗教は答えを出していますが神を利用しています。神の介在で人間の思考は停止します。

永遠の謎に取り組むのが人間の習性です。謎があるから存在出来るのかもしれません。知識の蓄積で今後も多くの謎が解明されるでしょうが、人間の未来には常に謎は存在します。持続的な努力を要求される分野が未来に立ちはだかる壁です。

今後の目標がその中にあるような気がします。壁に立ち向かうのが科学です。科学の暴走を抑制するのが道徳であり哲学です。ジーンにはそんな気がします。釈迦の「人間は一人で生きているのではない、人間は他の多くの生き物と互いに支えあって共に生きている」の言葉に重みを感じます。

お互いの文化、慣習の尊重と寛容が必要です。それしか人間の将来はありません。それが千二百年前に作った空海の神仏習合かもしれません。全ての世界宗教が共生する道を選びました。古代から世界の宗教の統合を成しえているのです。それゆえ日本の文化は全世界に受け入れられるのです。

「生れ生れ生れ生れて生の始めに暗く　死に死に死に死んで死の終わりに冥し」

空海が五十七歳の時の言葉です。空海の完成した思想であると言われています。現代訳としては「迷いの世界に住む人は、自分が見ているものが、全てであると信じているために、生れ生れ生れ生れても生の始めがなんであるかも知らず、死に死に死に死んでも死の終わりがどのようになるかも知らない」となるようです。

空海がこの言葉の中で述べる真相は人の無知についてだと言われています。それは無知を批判するのではなく人の心の中に仏性があることに気が付かないことにあると言われています。全ての人は仏になる可能性を持っていると述べているそうです。

しかしジーンは「人に仏性があり、仏になれる」との教えには賛同できません。ジーンは「生を受ける前は何なのか、死んだ先はどうなっているのかを考えても実際は分からない。分かるのは今だけなのです」と個人的には理解したいと思います。この考え方も受容してくれるのが空海の肯定の宗教です。ジーンの好きな『イマジン』『千の風になって』『雨ニモマケズ』の一部を載せます。内容を噛みしめてほしいと思います。お互いの文化、慣習の相互尊重と寛容が必要です。それしか人間の将来はありません。テロスは人間の行動にあります。

想像してごらん／天国なんて無いんだと
地面の下に地獄なんてないし
想像してごらん／国なんて無いんだと
想像してごらん／何も所有しないって
殺す理由も死ぬ理由もなく　そして宗教もない
人はみんな兄弟なんだって　僕一人じゃないはず
いつかあなたもみんな仲間になって　そして世界はきっと一つになるんだ

（『イマジン』より抜粋）

私のお墓の前で　泣かないでください
そこに私はいません　眠ってなんかいません
千の風に
千の風になって
あの大きな空を
吹きわたっています

秋には光になって　畑にふりそそぐ
冬にはダイヤのように　きらめく雪になる
朝は鳥になって　あなたを目覚めさせる
夜は星になって　あなたを見守る

私のお墓の前で　泣かないでください
そこに私はいません　死んでなんかいません
千の風に
千の風になって
あの大きな空を
吹きわたっています

（『千の風になって』より抜粋）

雨にもマけず
風にもマけず
欲はなく
決して瞋らず
あらゆることを
ジブンをカンジョウに入れずに
東に病気のコドモあれば
行って看病してやり
西にツカれた母あれば
行ってその稲の束を負ヒ
南に死にサうな人あれば
行ってコハがらなくてもいゝとイヒ
北にケンクヮやソショウがあれば
つまらないからやめろとイヒ
ほめられもせず
クにもされず
サういフものに
ワタシはなりたい

（『雨ニモマケズ』より抜粋）

エピローグ

日本は他国と比べ数々の優位性を持っています。世界一流の経済大国です。世界のトップクラスの教育制度、勤勉性、向上心を持った国です。更には科学が創り出した核爆弾という人間を破滅に導きかねない原子爆弾の唯一の被爆国です。

その日本だからこそ「人間がなぜ存在できたのか、少しでも長く存在し続けるにはどうすれば良いのか」を問い、その実現のために世界に対し普遍性のある道徳教育の必要性を主張することができます。某新聞社の記事に引き付けられました。

日本文学の研究者、ドナルド・キーン氏が「人間にとって一番悪い発見は、他の星、例えば火星に人物がいないことです」と述べていました。「もしも異星人がいたならば、地球上の人間はイデオロギーや宗教を団結出来ただろう」との言葉で結んでいました。何故か頭に「ストン」ときました。

歴史が示しています。小さな日本の百五十年前の明治維新の状態です。ペリー来航です。江戸時代の平和を揺るがした外敵の襲来です。「尊王攘夷論」「開国論」「幕府瓦解」などで一時的には大混乱になりました。ですが外敵のお陰で日本が一つになりました。関所もなくなりました。

関所は六四五年の大化改新で作られたと言われています。一八六九（明治二）年に廃止されるまでの千二百年以上にわたり日本国内の相互通行が制限されていました。第二次世界大戦で大きな悲劇を経験しました。その後の日本は平和な国家を維持出来ています。一種の人間の進化です。世界は若干広くなりました。

着実に共生する人間社会を拡大させなければなりません。人間が真に団結するために地球が滅びるような外敵を待つ余裕などありません。宇宙飛行士が見た「美しい地球」は国境のない天体です。戻ると人間が動き回り未だに国境争いをしています。広大な宇宙の中のたった一つの米粒ほどの天体で愚かな争いが続いています。

他の文化・宗教に寛容で過去の悲劇を乗り越えた日本をアピールする時期に来ています。日本の若者がなさなければならない役割です。平和の鍵は「文化・文明の融合」であると考えます。日本は過去にそれを実現しています。日本文化の根源は、縄文時代の自然に神秘と畏怖の念を抱く多神教的な自然信仰です。

もう一つ縄文人が持つ特性があります。「闘争心の無さ」です。縄文遺跡には何故か争いの形跡があまり見られません。縄文時代は争いの少ない時代でした。得た食物を平等に分け、仲良く暮らしていた痕跡が遺跡から見られます。大陸にジーンの子孫が少ないのは「闘争心の無さ」で滅んだのかもしれません。

長く続いた縄文時代があったからこそ、私、ジーン・ヤップは生き延びたのです。縄文時代の心を持ったジーンの子孫が世界を救うかもしれません。飛鳥時代に儒教、道教と混合した仏教が入ってきました。渡来人は西から人格神も持ち込んで来ました。混乱も生じましたが全ての世界宗教が共生する道を選びました。

世界に見られない日本独特の神仏習合です。古代から世界の宗教の統合を成しえているのです。それゆえ、日本の文化は全世界に受け入れられるのです。もう一つ日本の特質があります。国家と宗教権威が互いの領域を侵さない体制のことです。

政治的権力と宗教的権威との相互補完的なシステムのことです。摂関政治が平和な時代を作った要因でもあります。歴史的には調和が崩れると動乱の時代を迎えています。日本はパクス・ヤポニカ（日本の平和）を実現できた国です。国家の宗教への寛容性と政教分離を世界に向けて発信することの出来る位置にあるのではないかと思います。

進化論、ＤＮＡなどの科学的な真実を知る前に世界宗教は創始されました。地球上の全ての人間は同じ起源であり親戚です。ＤＮＡに証拠を見ることが出来ます。科学が証明しました。かつては科学も宗教の陰に隠れた自信のない存在でした。

進歩した科学は地位を逆転し宗教を片隅に追い込もうとしています。それでも宗教界は幼児教育や布教活動などで頑なに真実を隠そうとしています。早急にその現実も含め正しい知識を教える行動を起こすべきです。教育の充実が喫緊の課題です。今の時代は教育がアルケーでありテロスです。

了

鎌田　博（かまだ　ひろし）

昭和24年11月　静岡県浜松市生まれ
昭和48年３月　大阪市立大学法学部卒
４月　第一勧業銀行入行。国内支店、本部勤務後シンガポール、スイス勤務。鎌倉、厚木、心斎橋の３カ店の支店長歴任
平成15年８月　みずほキャピタル上席執行役員
平成19年６月　みずほ関連会社２社の監査役
平成24年11月　みずほ関連会社退職。現在に至る
横浜市在住

【著書】
『子供に伝えたいエンディングノート』（東京図書出版）
『138億年の授業』（東京図書出版）

ジーンの伝言
―138億年のアルケーとテロス―

2018年３月16日　初版第１刷発行

著　者　鎌田　博
発行者　中田典昭
発行所　東京図書出版
発売元　株式会社 リフレ出版
〒113-0021　東京都文京区本駒込 3-10-4
電話（03)3823-9171　FAX 0120-41-8080
印　刷　株式会社 ブレイン

ISBN978-4-86641-120-0 C0093
Printed in Japan 2018
日本音楽著作権協会(出)許諾第1712691-701号